임 오 新 무 협 판 타 지 소 설

야요기

아요기 1

임오 新무협 판타지 소설

초판 1쇄 찍은 날 § 2002년 8월 10일
초판 1쇄 펴낸 날 § 2002년 8월 20일

지은이 § 임오
펴낸이 § 서경석

편집장 § 문혜영
편집책임 § 이종민
편집 § 장상수 · 박영주 · 김희정 · 권민정
마케팅 § 정필 · 강양원 · 김규진 · 안진원

펴낸곳 § 도서출판 청어람
등록번호 § 제1081-1-89호
등록일자 § 1999. 5. 31
어람번호 § 제2-0118호

주소 § 경기도 부천시 원미구 심곡1동 350-1 남성B/D 3F (우) 420-011
전화 § 032-656-4452 팩스 § 032-656-4453
http://www.chungeoram.com
E-mail § eoram99@chollian.net

값 7,500원

ISBN 89-5505-443-2 (SET)
ISBN 89-5505-444-0 04810

임오 新무협 판타지 소설

아요기

1

궁극의 요리

도서출판 청어람

第一章 최고의 요리란? / 7

第二章 무당행(武當行) / 21

第三章 무진, 무공을 배우다 / 47

第四章 '무사모'의 결성 / 69

第五章 오행신공 / 89

第六章 무진! 쓰러지다? / 115

第七章 집으로… / 147

第八章 돈오(頓悟) / 173

第九章 만남 / 197

第十章 지기(知己) / 235

第一章

최고의 요리란?

다다다다닥.

치치이이익, 툭, 탁탁탁.

지글지글, 타탁.

"음… 이제 거의 다 되어가는군. 오늘은 할아버지가 어떤 말을 하실 지……. 내가 볼 땐 정말 잘됐는데 매일 괜한 트집을 잡으신단 말야. 혹시 이제 나이가 드셔서 혀가 이상해지셨나? 아냐아냐, 그래도 왕년 엔 잘 나가셨다던데 그 실력이 어디 가겠어? 역시 괜한 트집을 잡으시 는 게 틀림없어!"

삐이걱.

순간 어설프게 닫혀 있던 문이 귀에 거슬리는 소음과 함께 열리며 등 뒤에서 할아버지의 목소리가 들려왔다.

"진아, 요리하다 말고 무슨 혼잣말을 그리하느냐?"

'으힉! 설마 내 얘기를 들으신 건 아니겠지?'

"아, 아녜요, 할아버지. 이제 다 됐으니 잠시만 기다리세요."

"오냐. 오늘은 꽤나 신경을 쓰는지 평소보다 오래 걸리는구나. 허헛, 그래 봤자 뭐 별로 큰 기대는 하지 않는다만 그래도 기다려 보마."

다시 문소리가 나며 할아버지의 모습이 사라지자 절로 안도의 한숨이 터져 나온다.

'휴~ 다행히 못 들으신 것 같네. 하마터면 이 사나이 소진이 꽃다운 열여섯의 나이에 골로 갈 뻔했구나. 아차, 이럴 때가 아니지. 빨리 마무리해서 나가야겠다.'

소진은 좀 전의 아찔했던 순간을 생각하며 서둘러 하던 요리를 마무리 지었다.

지금 소진이 있는 곳은 세 평 남짓한 크기의 주방으로, 벽면에는 온갖 조리 기구들이 주렁주렁 매달려 있다. 그리고 주방 한 켠의 화로 위에서는 철 냄비와 젓가락을 움켜쥔 자그마한 손이 이리저리 부산한 움직임을 보이고 있었다.

"아자잣! 드디어 완성이다. 이제 담기만 하면……."

아무리 맛있는 음식도 그럴듯하게 담아내지 못하면 그 맛이 반감되는 법. 소진은 바쁜 와중에도 신중히 손을 놀려 음식을 모양새있게 접시에 담아낸 후 잽싸게 내실로 가져갔다.

"자자~ 이제 갑니다. 소진제 초특급 환상의 돼지고기소채볶음과 우육소면(牛肉素麵) 등장이오!"

양손에 접시를 받쳐 든 소진이 큰 소리로 외치며 들어서는 모습에 할아버지는 너털웃음을 터뜨렸다.

"허허, 이 녀석, 거창하게 나오기는……. 그래 봤자 네 녀석 음식이

거기서 거기지. 흐흠! 아무튼 일단 가지고 나왔으니 오늘도 한번 먹어나 보자꾸나."

"할아버지, 정말 그건 다 할아버지의 억지라구요. 솔직히 여태껏 짜네, 기름기가 많네, 너무 익었네… 온갖 트집을 다 잡으셨지만 오늘은 저도 자신있어요. 아마 오늘은 아무 말도 하실 수 없을걸요?"

씨익!

소진은 입꼬리를 살짝 말아 올리며 자신감의 미소를 지어 보였다. 여섯 살 이후로 하루도 손에서 칼을 놓지 않고 손에 물, 기름 마를 날 없이 항상 요리와 씨름해 온 자신이다. 물론 그를 가르치는 쪽은 언제나 할아버지였다. 보통 사람이라면 슬슬 지겨워하거나 지칠 만도 하건만 그는 언제나 열심이었다. 무엇보다 그는 자신의 요리를 누군가 맛있게 먹어주는 모습을 보는 것이 너무나 즐거웠다. 아직은 어린 나이였기 때문에 대부분은 할아버지의 솜씨였지만 다른 사람이 자신의 요리를 맛있게 먹어주는 것을 보는 재미만으로도 그는 지난 십 년간 즐거운 마음으로 요리를 배워왔다. 그러던 중 작년, 즉 그가 막 열다섯이 되던 해부터 할아버지는 소진에게 앞으로 아침은 오직 그 혼자만의 힘으로 요리를 해보라고 주문하셨다. 그간 요리 경력이 쌓이고 쌓인 건 사실이지만 항상 곁에 있어주던 할아버지의 도움 없이 모든 재료를 혼자 준비하고 또 혼자 요리를 만들어내는 것은 결코 쉬운 일이 아니었다.

'아, 처음에는 정말 막막했지. 무슨 요리를 해야 할지도 감이 잡히질 않았으니까. 지금 생각해 보면 할아버지도 정말 너무하셨어. 어떻게 그렇게 갑자기 아무런 도움도 안 주실 수가 있담? 흐흥! 뭐, 그 덕에 확실히 실력이 많이 는 것 같기는 하지만.'

그날부터 매일 아침이면 계속되는 그 할아버지의 잔소리들. 남들은 다 맛있다고 하는데 할아버지는 뭐가 그렇게 맘에 안 드시는지 조금이라도 잘못된 점이 있으면 귀신같이 집어내어 소진을 닦달해 댔다.

'솔직히 아주 조금 소금이나 기름이 더 들어간 적이 있긴 하지만 보통 사람들은 거의 느끼지도 못할 만한 정도인데 그걸 가지고 짜서 못 먹겠다느니, 기름기가 둥둥 떠다닌다느니… 정말 너무하셨다구요. 하지만 뭐, 그런 것도 오늘로 끝이지만. 후훗! 오늘은 정말 자신있다 이겁니다.'

소진은 지난 일 년간의 비참했던 아침 식사 시간을 떠올리며 오늘은 다르리라고 스스로에게 다짐하며 자신감을 다잡았다.

"허허, 그럼 어디 한번 먹어볼까?"

할아버지는 자신의 앞에 놓인 간단한 요리, 소진이 자신있게 내놓은 돼지고기소채볶음과 우육소면을 천천히 맛보기 시작했다. 어디서나 볼 수 있는 평범한 요리였지만 소진이 일찍부터 일어나 심혈을 기울여 만든 음식이었다. 할아버지의 젓가락이 가는 곳을 따라 소진의 눈동자도 따라 움직이고, 한 입씩 목으로 넘길 때마다 저도 모르게 입에 고인 침을 넘겼다. 자신은 있었지만 긴장은 어쩔 수 없는 법, 그는 오물거리는 할아버지의 입만을 뚫어져라 주시하고 있었다.

'응? 이건 정말로 잘 만들었군. 허허, 돼지고기는 그 육수(肉水)가 안에 잘 배어 있어 씹으면 그윽한 육향(肉香)이 풍겨 나오고, 소채는 같이 볶았지만 입에서 아삭거리며 씹히는 느낌이 가득하구나. 그리고 이 소면도 정말 나무랄 곳이 없군. 국물은 담백하기 그지없고 면발은 마치 입 안에서 살아 움직이는 듯하니… 정말 내가 손주 하나는 잘 키웠군, 잘 키웠어. 음… 그럼 이제 이만하면 요리의 기술적인 면은 다 가르쳤다고 봐야 하나?

"흠흠, 진아."

"예, 할아버지."

소진은 눈망울을 초롱초롱 빛내며 할아버지의 다음 말을 기다렸다.

"오늘 음식을 먹어보니 이제 너도 어느 정도 맛을 낼 줄 아는 것 같구나. 흠, 그렇다고 아주 빼어나게 맛있다는 것은 아니고… 그냥 단지 트집 잡을 만한 곳은 없는 것 같구나. 어험… 이거 오늘따라 날씨는 왜 이리 덥지?"

소진의 할아버지는 일 년여간 계속 소진의 음식에 대해 트집만 잡고 흉만 보다가 갑자기 훌륭하다는 말을 하기가 영 어색해서 연신 헛기침만을 해대며 괜한 날씨 탓을 하고 있었다. 순간 조용히 할아버지의 말을 듣고 있던 소진의 입이 마치 바보처럼 헤벌쭉 벌어졌다.

"헤헤~ 할아버지가 트집 잡을 곳이 없다는 말은 결국 완벽하다는 소리잖아요. 우히힛!"

"예끼, 이놈! 완벽이라는 말은 그리 쉽게 쓰는 것이 아니다. 이 할아비도 아직 멀었다는 생각이 드는 것을……."

자칫 하나뿐인 손자가 자만해질 것을 염려하는 할아버지의 말은 사실 전혀 소진의 귀에 들어오지 않고 있었다. 지금 소진의 생각은 오직 한 가지.

"그럼 이제 지금까지 숨겨놓고만 계시던 할아버지 비장의 기술을 알려줘야 할 때가 됐다는 말이네요. 일 년 전에 저에게 아침 상을 맡기실 때 약속하셨던 일이잖아요. 헤헤헤, 지난 일 년간 이날을 기다려 왔습니다. 어서 가르쳐 주세요, 할아버지."

핵심을 찌르는 소진의 말에 할아버지는 순간 뜨끔한 표정을 지어 보였다.

'아직은 조금 이르다는 생각이 들지만 이렇게 된 이상 어쩔 수가 없군.'

"흠흠… 알겠다. 일 년 전 너에게 아침 식사 준비를 시키며 분명히 흠잡을 데 없는 요리를 만들면 내 오십 년 요리 인생 최고의 기술을 알려주겠다고 약속했으니 가르쳐 줘야지."

말을 하면서 소진의 할아버지, 소진명이라는 이름의 이 늙은 요리사는 비록 내색은 안 했지만 속으로는 그 흐뭇한 마음을 헤아릴 수가 없을 정도였다.

'아! 벌써 우리 소진이가 이 정도로 성장했다니, 적어도 약관은 되어야 이 경지에 도달할 것이라 생각했건만 정말 나의 예상을 뛰어넘는 아이로구나. 과연 이 아이가 나의 못다 한 꿈을 이루어줄 수 있을까? 혹여 괜한 짐을 지워주는 것은 아닐런지……'

'우히힛, 할아버지가 거짓말을 한 것이 아니라면 왕년에 최고의 요리사로서 황실 수석 주방장까지 하셨다던데, 그런 할아버지 최후의 꿍수라… 과연 어떤 요리 기술을 알려주실지… 헤헷, 기대되는걸?'

"진아, 일단 방으로 들어가서 천천히 얘기하자꾸나."

소진명은 기대감에 부풀어 한껏 눈망울을 빛내는 어린 손주의 손을 잡고는 자신의 방 안으로 들어갔다. 문을 열자 정면을 차지하고 있는 자신의 침상과 방 중앙으로 놓여진 작은 탁자, 그리고 두 개의 의자가 보인다. 소진명은 먼저 한쪽 의자에 앉으며 소진을 반대 편으로 이끌었다.

"자, 앉거라."

"옛, 할아버지."

자신의 어린 손자가 맞은편에 앉자 소진명은 천천히 말을 이어가기 시작했다.

"내 전에도 너에게 이야기했다시피 나는 십육 년 전 황실의 수석 요리사로서 천하제일이라는 명성을 얻고 있었단다. 나의 요리는 당시 최고였고 네 아비 유정이도 내 아래서 착실히 실력을 쌓아가고 있었지. 그 당시 네 어미는 너를 갖고 만삭의 몸이었단다. 아마도 그때가 내 평생 가장 행복했던 순간이었던 듯싶구나. 하나 나의 행복을 하늘이 시기하였는지 원체 허약하던 네 어미는 너를 낳다가 그만 요절(夭折)하고, 엎친 데 덮친 격으로 네 아비는 심각한 중병을 앓게 되었단다. 나는 유정이를 살리기 위해 백방으로 명의(名醫)들과 좋은 약재들을 수소문해 보았지만 별 소용이 없었단다. 그리고는 얼마 못 가서 그 아이도 네 어미를 따라가더구나."

여기까지 이야기를 들은 소진은 침울한 표정이 되어 금방이라도 눈물을 흘릴 듯 보였다. 아마도 할아버지가 이런 말을 꺼낼 줄은 전혀 예상치 못했으리라. 이미 몇 해 전에 할아버지에게 들어서 알고 있는 이야기였지만 다시 들으니 절로 눈가가 축축해졌다. 소진명은 이런 소진의 모습에 가슴 한 편이 아련히 아파왔다. 그는 아직 어린 손자의 손을 보드랍게 잡아주며 계속 이야기를 이어갔다.

"아마 여기까지는 내가 이미 이야기한 바이니 너도 잘 알고 있을 것이다. 이제는 그 이후의 이야기를 해주마."

"……"

소진은 돌아가신 부모님의 이야기에 침울해 있던 중 이어지는 할아버지의 이야기에 정신이 번쩍 들었다. 그리곤 처음 들어보는 내용에 귀를 기울였다.

"아들 내외의 죽음 앞에 무기력했던 내가 너무도 초라해 보이고 모든 것이 부질없이 느껴질 때 문득 이런 생각이 들더구나. 모든 병은 신체의 어느 부분이 허(虛)해지거나 기운이 잘 통하지 않게 되어 일어나는 것, 그렇다면 몸이 허하거나 부족함이 없도록 하기 위해서는 무엇이 필요한가! 문득 떠오른 이 생각에 여러 날을 고민한 끝에 나는 그 답을 바로 음식에서 찾았다."

"음식이요?"

어리둥절한 손자의 반문에 그는 자신에 찬 음성으로 대답했다.

"그렇다! 음식! 진아, 빼어난 음식이란 단순히 혀를 즐겁게 하는 맛이 전부가 아니란다. 물론 맛도 중요하기는 하지만 그보다는 우리 몸을 보(補)하고 몸의 부족한 기운들을 보충해 주는 역할이 더 중요하다는 것을 나는 그때 깨달았단다. 이전까지 이 할아비는 마치 지금의 너처럼 내가 최고인 줄로만 착각하며 살고 있었지. 하지만 그게 아니더구나. 하늘 밖에는 또 다른 하늘이 있는 것이야. 아무튼 그리하여 내가 생각하게 된 요리의 최고 경지란 사람의 몸을 보하고 조화(造化)를 이루어주면서도 음식에 극상(極上)의 맛을 이끌어내는 그러한 경지였단다."

"아……!"

할아버지의 말을 경청하던 소진이 짤막한 탄성을 터뜨렸다.

'할아버지의 말처럼 나 역시 이제 내가 최고의 경지에 들어섰다고 생각했었다. 그런데 그것이 아니었구나. 나는 이제 겨우 껍데기를 흉내 내는 수준에 도달했을 뿐. 도대체 할아버지가 말하는 그런 경지라는 것은……'

사실 지금 소진의 실력은 이미 전 황궁(皇宮) 수석 요리사였던 소진명에게 충분히 검증을 받은 것으로 세상 어디에 내놓아도 전혀 손색이 없는, 아니, 오히려 수위(首位)를 다툴 수 있는 그러한 경지의 것이었다. 하지만 할아버지의 말을 들으며 소진은 자신의 실력이 왠지 자꾸만 초라하게 느껴지는 것이었으니…….

"이런 생각이 들자 나는 황궁을 뛰쳐나왔다. 확실히 황궁이라는 곳은 최상급의 재료들이 언제든지 준비되고 필요한 조리 기구는 얼마든지 마련할 수 있기 때문에 어마어마한 종류의 조리 기법들을 사용할 수 있는, 요리를 하기에는 최고의 장소임에는 틀림없다. 하지만 오직 황제 폐하를 위한 음식을 만들어야 했기에 나의 이런 발상을 시험해 보기에는 다소 무리가 있었단다. 그때부터 나는 어린 너를 데리고 천하를 주유하기 시작했지. 그간 모아놓은 돈은 충분했고 나의 요리 솜씨 덕에 가는 곳마다 홀대(忽待)는 하지 않더구나. 육 년이라는 세월 동안 천하를 떠돌며 내가 꿈꾸는 경지에 도달하기 위해 갖은 노력을 쏟았지만 어느 순간 한계에 부딪쳤단다. 단지 그간의 성과로 어느 정도의 깨달음만이 있었을 뿐 더 이상의 발전은 기대하기 힘든 상황이었지. 그리고는 이곳에 정착했다. 그 다음부터는 오직 너를 가르치는 것에만 주력했단다."

"……."

"이곳에서 십 년간 너와 지내면서도 나는 한 켠으로 늘 생각했단다. 어째서 나의 요리가 더 높은 경지로 올라서지 못하는 것일까? 어째서! 나의 이런 이론은 아직 누구도 시도하지 않은 전인미답(前人未踏)의 경지였기 때문에 오직 혼자서 연구하고 고민하는 수밖에는 없었단다. 사실 과거부터 약식(藥食)이니 약선식(藥仙食)이니 하는 이름으로 내려오는 것들이 있기는 했지만 그런 것들은 모두 진귀한 재료나 영약을 사용하여 단순히 보양(保養)을 목적으로 하는 유(類)의 것들이었을 뿐 나에게는 별다른 도움이 되지 못했지. 일상의 음식을 통해 몸의 질병을 치료하고 더 나아가서는 그 체질조차도 변화시킬 수 있다는 나의 생각은 범인(凡人)들이 듣기에는 그저 허무맹랑한 몽상일 뿐이었으니까. 그러던 중 나는 문득 이런 생각을 하게 되었다. '인간의 몸은 음양과 오행의 조화로 이루어진다. 그리고 몸의 병환은 이 음양(陰陽)과 오행(五行)의 조화가 깨짐으로써 일어나는 일이다. 그렇다면 이 기운의 조화를 이루려는 나로서는 당연히 이 음양과 오행의 기운을 느끼고 그 조화를 이루기 위해 노력하는 중에 그 실마리를 찾을 수 있지 않겠는가' 하고 말이다."

마치 가슴속 깊은 곳에 숨겨두었던 이야기를 한번에 꺼내놓는 듯 폭포수처럼 쉬지도 않고 말을 이어 나가던 소진명은 목이 타는지 앞에 놓인 차를 몇 모금 마시고 다시 이야기를 계속했다.

"진아, 너는 몸 안의 기운을 가장 잘 느낄 수 있는 방법이 무엇이라고 생각하느냐?"

"음… 글쎄요."

소진은 골똘히 생각에 잠겼다가 문득 뭔가가 떠올랐는지 말을 이었다.

"뭐 명상이나 그런 종류의 것들이 아닐까요?"

"명상 역시 하나의 방법이라고 할 수 있겠지. 그렇지만 내가 생각할 때 가장 좋은 방법은 바로 무공(武功)이란다."

"옛? 무공이요?"

"그렇다, 무공. 특히 내가(內家)의 공부(功夫)는 몸 안의 음양오행의 기운을 느끼는 최고의 방법이 아닌가 싶다. 나는 늙은 몸으로나마 무공을 익혀 나의 이론들을 더욱 발전시키고 싶은 마음에 오랜 친우의 도움도 빌려보았으나 이 늙은 몸으로는 그것마저 여의치 않더구나. 진아, 너도 일 년에 한 번씩 꼭 우리 집에 들르는 진류(眞流) 도장을 알고 있지?"

"꼭 겨울이면 한 번씩 들르는 그 도사 할아버지요? 알다마다요. 가끔 오실 때면 저에게 먹을 것도 사주시고 하셨는걸요."

"그 늙은 도사가 바로 내 오랜 지기란다. 그의 도움으로 내가 공부를 익혀보려 했지만 내 나이 벌써 환갑을 넘어선 상태, 근골(筋骨)과 경혈(經穴)이 굳고 이미 몸의 기운이 쇠잔(衰殘)하여 도저히 뜻한 바를 이룰 수가 없었다. 하여 이제는 너에게 한 가닥의 기대를 가져보는구나. 진아, 어떠냐. 혹시 네가 이 할아비가 못다 이룬 꿈들을 이뤄볼 생각은 없느냐? 참고로 이건 절대 강요가 아니란다. 사실 지금 너 정도의 실력이면 어느 곳을 가도 최고의 대접을 받는 숙수(熟手:요리사)가 될 수 있을 것이다. 확실히 보장된 편한 생활을 내버려 두고 막연히 내 기대에 부흥하기 위해서라면 굳이……."

"제가 할게요, 할아버지."

갑작스런 소진의 대답에 소진명은 순간 하던 말을 멈추고 손자를 바라보았다.

"제가 한다구요. 저는 요리를 한다는 것이, 내가 만든 음식을 누군가 맛있게 먹어준다는 것이 너무너무 좋아요. 게다가 할아버지 말처럼 그 요리를 통해 누군가의 몸을 고쳐 줄 수도 있다면 더욱 좋겠죠. 만약 정말로 가능하다면 너무너무 재미있는 일일 것 같아요. 솔직히 요리사로서 더 높은 경지에 올라보고 싶은 욕심도 생기고요. 헤헷, 사실 조금 전까지는 제가 이미 정상에 올라선 줄로만 알았거든요. 그러니 제가 더 더욱 노력해서 더 높은 경지에 올라서 볼게요."

"진아……."

소진명은 어린 손자의 대답에 말을 이을 수가 없었다. 그는 사실 소진에게 이런 말을 하는 것이 왠지 손자의 앞날을 망치는 것 같아 몹시 꺼려 했었는데 막상 대답을 듣고 보니 왠지 가슴이 벅차오르는 게 눈시울이 뜨거워졌다. 그는 애써 눈물을 참으며 말했다.

"진아, 정말 대견하구나. 네가 진정으로 그런 생각을 하고 있다면 앞으로 얼마간 내가 그동안 깨달은 것들을 너에게 전수해 주마. 그리고 너는 진류 도장을 따라가게 될 것이다."

"네? 도사 할아버지를요?"

"그렇다. 그가 네게 무공을 가르쳐 줄 것이다. 네가 만약 그것을 익힌다면 이 할아비는 접근해 보지 못했던 새로운 경지를 엿볼 수도 있겠지. 그 이후는 너의 노력과 자질에 달려 있다고 본다."

"…예, 할아버지."

소진은 할아버지와 떨어진다는 사실에 잠시 머뭇거렸지만 이내 그 속에 담긴 간절한 바람을 이해하고 할아버지의 뜻을 따르는 쪽으로 결정을 내렸다.

第二章

무당행(武當行)

다음날부터 소진명은 그의 손자에게 십여 년의 세월 동안 그가 혼자만의 노력으로 연구하고 발전시켜 낸 요리의 또 다른 경지를 전수하기 시작했다. 그리고 넉 달이 흘러 이제 사뭇 날씨가 추워질 때 즈음해서 그의 오랜 지기인 진류 도장이 찾아왔다.

"어서 오게, 이 친구야. 안 그래도 올 때가 된 것 같아 요 며칠 기다리고 있었네. 자네는 어찌 된 게 일 년 만에 더 젊어진 것 같으이."

잠시 마당에 나와 이젠 낙엽도 다 떨어져 앙상히 가지만 남은 나무를 물끄러미 바라보던 소진명은 매년 잊지 않고 자신을 찾아오는 친우를 반갑게 맞이했다.

"허허, 별말을 다하는구만. 내 자네의 매화주가 생각나서 도저히 안 올 수가 없더군."

"하하핫, 잘 왔네, 잘 왔어. 그렇지 않아도 작년에 담은 매화주가 아주 잘 익었다네. 아, 마침 나오는군. 진아, 이리 오렴. 진류 도장께 인사드려야지."

마당에서 들려오는 말소리에 누가 왔나 싶어 막 방을 나오던 소진을 할아버지가 불렀다.

"앗! 도사 할아버지, 아니, 이제 사부님이라고 불러야 하나? 헤헤, 그간 잘 지내셨어요? 올해도 어김없이 오셨네요."

"뭐야? 사부님? 설마… 자네, 벌써 이야기를 한 건가? 진아, 그럼 할아버지의 말씀을 따르기로 한 것이냐?"

"예, 당연히 그렇게 해야지요."

"하하하, 이보게, 진명. 축하하네. 행여나 하는 마음에 그리도 걱정을 하더니만……."

이미 작년에 소진명에게 모든 이야기를 전해 들은 진류 도장은 소진이 자신을 사부라고 부르자 곧 모든 사실을 알아채고는 그를 축하해 주었다.

"헛흠! 축하는 무슨……. 진아, 장차 네 사부 될 분도 오셨고 하니 가서 거하게 술상이나 좀 차려오너라."

"예, 할아버지. 제가 금방 맛있게 준비할게요. 방에서 잠시만 기다리세요."

작년에 담근 매화주를 꺼내기 위해 소진이 집 뒤편으로 달려가자 소진명은 허허롭게 웃으며 먼 하늘을 쳐다보았다. 초겨울의 하늘은 눈이 시리도록 푸르렀다.

"진류, 소진을 잘 부탁하네. 내 핏줄이라서가 아니라 정말 착한 아이라네. 편한 앞날이 기다리고 있는데도 나를 위해 힘든 길을 가려는 녀석이야. 자네라면 친손주처럼 잘 보살펴 줄 것이라 믿네."

"이 친구야, 걱정하지 말게나. 그나저나 나는 자네가 걱정이군. 하나뿐인 손주를 떠나보내고 혼자 잘 지낼 수 있겠는가?"

"나야 뭐… 이 한 몸 간수하기가 힘들겠는가. 이래 봬도 아직 팔팔하다네. 허허허."

일 년 만에 만난 이 노년의 지기들은 밤늦도록 매화주를 마시며 그동안의 회포를 풀며 소진의 앞날에 대해 상의했다. 그런 그들의 옆에는 아직은 어린 티를 벗지 못한 소진이 곤히 잠들어 있었다.

다음날 늦은 아침, 새벽부터 일어나 길을 떠날 소진의 짐을 하나하나 챙겨놓은 소진명은 자신이 싸준 봇짐을 어깨에 메고 진류 도장의 옆에 서 있는 소진을 물끄러미 바라보았다. 자신의 바람대로 진류 도장을 따라나서는 소진이었지만 대견함보다는 걱정이 앞섰고, 어떤 기대보다는 헤어진다는 안타까움이 더했다.

"진아, 반드시 몸 건강히 지내야 한다. 그리고 내가 가르칠 건 이미 다 가르쳤으니 앞으로의 성과는 너의 자질과 노력에 달렸구나. 모든 일에는 운도 따라줘야 하는 법이니 비록 결과가 미미하더라도 크게 상심치 말고. 알겠지? 진류, 소진을 잘 보살펴 주게나."

"걱정 말게. 내가 잘 데리고 있을 테니."

"할아버지, 건강히 계세요. 저 없다고 밥 거르지 마시구요. 그리고 요즘 날이 추우니 웬만하면 집 안에 계시구요. 그리고……."

떠나는 순간에도 세세한 것까지 자신을 걱정해 주는 착한 손자를 왠지 다시 잡고도 싶은 소진명이었다. 그러나 그는 그냥 그렇게 소진을 떠나보냈다.

'네 녀석이 잘해내리라 믿는다. 내 걱정은 말고 열심히 하렴.'

뒤돌아 집을 떠나는 발걸음을 옮기면서 결국 소진은 참아왔던 눈물을 흘리고 말았다. 그로서는 평생을 함께해 온 할아버지 곁을 떠나려니 왠지 모르게 마음 한구석이 뻥 뚫린 것 같았다.

진류 도장을 따라가며 어깨를 들썩이는 손주의 모습에 소진명도 마음이 아팠다. 그런 소진의 어깨를 진류 도장은 가만히 감싸 안아주었다. 한참을 걸어 자신이 십육 년간을 지내온 산 중턱의 자그마한 모옥이 보이지 않게 되어서야 소진은 눈물을 멈췄다. 문득 소진은 자신의 어깨를 감싸 안고 있는 진류 도장의 손길이 무척 따스하게 느껴졌다. 마치 할아버지의 그것처럼……

"음… 여기서 본산(本山)까지는 꽤나 걸리겠군. 뭐, 어차피 급한 일도 없으니 천천히 가도록 할까?"

대략 한 시진 정도를 걸어 이제 소진이 살던 곳이 거의 보이지 않을 정도가 되자 진류 도장은 주위를 휘휘 둘러보며 입을 열었다. 사실 혼자라면 굳이 길을 따라갈 것도 없이 경공을 써서 하루면 본산에 도착할 수도 있겠지만 진류 도장은 소진의 손을 잡고 마치 유람을 나온 조손(祖孫)처럼 천천히 걸으며 이런저런 이야기들을 해주고 있었다.

"우리가 지금 가는 곳은 나의 사문(師門)인 무당(武當)이란다. 무당은 무림(武林)의 태산북두(泰山北斗)인 소림(少林)과 함께 무학의 양대산맥으로 불리우고 있지. 소림이 강맹한 무공의 으뜸이라면 우리 무당은 부드러운 무공의 으뜸이라 할 수 있다. 응? 무림이란 게 뭐냐구? 허허, 소진아, 무림이란 무공을 익힌 사람들이 살아가는 곳을 말한단다.

무림은……."

진류 도장의 이야기를 들으며 발걸음을 옮기던 소진은 하루를 꼬박 걷고 나자 다리가 굉장히 당기고 아파왔다. 종종 산으로 각종 산채들과 버섯 같은 요리 재료들을 구하러 다니던 소진이었지만 아직은 어린지라 하루를 꼬박 걷자 힘에 부친 것이다.

해질녘이 되어 객잔에 방을 잡은 진류 도장은 이미 눈치 채고 있었는지 슬며시 곁으로 다가와 소진의 다리를 잠시 주물러 주었다. 소진은 뭔가 굉장히 부드럽고 따스한 느낌에 잠시 취해 있다가 정신을 차리자 마치 마술처럼 정상으로 돌아온 다리를 보며 굉장히 신기해했다.

다시 하루 이틀을 걷자 이제 소진의 다리도 적응이 된 것인지 종일을 걸어도 별 무리가 없었다. 간혹 힘들어지면 진류 도장이 다리를 주물러 주거나 잠시 손을 잡고 걸으면 다시 온몸에 기운이 넘쳐흘렀다. 덕분에 이들의 하루 여정(旅程)은 일반 장정들의 그것과 거의 비슷할 정도였다.

이렇게 두 노소가 이런저런 이야기들을 주고받으며 닷새를 걷자 드디어 저 멀리로 무당산의 웅장한 모습이 눈에 들어오기 시작했다.

무당산(武當山).

호북성 균현의 남쪽에 위치한 이 천하의 명산은 갖은 괴이한 봉우리들과 굽이쳐 흐르는 계곡들의 수려한 경치, 사시사철 산에 피어오르는 푸른 기운들로 세인들에게 '무당선산(武當仙山)'이라고도 불리우는 곳이다. 또한 도교에서는 북극진무현천상제(北極眞武玄天上帝)가 있는 산이라 하여 성지(聖地)로 숭배하고 있었다. 하지만 무엇보다 이 무당산이 세간에 널리 알려진 이유는 산 중턱에 위치한 천하의 도량이자 구파일방의 한자리를 차지하고 있는 무당파 때문일 것이다.

　소진에게 무당산에 얽힌 여러 가지 설화와 명승지들을 설명하며 산을 오르던 진류 도장이 무당파의 초입인 해검지(解劍池)에 들어서자 그의 모습을 발견한 문인(門人)들이 서둘러 달려와 공손히 예를 갖췄다.
　"사숙조님을 뵙습니다."
　"그래, 수고가 많구나."
　"제 임무를 다할 따름입니다. 그런데 사숙조님, 이 아이는?"
　해검지를 담당하던 제자는 진류 도장이 웬 아이를 데리고 오자 의아해하며 물었다.
　"음… 이 아이는 내가 장문진인께 직접 이야기할 테니 걱정하지 말거라."
　"예, 그러면 먼저 본원(本院)에 연락을 해놓겠습니다."
　"……."
　진류 도장은 해검지를 통과해 소진을 데리고 주욱 이어진 돌계단을 오르며 무당파에 대한 대략의 설명을 해주었다. 소진은 설명을 들으면서도 연신 잘 정돈된 돌 계단의 좌우로 펼쳐지는 무당산의 절경(絶景)과 멋들어진 도관들의 모습을 훔쳐보기에 바빴다.
　"저곳이 바로 무당의 대연무장이고 저곳이 소청궁이란다. 그리고 저곳은…….
　반대 편의 저 높다란 봉우리가 바로 유명한 태화봉(太和峰)이지."
　이렇게 소진에게 설명하며 걷는 동안에도 마주치는 모든 무당 문도들은 진류 도장을 보고는 공손히 인사를 하고 지나갔다. 소진은 이런 모습에 자신의 사부가 왠지 대단해 보여서 자기도 모르게 어깨에 힘이 들어가고 내심 뿌듯한 마음이 들었다.

"사부님, 그런데 모두들 사부를 보면 인사를 하고 지나가네요. 사부님은 무당파에서도 굉장히 지위가 높은가 보죠?"

"지위라……. 글쎄. 나는 장로원에 속해 있으니 굳이 따지자면 높다고 할 수 있겠지. 그렇지만 진아, 아직 어린 네가 이런 이야기를 이해할지는 모르겠지만 세상의 명리(名利)를 쫓는 것만큼이나 덧없고 부질없는 일은 없단다. 하나 대부분의 사람들은 이 명리의 굴레를 헤어 나오지 못하지."

산문을 들어서고도 한참을 걸어서야 두 사람은 장문인의 처소인 자소궁(紫宵宮)에 도달할 수 있었다.

소림과 함께 무림의 양대산맥으로 추앙받는 무당파 장문인의 처소인 자소궁. 소진이 햇살에 빛나는 자소궁을 처음 보고 나서 든 느낌은 단순히 한 가지였다.

'아! 진짜 멋있다.'

자소궁은 전체적으로 세세함보다는 굵은 선을 위주로 하여 그 웅장한 멋을 살려낸 건물로 무당산 내에 현존하는 최대 규모의 도관이다. 그 웅장한 규모와 함께 도관치고는 어울리지 않을 정도로 화려한 장식역시 소진의 눈길을 사로잡기에는 충분했다.

이런 화려하면서도 웅장한 자소궁의 외관과는 달리 의외로 내부는 담백한 멋을 뿜어내고 있었다. 은연중 사람의 마음을 안정시키는 이런 분위기는 도가의 요람(搖籃)이 무당인 탓도 있지만 현 무당 장문인 진허(眞虛) 도장의 영향을 받은 바 역시 컸다.

은은한 솔향이 풍겨오는 가운데 진류 도장과 소진, 그리고 진허 도장이 마주 앉아 있었다. 수염을 길렀다 뿐이지 전반적으로 통통하고, 특히 얼굴이 동글동글한 게 재미있게 생긴 진류 도장과 달리 진허 도장은 흰 수염을 멋들어지게 기르고 있어 마치 막 그림에서 걸어나온 듯한 신선의 모습이었다. 마치 세상사를 달관한 듯이 그의 입가에 걸린 담백한 미소가 그의 성품을 잘 드러내 주고 있었다.

"장문인, 이번 외유는 잘 다녀왔습니다."

"사형이 해마다 들뜬 마음으로 다녀오시는 길인데 작은 사고라도 있으면 아니 되지요. 허허허, 그래, 잘 다녀오셨다니 다행입니다. 그런데 이 아이는?"

진허 도장은 진류 도장의 옆에 앉은 평범하게 생겼지만 왠지 친근감이 느껴지는 아이를 바라보며 물었다. 사형이 데려온 아이라면 분명 어떤 사연이 있으리라는 생각이 들었다.

"제가 항시 다녀오는 죽마고우(竹馬故友)의 손자 녀석인데 이번에 제자로 받아볼까 해서 데려왔지요. 장문인께서만 허락하신다면 제가 가르쳐 보고 싶습니다만……."

"아니, 이런 일이… 이제껏 아무도 거두지 않으시던 사형이 손수 제 잣감을 데려오시다니요. 이것은 무당의 커다란 홍복입니다. 당연히 되고말고요. 오히려 쌍수를 들고 환영할 일인 듯싶습니다. 허허허, 이제껏 사형이 제자를 거두지 않아 걱정이 많았는데 이제야 한시름 놓게 되는군요."

진허 도장은 자신의 바로 윗 사형인 진류 도장의 말을 크게 반겼다. 사실 진류 도장은 조금은 장난기 있으면서도 인자한 성품과 장로 직에 걸맞는 고절한 무공으로 많은 무당 제자들의 존경을 받고 있었다. 하지만 제자 두기를 귀찮아하여 아직까지 단 한 명의 제자도 두지 않고 있는 실정이었다.

"저……."

두 사람 사이에서 가만히 이야기를 듣고 있던 소진은 문득 어떤 생각이 떠올라 말을 꺼내려다가 두 노도장의 시선이 자신에게 향해지자 잠시 주저했다.

"장문인, 이 아이의 이름은 소진(蘇眞)이라 합니다. 진아, 그래, 무슨 말을 하려 하느냐?"

"저기… 갑자기 생각이 났는데 제가 무당의 제자가 되면 저도 도사가 돼야 하나요?"

늙은 생강이 맵다 했던가? 소진의 한마디에 진류 도장은 이 아이가 말하려 하는 바를 바로 눈치 챌 수 있었다. 그것은 이미 자신의 친우인 소진명과 상의를 마친 일이었지만 순간 장난기가 발동하는 것은 어쩔 수가 없는 것이었다.

"왜, 도사가 되는 게 싫으냐?"

"그게… 싫은 건 아니지만… 좀 곤란한 게……."

"음? 대체 무엇이 곤란하다는 말이지? 내가 알아들을 수 있도록 설명을 좀 해주겠니?"

줄곧 머뭇거리며 얼굴을 붉히던 소진이 용기를 내서 말했다.

"저, 저는 소(蘇)씨 집안 이십대 손(孫)으로 가문의 대를 이어야 된다구요. 그래서……."

하지만 말이 길어질수록 소진의 목소리는 다시금 점점 작아져만 갔다.

"하하하, 그러니까 도사는 여자를 멀리해야 하니 집안의 대가 끊긴다 이 말이렷다?"

"…예."

"하하하핫! 푸하하핫!"

개미 기어가는 목소리로 대답을 하는 소진을 보고 진류 도장은 커다랗게 웃기 시작했다. 커져 가는 웃음소리에 비례해서 소진의 민망한 심정도 주체할 수 없을만치 커져 갈 때쯤 진류 도장이 눈가로 슬쩍 흘러나온 눈물을 훔치며 말했다.

"푸하하, 정말 오랜만에 이렇게 웃어보는구나. 장문인, 갑자기 웃어서 죄송하오. 크크큭, 진아, 그런 걱정은 하지 말거라. 네 할아비가 이곳에 너를 보낼 때 설마 그런 생각을 하지 않았겠느냐? 너는 무당의 정식 제자가 아니라 속가제자로 들어오게 될 것이다. 속가제자는 정식 제자와 달리 여자도 만날 수 있고 결혼도 할 수 있으니 너는 너무 걱정하지 말거라."

의아한 모습으로 진류 도장을 지켜보던 진허 도장의 입가에도 슬그머니 미소가 서렸다.

"소진이라 했느냐? 이제 너와 진류 사형은 정식으로 사제의 연(緣)을 맺게 되었으니 어서 구배지례(九拜之禮)를 올리도록 하여라."

"예, 장문진인."

소진은 일어나서 진류 도장에게 천천히 사제의 연을 맺는 구배지례를 올렸다. 진류 도장과 진허 도장은 이런 소진의 모습을 흐뭇하게 지켜보았다.

"소진아, 너의 도명(道名)은 네 이름을 따서 무진(無眞)이라고 지으마. 앞으로 수련하는 동안에는 이 도명을 사용하도록 하여라. 그리고 아마도 도착하고는 바로 이곳으로 온 듯한데… 사형, 이제 우리 무진에게 무당의 구경이나 좀 시켜주시구려."

"예, 장문인. 소진, 아니, 무진아, 이만 일어나거라. 장문인, 저희는 이만 물러갑니다."

진류 도장은 앞으로의 생활을 위해 무진에게 알려줄 것도 많거니와 여러 가지 준비할 것도 있을 것이기에 바로 자소궁을 나섰다. 이제는 사부가 된 진류 도장과 함께 자소궁의 문을 나서는 소진은 푸른 하늘과 어우러진 늦가을의 햇살이 유난히도 눈부시게 느껴졌다.

'음, 이제 이곳에서 생활하게 된다 이건가?'

소진, 아니, 무진은 자신이 앉아 있는 작은 방 안을 둘러보았다. 꽤나 단출하게 꾸며진 이 방의 구성은 일 인용의 좁다란 침상과 서탁, 그리고 옷장이 전부였다. 방은 깨끗하게 정리되어 있었지만 어딘가 이상하게 어색한 느낌을 지울 수가 없었다.

무당에서는 원래 갓 입산(入山)한 제자의 경우 2인 1실이 주어졌다. 1인 1실로 방을 배정할 경우 그 많은 건물을 다 지을 수도 없는 까닭이기도 하지만 둘이 함께 생활하면서 아직 어린 제자들의 외로움도 조금 덜어주고 서로 자극을 받아 수련에 정진할 수 있도록 하기 위한 방법이었다. 하지만 무진의 거처는 조금 외진 곳에 독방으로 마련되었다. 진류 도장의 제자로서 일약 무당 일대 제자인 무 자(無字) 항렬의 막내가 된 탓에 평제자들과 섞어놓는 것이 조금 곤란하기도 했지만 더욱 큰 이유는 그의 할아버지 소진명의 부탁이 있었기 때문이다.

소진명은 무진이 무당에 가서도 계속 요리를 할 수 있기를 바랐다. 그래서 그가 진류 도장에게 부탁한 것은 바로 무진을 무당의 주방에서 일하게 해달라는 것이었다.

이런 이유로 소진, 지금의 무진은 진류 도장의 성화로 단 한 시진 만에 무당 평제자용 식당인 청죽원(靑竹院)의 창고에서 자신이 생활할 방으로 급히 개조된 이곳에서 혼자 생활하게 된 것이다. 진류 도장의 힘이 컸는지 허름하던 창고는 이내 깨끗이 청소되고 바닥과 벽도 말끔히 정리되었지만 창고 본래의 퀴퀴한 냄새는 아직 조금 남아 있었다.

"허험! 무진아, 나다."

방이 치워지는 것을 한동안 지켜보다가 잠깐 자리를 비웠던 진류 도장이 다시 문밖에서 인기척을 냈다.

"엇! 사부님, 들어오세요."

끼이이익!

창고로 사용되어서인지 약간 시끄러운 소리를 내며 방문이 열렸다. 순간 밖에 서 있던 진류 도장의 미간이 살짝 찌푸려졌다.

"흠… 왕평, 문을 조금 손봐야 될 것 같소이다."

"예, 진류 도장님. 제가 곧 손보도록 하겠습니다."

진류 도장의 옆에는 살이 통통하게 찌고 혈색이 좋은 중년의 남자가 서 있었다. 머리는 반 정도 벗겨진 대머리였고, 통통한 얼굴과 몸이 잘 어우러져 왠지 편안한 인상을 주는 사람이었다.

"잠시 들어가세나."

"예, 도장님."

끼이이익! 탁!

문은 역시 요란한 소리와 함께 닫혔다.

"지낼 만은 하겠니? 급하게 만들어진 방이라 부족한 점이 있을지도 모르겠구나."

"아니요. 방은 깨끗한 것 같아요. 저 혼자 지내는 데는 전혀 무리가 없겠는걸요?"

"하긴, 내가 봐도 그런 듯하구나. 냄새가 아직 조금 남아 있다만 며칠 지나면 없어질 것이다. 그건 그렇고, 자, 인사하거라. 이 사람이 청죽원을 책임지고 있는 왕평(王平)이란다. 왕평, 이쪽은 이번에 제자로 받은 무진이라고 한다오."

"왕 아저씨셨군요. 처음 뵈어요. 무진이라고 합니다."

"아, 예, 이제 보니 어린 도사님이셨군요. 몰라봤습니다. 왕평이라고 합니다. 이곳 청죽원 주방 일을 보고 있지요."

왕평은 진류 도장의 제자라는 소개에 말을 함부로 할 수가 없었다. 그 자신이 도사는 아니었지만 자신이 일하는 곳이 이곳 무당일 뿐더러 스스로가 도교를 깊이 신봉하고 있는지라 나이는 어렸지만 진류 도장의 제자라는 말에 무진이 범상치 않게 보였기 때문이다.

"앞으로 청죽원에서의 일은 이 왕평이 잘 돌봐줄 것이니 모르는 일은 그에게 묻도록 하거라. 왕평, 무진을 잘 부탁하네."

"예, 노도장님. 제가 알아서 불편함이 없도록 하겠습니다."

"그럼 자네만 믿겠네. 소진아, 왕평에게 들으니 주방의 일은 유시(酉時:오후 6시 전후) 정도면 끝난다고 하더구나. 끝나면 아까 함께 가봤던 세심원(洗心院)의 내 거처로 오거라."

"예, 사부님."

말을 마치고 진류 도장이 나가자 둘은 잠시 서먹서먹하게 앉아 있다가 왕평이 먼저 입을 열었다.

"그래, 무진 소도장, 진류 도장님의 제자라면서 어찌하여 주방에서 일을 하려 하지요?"

"저… 그게… 저는 사부님의 속가제자예요. 저는 도사가 되려는 마음은 없거든요. 어려서부터 할아버지께 음식 만드는 법을 배웠는데 할아버지는 제가 이곳에서도 계속 요리를 하기를 바라셨나 봐요. 그래서 이렇게 된 거죠 뭐."

"허허, 할아버지가 참 특이하신 분이구려. 그런데 어려서부터 요리를 배웠다면 지금은 어느 정도나……?"

"뭐, 못하는 거 없이 다 하는 편이죠. 그런데 왕평 아저씨, 그냥 편하게 부르세요. 전 이제 겨우 열여섯인걸요."

왕평은 무진의 대답을 그저 어린아이의 치기 정도로 여겼다. '못하는 것 없이 다 한다'라고 너무나도 당당하게 나오는 대답이 왕평에게는 오히려 농담처럼 들렸던 것이다. 오히려 그의 관심을 끈 것은 자신을 편하게 대하라는 소진의 말이었다.

"정말 그렇게 불러도 되겠니, 무진 소도장?"

"부르실 때도 그냥 무진이라고 부르세요. 저도 그냥 편하게 왕 아저씨라고 부를게요."

"하하하, 알겠다. 그렇게 하자꾸나, 무진아."

왕평은 처음에 조금 긴장했다가 무진이 이처럼 편하게 지내고 싶어하자 이 어린 도사가 썩 마음에 들었다. 그는 자리에서 일어나 무진의 옆으로 다가가 친근하게 말했다.

"그럼 이제 저녁때가 다 되었으니 일도 배울 겸 식당으로 가보자."

무진은 나름대로 새로운 곳에서의 생활이라 조금 긴장되기는 했지만 하나둘 배워간다는 생각으로 왕평을 따라 문을 나섰다.

시간은 어느덧 신시(申時:오후 4시 전후)를 넘어가고 있었다. 무진이 머물게 될 거처는 청죽원과 이어진 작은 방으로 본래 창고의 역할을 하던 곳 중 하나였기에 주방의 바로 옆에 붙어 있었다.

'이렇게 주방이 가까우니 언제든 원하는 요리를 직접 해볼 수 있겠구나.'

무진은 문을 나서서 모퉁이를 돌자 바로 나타나는 주방의 뒷문을 보고는 속으로 쾌재를 불렀다.

"이곳이 청죽원 주방의 뒷문이란다. 네 방과는 엎어지면 코 닿을 거리이니 오가기엔 편하겠구나. 그리고 저 옆에 있는 우물이 보이지? 주방에서 쓰는 물은 모두 저기에서 길어다 쓰고 있단다. 네 방은 보통 제자들이 사용하는 세면장에서 조금 먼 듯하니 저곳에서 세면을 해도 괜찮을 게다."

"가까운 곳에 우물이 있으니 정말 편하겠네요."

문을 열고 주방으로 들어서자 스무 평 남짓한 주방이 한눈에 들어왔다. 주방의 가운데에서는 몇몇 사람들이 모여 음식 재료로 쓰이는 듯한 여러 채소류들을 다듬고 있었다.

"자자, 일들 멈추고 잠깐 나좀 보게나!"

"엇, 왕 주방장님, 오래 걸릴 듯하다고 나가시곤 벌써 오십니까?"

주방으로 들어오면서 사람들을 불러 모으는 왕평을 보곤 누군가가 말했다. 아마 왕평은 진류 도장이 부르자 빨리 오긴 힘들 것 같다고 생각하곤 모두에게 미리 말을 해둔 듯했다.

"어쩌다 보니 그렇게 됐네. 미리들 저녁 준비를 하고 있었구만."

왕평은 옆에 서 있던 무진의 어깨를 잡고 앞으로 내세웠다.

"소개하지. 오늘부터 우리와 같이 일할 무진 도장일세. 장로원 진류 노도장님의 속가제자인데 이유가 있어 우리와 함께 일하게 되었네."

"옛? 장로원 진류 노도장님의 제자라구요? 그런데 왜 우리 청죽원에서……?"

"이보게, 장이(長二). 그래서 내가 이유가 있다고 하지 않았나. 집안이 대대로 요리를 이어오는지라 할아버지께서 특별히 부탁을 하셨다는군. 어려서부터 음식을 배웠다고 하니 아마 일은 잘할 것이야. 그리고 진류 노도장님의 제자라고 해서 조심히 대할 필요는 없네. 본인도 그냥 편하게 지내길 원하고 있으니 앞으로는 그냥 무진이라고 편히 부르도록 하게나."

"예, 주방장님. 주방에 사람이 필요했던 것이 사실이니 저희는 오히려 고마워해야 할 일이군요. 무진아, 앞으로 잘 지내보자. 나는 고대호(高大虎)라고 한다."

주방 사람들이 서로들 자신을 소개하자 무진 역시 한 걸음 앞으로 나서며 꾸벅 고개를 숙여 보였다.

"저는 무진이라고 합니다. 앞으로 잘 부탁드려요."

진류 도장의 제자로서 이곳 청죽원에서 일한다는 소리에 조금 탐탁지 않은 시선을 보내는 이들도 있었지만 예상과 달리 처음부터 자신을 낮추는 모습에 그런 시선들은 금세 사라졌다.

이곳 청죽원은 무당의 평제자들이 사용하는 식당으로 매 끼마다 이용하는 제자의 수가 대략 200명에 달했다. 그런데 몇 달 전 주방장이던 정씨가 나가고 왕평이 새로 주방장이 된 이후로 인원이 보충되지 않아 5명의 주방 인원들이 모든 일을 하고 있었다. 이런 와중에 무진이 왔으니 특별히 미운 짓을 하지 않는 이상에야 모두들 무진이 좋아 보일 수밖에 없었다. 그중에서도 특히 20대 중반의 장이와 고대호는 무진을 무척 맘에 들어했다.

장이는 평범한 외모에 꼼꼼한 성격으로 밥을 아주 잘했다. 그래서 청죽원 200인분의 밥은 항상 그가 전담하고 있었다. 그리고 고대호는 체격이 우람하고 우락부락한 인상의 청년으로 조금 덤벙대긴 하지만 힘이 장사여서 청죽원의 힘든 일들은 모두 그가 도맡다시피 하고 있었다. 서로 간단한 소개와 인사들을 끝낸 후 저녁 준비를 위해 모두들 각자 하던 일로 돌아갔는데, 무얼 할지 몰라 멀뚱히 서 있던 무진에게 처음 맡겨진 일은 다름 아닌 감자 깎기였다.

쿵!

묵직한 소리와 함께 커다란 덩치의 고대호가 한 포대의 감자를 가볍게 들어 무진의 앞에 놓아주었다. 거의 무진의 가슴까지 올라오는 감자 포대를 한 손으로 들어서 가져오는 고대호를 무진은 경이로운 눈빛으로 쳐다보았다.

"안 무거워요?"

"응? 뭐가? 저녁 식사 시간까지는 한 시진(2시간) 정도가 남았지만 요리도 해야 하고 식사 준비도 해야 하니 반 시진 안에는 다 해야 한다. 시간 내에 혼자서 하기에는 좀 버거울 테니 잠시 하고 있으면 장이가 도와주러 올 거야. 칼은 여기 있다."

'헤~ 괴물이네. 힘이 장사라더니 정말 타고났군.'

무진은 그저 놀랍다는 눈빛으로 고대호가 내미는 칼을 건네받았다. 평범한 주방용 칼로 투박하긴 해도 날이 잘 세워져 있었다.

주방 한구석에 털버덕 주저앉아 감자를 깎으며 무진은 지난 며칠간의 일들을 생각해 보았다. 할아버지와 헤어지고 사부님을 따라 무당산으로 오던 길, 지나오며 생전 처음 보는 큰 도시에 어안이 벙벙했던 일, 이런저런 생각들을 떠올리는 중에도 무진의 손은 쉴 새 없이 움직였다. 이미 6살부터 할아버지의 엄한 가르침 아래 정식으로 요리를 배워온 몸. 기본 중의 기본인 재료 손질은 이미 도통한 상태였다. 시선이 다른 곳을 향하고 머리 속은 복잡해도 손은 능숙하게, 아니, 현란해 보일 정도로 빠르게 감자들의 겉옷을 하나하나 벗겨가고 있었다.

무의식 중에 움직이던 손이 포대 속을 뒤지다가 더 이상 잡히는 게 없자 그제야 무진은 상념에서 벗어났다. 그리고 이상한 느낌에 옆을 쳐다보니 그곳엔 장이가 얼 빠진 얼굴을 해가지곤 멍하니 서서 무진의 손을 바라보고 있었다.

"너… 너 어떻게… 어떻게 그럴 수가 있지?"

"예? 뭐, 뭐가요?"

"어, 어떻게 그런 손놀림이 가능한 거냐고! 그것도 그 나이에… 엉?"

갑작스런 장이의 반응에 무진은 무척 당황스러웠지만 사실 그가 느끼는 감정은 장이의 황당한 심정에 비하면 조족지혈(鳥足之血)이었다.

본디 무림인들이 평범한 초식 하나를 보고도 상대방의 경지를 대강 짐작해 내듯이 요리사들 역시 작은 칼질 한 번, 손놀림 하나를 보고도 그 요리사의 경험이나 숙련도 등의 경지를 대강은 알아낼 수 있었다. 그런데 방금 전 무진이 보여주었던 그 칼질은 벌써 요리를 업으로 삼은 지 8년이 넘어가는 자신도 흉내 내기조차 힘든 그런 경지의 것이었다. 장이는 벌써 이십 년이 넘게 요리를 해오고 있는 왕평 주방장마저도 저런 솜씨는 보이기 힘들 것이라고 확신했다.

어느새 주방에서 움직이던 모든 손들이 동작을 멈추고 장이와 무진을 쳐다보고 있었다. 화로를 살피던 왕평이 이상한 분위기에 천천히 다가오며 물었다.

"장이, 자네 왜 그러나? 혹시 무진이 무슨 잘못이라도 했나? 혹시 그런 것이라면 자네가 그러려니 하라고. 이제 갓 시작하는 아이가 아닌가."

"그게 아니라고요, 주방장님. 저걸 좀 보십쇼!"

장이는 무진의 앞에 수북이 쌓여 있는 감자 더미들을 가리켰다.

"감자? 깔끔하게 아주 잘 깎였는데 그래. 그런데 저건 왜? 혹시 감자에 무슨 문제라도 있나?"

"문제가 있죠, 그것도 아주 심각한 문제가. 글쎄, 저걸 무진이가 다 한 거라구요!"

"허허, 난 또 뭐라구. 자네, 오늘 조금 이상하군. 무진이가 감자를 열심히 깎은 게 그렇게 흥분할 일인가?"

장이의 상기된 얼굴에 무슨 일인지 조금 걱정하고 있던 왕평이 허탈한 웃음을 터뜨리며 말했다. 하지만 이 왕평의 웃음은 장이의 다음 한 마디에 바로 사라지고 말았다.

"일 다경(一茶頃:약 15분) 만에……?"

언제부턴가 주방 사람들은 하던 일도 모두 잊고 무진의 이야기를 경청하고 있었다.

"…그렇게 할아버지완 헤어지게 됐어요. 음… 그게 오 일 전이었나? 그리곤 사부님을 따라 이곳 무당으로 오게 된 거구요."

"……"

"그러니까 네 할아버지가 전 황궁 수석 요리사셨고, 그런 할아버지한테 여섯 살부터 정식으로 요리를 배워왔다는 것이냐?"

"예."

소진의 간단명료한 대답에 주방은 다시 소란스러워졌다.

"뭐야! 그럼 경력은 나랑 맞먹잖아!"

"이놈아, 네놈의 설거지 경력이랑 황궁 요리사 밑에서의 정식 십 년 수련이랑 비교가 되는 줄 알아?"

"거 뭐… 세월로만 따지면 그렇다는 거죠. 쳇! 그렇게 따지면야 여기 있는 놈들 다……."

사람들은 모두 무진의 이야기를 듣고는 저마다 한마디씩 떠들어댔다. 겨우 열여섯의 나이에 그 경지를 전 황궁 수석 요리사였던 할아버지에게 인정받고 더 높은 곳을 바라보기 위해 수련 중이라는 무진의 말은 모두를 놀라게 하기에 충분한 것이었다.

"저……."

"응? 그래, 무슨 말이냐. 어서 말해 봐라."

모두들 자신에 대한 이야기로 정신이 없는 와중에 무진이 조심스럽게 말을 꺼냈다. 또 무슨 말을 하려나 싶어 모두의 시선이 무진에게로 향했다.

"아까 얼핏 들은 것 같은데… 이제 저녁 식사 때가 다 되지 않았나요?"

"……!"

무진에게 향했던 시선이 서로에게, 그리고 그 시선이 다시 주방 가운데 아직도 수북이 쌓여 있는 재료들로 향했다. 주방이 일순 적막에 휩싸였다.

"아뿔싸! 큰일이다. 이런 어처구니 없는……. 무진의 이야기를 듣다가 시간 가는 줄을 몰랐네. 여보게, 대호! 시간이 얼마나 남았지?"

"주방장님, 이제 겨우 한 식경 정도 남았습니다."

"크, 큰일이군. 장이, 서, 설마 밥도 아직 안 된 건 아니겠지?"

"하아~ 다행히 밥은 미리 불을 지펴놔서 이제 다 되었습니다."

장이는 안도의 한숨을 내쉬었다. 다행히도 밥조차도 없는 최악의 사태는 피하게 된 것이다.

"좋아. 그럼 장이와 너희 둘은 밥을 통에 옮겨 식당으로 나르거라. 고대호, 자네는 어서 요리에 쓸 물을 길어오게. 그리고 무진아, 너는 나와 함께 음식을 준비하자. 요리는 시간이 적게 걸리는 소채와 두부 요리를 올릴 테니 어서 시작하자꾸나."

"하, 하지만 다른 분들도 있는데……."

"물론 그렇지만 만약 네 이야기가 모두 사실이라면 너만한 사람이 없을 것이다. 바쁜 상황에서는 능력이 우선이지. 어서 이리로 오거라. 손이 부족하니 재료 준비도 직접 해야 할 상황이야."

왕평은 주방장답게 크게 허둥대지 않고 신속히 준비할 것들을 지시했다. 왕평과 무진 두 사람은 번개 같은 속도로 남은 음식 재료들을 다듬고는 순식간에 요리 준비를 끝냈다.

"무진아, 아무래도 시간이 부족하구나. 우리 둘이 동시에 요리를 해야 시간에 맞출 수 있겠다. 네 이야기를 들어보니 너의 실력이 오히려 나를 훨씬 웃돌 것 같으니 믿고 맡기마. 나는 소채 요리를 할 테니 네가 두부 요리를 맡아라."

"예, 왕 아저씨."

갑작스런 상황이었지만 소진은 당황하지 않고 무슨 요리를 할 것인지를 침착하게 생각했다.

'음, 재료가 부족하니 제대로 만들 수는 없겠고, 웅장두부(熊掌豆腐)

비슷한 느낌으로 한번 해볼까?

　일단 결정이 내려지자 소진의 손은 번개같이 빠르게 움직이기 시작했다.

　치이이익, 탁탁탁.

　서걱서걱, 치직, 촤아악.

　소진과 왕평 두 사람의 음식 만드는 소리가 요란하게 주방에 울려 퍼졌다.

　'두부는 살짝 익히고, 소금, 간장하고… 청주를 넣고, 음… 이 정도에서 불을 낮추고 볶아주다가…….'

　"주방장님, 식당 쪽은 준비 다 됐습니다. 이제 요리만 가져다 놓으면 끝납니다. 겨우 반 각밖에 안 남았어요!"

　막 준비를 끝낸 장이가 주방으로 뛰어들어 오며 외쳤다.

　"자자! 나도 이제 끝났네. 무진아, 너는 어떠냐!"

　방금 전까지 정신없이 움직이던 무진도 환하게 웃으며 대답했다.

　"저도 방금 다 됐어요."

　"이제 담아서 나가기만 하면 되네. 어서 모두 불러 모으고 자네들은 어서 가져다 나르라고!"

　"자자! 어서어서 움직여! 시간이 없다구!!"

　이렇게 겨우 아슬아슬하게 시간에 맞춘 주방 인원들은 각자 양손에 접시를 들고 주방과 식당 사이를 필사적으로 움직였다. 그리고 식사 준비가 모두 끝나자마자 한두 사람씩 들어서는 무당 제자들을 보고서야 사람들은 비로소 한숨을 돌릴 수가 있었다.

　"하이고, 십년감수했네."

　"모두들 수고했네. 특히 무진아, 네가 아니었으면 시간 안에 절대 힘들 뻔했다."

"다 제 이야기 듣다가 늦어진 건데요 뭘. 그나저나 아슬아슬했네요, 정말……."

"설마 이런 일이 벌어지리라고는 상상도 못했군. 소진의 이야기가 생전 처음 듣는 것이라 모두들 넋이 나가 있었어."

"그나저나 갑자기 뛰었더니만 뱃속에서 식충(食蟲)들이 난리네요. 이만 우리도 대충 정리하고 밥들 먹도록 할까요?"

일단 식사 준비만 끝내면 주방은 다시 한산해진다. 탁자마다 작은 밥통과 음식들을 내놓으면 제자들이 알아서 먹을 양을 덜어다 먹기 때문이다. 이제 이들은 느긋이 주방에서 기다리다가 식사 시간이 끝나면 나가서 빈 밥통과 접시를 정리하고 청죽원 내부 청소를 하면 되는 것이다.

모두 한데 모여 저녁 식사를 마치고 식사가 끝난 청죽원 내부를 청소하자 주방의 일과는 끝이 났다. 모든 정리까지 마치자 시간은 초경(初更:저녁 8시 전후)에 가까워지고 있었다.

이미 어두워진 하늘을 보며 모두들 집으로 돌아갈 준비를 했다. 주방에서 일하는 사람들은 모두 인근 마을에 사는 사람들이어서 일을 마치면 모두 집으로 돌아간다. 무진은 살 곳이 이곳인지라 사람들이 나갈 준비를 하는 것을 가만히 앉아 지켜보다가 갑자기 무슨 생각이 난 듯 왕평을 찾았다.

"저, 왕 아저씨, 부탁이 한 가지 있는데요."

"응? 뭐지?"

"밤중에도 필요하면 저 혼자 주방을 사용해도 될까요?"

"허허, 밤중에 주방에서 무슨 짓을 하려는지는 모르겠지만 원한다면 그렇게 하거라."

주방 사람들이 이런저런 이야기들을 나누며 청죽원을 나서자 무진
도 문을 닫고는 발걸음을 옮겼다.

第三章

무진, 무공을 배우다

강호상의 어느 문파든지 마찬가지겠지만 무당에도 역시 장로(長老)라고 불리우는 존재들이 있다. 나이는 최연소 장로라 할지라도 거의 환갑에 가깝고 나이에 걸맞게 배분 역시 각 문파 장문인과 동급 아니면 그 윗줄에 올라 있으며, 하는 일이라곤 그저 소속 문파에서 마련해주는 장로원(長老院)이라는 이름의 멋들어진 시설에서 주는 밥 먹고 남는 시간에 자기들끼리 여가나 즐기다가 큰 행사가 있을 때나 가끔 얼굴을 비추는 존재들. 얼핏 보면 밥만 축내는 늙은 폐물(廢物)들이라고 할지도 모르는 이들이야말로 실은 각 문파의 진정한 힘이라 할 수 있다.

강자존(强者存)이라는 법칙이 가장 확실히 적용되는 강호무림. 강호의 문파 간에 힘의 강약(强弱)은 그 문파의 문도 수에 있지 않았다. 문도 수란 그저 허울 좋은 껍데기에 지나지 않는 것. 그 진정한 힘의 차이는 바로 절정고수의 숫자에 있었다.

절정고수라 함은 수십 년의 고된 수련 끝에 무인으로서 어떤 한계까지의 수준에 도달하거나 더 나아가서는 그 한계를 뛰어넘은 이들을 말한다.

이 한계점이란 흔히들 강호상의 은어로 마벽(魔壁)이라 불리는 것으로, 무인이 무공을 수련할 때 일정한 수준까지는 꾸준한 단련으로 올라설 수 있지만 어느 순간 마치 거대한 벽 앞에 서 있는 듯 더 이상 진척이 나아가지 않고 제자리걸음을 하게 되는 경지를 일컫는 말이다.

마벽에 도달하는 경지에까지 오르는 것도 엄청나게 힘든 일이지만 이 경지를 뛰어넘기란 그보다 곱절은 더 어려운 것이었다. 그래서 혹자들은 절정의 수준에서도 이 한계를 극복한 이들의 경지를 따로 초절정, 혹은 현묘(玄妙)한 경지라 하여 현경(玄境)이라는 이름으로 부르기도 했다.

비록 도달하기가 까마득하게 어려운 경지들이기는 했지만 이들의 힘이라는 것은 실로 대단한 것이었다. 절정고수 한 명이 대략 일류고수 이십 명 정도를 홀로 대적할 수 있을 정도였으니… 초절정의 경지에 오른 무인은 가히 움직이는 문파라고 보아도 과언이 아니었다.

때문에 비록 명문거파(名門巨派)라 할지라도 문파마다 절정고수의 수는 그리 많지 않았고, 각 문파들은 자파(自派)에서 한 명이라도 절정의 고수를 더 길러내기 위해 근골(筋骨)이 우수하고 오성(悟性)이 뛰어난 제잣감을 찾는 데 동분서주하고 있었다. 이것이 바로 자파의 힘을 키우는 데 가장 효과적인 방법이었기 때문이다.

각설하고, 결론만 말하자면 이 장로원이라는 곳은 말 그대로 절정고수들의 집합소였다. 그리고 무당의 장로원 역시 별반 다르지 않았으니,

이들이 머무는 곳을 무당에서는 세심원(洗心院)이라고 부르며 많은 배려를 아끼지 않았다.

무진은 아까 낮에 사부님을 따라가 보았던 세심원을 향해 가고 있었다. 초경이 되어 하늘은 어두웠지만 군데군데 켜진 횃불들 덕분에 시야는 충분히 확보되었다. 저 앞으로 일견하기에는 평범해 보이나 보면 볼수록 깊은 맛이 느껴지는 세심원의 현판이 보일 때쯤 갑자기 들려오는 호통 소리에 무진은 소스라치게 놀라 걸음을 멈추었다.

"멈춰라! 누군데 이 시간에 세심원을 향하느냐!"

"히이익!!"

고풍스런 무당의 전각(殿閣)들이 너울대는 횃불에 비춰지는 모습에 정신을 빼앗기고 걷던 무진은 급작스런 호통에 정말로 숨이 멎을 듯 놀랐다. 얼떨결에 취해진 우스꽝스런 몸짓과 그에 어울림 직한 희한한 비명성을 토해내던 무진은 가까스로 정신을 차리고서야 자신을 하마터면 급성 심장 마비로 몰고 갈 뻔한 흉악무도한(?) 인간들을 확인할 수 있었다.

'아니, 어떤 자식이 이렇게 갑자기 튀어나와서 사람을 놀래키는 거야! 에구구, 심장이야. 하마터면 골로 갈 뻔했네. 이건 명백히 살인 미수라고!'

세심원의 정문을 지키던 무당파 이대(二代) 제자 정송(正松)과 정회(正廻)는 이 생전 처음 보는 꼬마 녀석을 어이없는 눈길로 바라보았다. 자신들이 세심원 정문의 좌우로 뻔히 보이는 곳에 서서 이 녀석이 오는 동안 계속 쳐다보고 있었건만 넋이 나간 듯 주위를 둘러보며 자신들은 전혀 아랑곳하지 않더니, 이제 세심원에 들어오려는 것 같아 불러 세워 정체를 알아보려 하니 별 해괴한 동작과 희한한 비명성을 토해내며 털썩 주저앉아서는 한참을 헤매다가 겨우 정신을 차려서 한다는 짓이 자신들을 죽일 듯이 노려보는 것이다.

'허참, 어이가 없구만. 지놈이 눈앞의 사람도 못 알아봐 놓구선 지금 누굴 노려봐! 음? 그런데 이놈은 대체 누구지? 나이로 봐선 갓 들어온 청 자(青字) 항렬의 삼대(三代) 제자 같은데……. 가만, 내 기억엔 분명 근자에 새로 제자를 받은 일이 없는…….'

무당에는 현재 장문인의 진 자(眞字) 항렬 아래로 무 자(無字) 항렬의 일대 제자, 정 자(正字) 항렬의 이대 제자, 청 자(青字) 항렬의 삼대 제자가 존재하고 있었다. 그리고 지금 소진이 마주친 이들은 이중 정 자 항렬의 이대 제자였다.

나이를 봐선 아직 어린 청 자 항렬의 제자들 중 하나일 것 같았지만 처음 보는 얼굴이었다. 정송이 무진의 정체에 대해 한창 고민하고 있을 때 정회가 거듭 물었다.

"너는 누군데 이 시간에 본 파의 중지(重地)를 얼쩡거리느냐!"

막 자신이 방금 처했던 심장 마비 직전의 상황과 그들이 저지른 살인 미수의 극악한 행동을 설명하려던 무진은 그들의 어이없다는 기색이 역력한 눈빛과 그들이 서 있는 위치를 보고는 잠시 행동을 자제하고 생각에 잠겼다.

'잠깐, 이거 뭔가 이상한데? 좍 둘러봐도 이놈들이 숨어 있을 만한 곳이 없는데… 도대체 어디서 튀어나온 거지? 그리고 저 기분 나쁜 눈빛은 또 뭐야. 음? 혹시…….'

"저… 두 분께 죄송하지만 뭐 좀 물어볼게요. 두 분 혹시 원래 거기서 계셨던 건가요?"

빠지직!

어처구니없는 무진의 물음에 정송과 정회는 일순 온몸이 돌처럼 굳어지는 것 같았다. 마치 더 이상의 충격을 받으면 산산이 바수어질 듯한 기분의……

휘이잉.

굳어버린 두 사람을 추운 겨울바람이 말없이 휘감고는 지나갔다.

"이익! 그렇다! 한 발자국도 움직이지 않고 여기 서 있던 이 정송이 감히 묻건대, 네 녀석은 대체 누군데 이 시각에 본 파의 중지인 세심원 앞을 얼쩡거리는 거냐!"

삐질삐질!

무진은 혹시나 했던 자신의 생각이 정확히 맞아떨어지자 이마에선 식은땀이 배어 나오고 무안한 마음에 얼굴은 화끈 달아올랐다.

'이런 쪽팔리는 경우가……'

어떻게든 이 상황을 벗어나야 할 것 같았다. 하지만 오늘 처음 입문한 이곳에서 무진이 믿을 것이라곤 아무리 머리를 굴려봐도 역시 사부밖에는 없었다.

"저, 저는 무진이라고 하는데요. 사부님께서 부르신 시간에 늦어서 급한 마음에 달려오다가 미처 두 분을 못 봤나 보네요. 아하핫, 바보같이……"

어색한 웃음을 흘리며 궁색한 변명을 해대는 무진의 말을 듣던 정송과 정회는 갑자기 뜨악한 표정이 되어 되물었다. 물론 아직 의심의 눈초리는 걷히지 않고 있었다.

"헛! 소, 소형제, 방금 사부님이 여기 계시다고 하였는가?"

혹시나 하는 마음에 무진을 부르는 호칭은 은연중에 '녀석'에서 '소형제'로 바뀌었고 말투도 조금 정중하게 바뀌어 있었다.

"예, 진류 도장님이 제 사부님이신데 분명히 이 시간 즈음에 오라고 하셨어요. 아까 낮에 왔을 때는 지키는 사람을 못 봐서 방금 전엔 제가 미처 모르고 두 분을 지나갈 뻔했나 보네요. 그리고 혹시 너무 늦어서 그런 거라면 절~대 일부러 늦게 온 게 아니……!"

털썩!

혹시 너무 늦은 시간에 와서 이러나 하는 생각에 사부를 팔아서 자신의 무고함을 말하려던 무진은 갑작스런 이들의 행동에 순간 할 말을 잃어버렸다. 방금 전까지만 해도 자신을 노려보며 당당히 서 있던 그들이 순식간에 개구리마냥 바닥에 납작 업드려 있었기 때문이다.

무진에게 진류 도장의 제자라는 말을 들은 정송과 정회는 순간 안색이 창백해졌다.

'허거걱! 설마 오늘 낮에 사숙님들께 들었던, 진류 사숙조님이 제자로 받아들이셨다던 무진 사숙님이 바로 이 아이?'

동시에 같은 생각을 떠올리곤 핏기 잃은 얼굴로 잠시 서로 눈빛을 교환하던 정송과 정회는 무언의 합의가 끝나자 바로 차가운 돌바닥으로 몸뚱아리를 던졌다. 그리곤… 무릎을 꿇고 손이 발이 되도록 빌기 시작했다.

"무진 사숙, 저희의 잘못을 용서하시길! 저희는 오늘 낮에야 사숙님 이야기를 전해 듣고는 한 번도 뵙지를 못하여 이렇게 큰 무례를 저지르게 되었습니다. 부디 용서해 주십시오!"

'우걱!! 이게 뭔 소리야? 이놈들이 갑자기 실성했나? 웬 헛소리를 찍

찍 해대는 거여!'

"갑자기 뭔 소린지…… 제가 왜 댁들의 사숙이라는 거지요?"

"저희는 무진 사숙의 사형이신 무청(無青) 도장님의 제자들입니다. 저희가 눈이 어두워 사숙님을 몰라뵙고 커다란 무례를 범하였으니 부디 넓은 아량으로 용서해 주시길 빕니다."

특하나 예를 중요시하는 무청 도장의 제자들로서는 정말 하늘이 도운 격으로 이제 갓 집을 떠나온 지 며칠 안 된 무진은 강호상의 배분이나 특히 한 문파 내에서 그 배분의 중요성 같은 것들에 대해서는 전혀 무지한 상태였다. 때문에 나이가 자신보다 훨씬 많아 보이는 사람들이 자신에게 무릎을 꿇고 있는 것이 영 보기에 좋지 않았다.

"알았어요, 알았다구요. 뭔지는 잘 모르겠지만 어쨌든 제가 용서만 하면 되는 거죠? 용서할 테니깐 어서들 일어나세요."

정송과 정회 두 사람은 몸을 일으키면서도 연신 고개를 조아렸다. 혹시라도 이 일이 자신들의 사부인 무청 도장의 귀에 들어가는 날이면?

부르르!

상상만으로도 절로 몸서리가 쳐졌다.

"그럼 저는 이만 들어가 봐도 되는 건가요?"

"예, 무진 사숙. 들어가시죠. 당연히 되고말고요. 그리고… 오늘 일은 제발 저희 사부님께는 비밀로……."

여기서 잠깐! 과연 이들의 사부라는 무청 도장은 어떤 인물인가! 무당에는 현재 정확히 스물아홉 명의 무 자 항렬 제자들이 있었다. 그중 냉면철검(冷面鐵劍) 무청 도장의 위치는 그 별호만큼이나 살벌한 것이었으니, 대무당과 집법당주(執法堂主), 이것이 바로 그의 직책이었다.

때문에 아랫 제자들은 그의 앞에서는 절로 꼬리를 내리고 설설 기어 다니기 일쑤였고, 특하나 그의 제자들은 더 더욱 무청 도장을 무서워했다. 한번 잘못을 저지르면 한 달은 족히 누워 있도록 흠씬 두들겨 패주니 누가 두려워하지 않으랴.

이런 사정에 대해서 전혀 무지한 무진으로서는 이들의 절박한 심정을 알 리가 없었다. 단지 이들의 처절한 표정 연기에 감동을 받아서인지 대답만은 선뜻 해주었다.

"알았어요. 비밀로 할 테니까 얼굴들 좀 푸세요. 그리고 저는 이만 들어가 볼게요. 그럼 수고들 하세요!"

종종걸음으로 세심원으로 들어가는 무진의 뒷모습을 바라보며 정송과 정회 두 사형제는 이제 살았다는 안도의 한숨을 내쉬며 한참을 서로 얼싸안고 있었다.

정문을 지나 세심원 안으로 들어간 무진은 곧바로 진류 도장의 처소로 향했다.

세심원의 내부는 마치 무당파와는 별개인 듯 또 다른 분위기를 풍겨내고 있었다. 밖이 주로 웅장하고 현기가 느껴지는 분위기라면 안쪽은 자연스럽고 허허로운 분위기를 자아내고 있었다. 담으로 둘러쳐진 세심원 내부는 기본적으로 커다란 장원의 모습이었는데, 한쪽으로는 어디서 끌어들였는지 작은 시내가 흐르고 군데군데 멋들어진 수목들이 심어져 있었다. 그리고 이렇게 조성된 상당한 규모의 장원 곳곳에는 작은 모옥들이 한 채씩 지어져 있었다. 무당의 장로들은 바로 이 작은 모옥에서 한 명이나 두 명씩 마음 맞는 대로 지내며 신선과 같은 생활을 하고 있는 것이다.

무진은 한참을 걸어 낮에 와봤던 진류 도장의 모옥에 도착했다. 진류 도장 역시 무진을 기다리고 있었는지 인기척이 나자 곧장 문을 열고 무진을 맞아들였다.

"이제야 오는구나, 무진아. 생각보다 많은 늦는구나."

"최대한 빨리 끝내고 오는 길인데도 이런걸요."

방금 전 입구에서 겪었던 일에 대해서는 일부러 이야기를 하지 않았다.

"어허, 벌써 초경인데……. 너는 무공의 높은 경지를 목표로 하기보다는 음양오행의 조화와 기의 세심한 운용에 더 관심이 있으니 굳이 하루 종일 수련에 매달릴 필요는 없겠다만 그래도 이렇게 되면 수련 시간이 짧아도 너무 짧구나. 매일 이때부터 수련을 한다 해도 무공 수련 시간이 하루에 겨우 한 시진 정도에 불과하니……."

잠시 고민하던 진류 도장은 이내 결정을 내렸다.

"그렇다면 왕평에게는 내가 말할 테니 너는 내일부터 저녁 준비는 하지 말고 곧장 이곳으로 오도록 해라."

"옛? 정말 그래도 되나요, 사부님?"

무진은 그렇지 않아도 주방에서 하루 종일 일하다가 다시 이곳에서 무공을 수련할 것을 생각하곤 앞날이 캄캄했었는데 의외로 진류 도장이 너무 쉽게 해결책을 마련해 주자 터져 나오는 환호성을 가까스로 참아야만 했다.

"너는 이곳으로 나에게 무공을 배우기 위해 온 것이지 고작 허드렛일을 하기 위해 온 것이 아니다. 물론 궁극적으로 너나 네 할아비의 꿈은 요리의 높은 경지겠지만 식당에서의 일이 그리 큰 도움이 되지는 못할 것이다. 하나 나와의 수련은 너에게 어떤 돌파구를 마련해 줄 수도 있는 것이니 무엇을 더 중요시해야 할지는 뻔하지 않겠느냐?"

소진은 사부의 말에 연신 고개를 끄덕이며 긍정의 뜻을 표시했다.

"예, 사부님 말씀이 지당하십니다. 저는 그저 사부님의 결정에 따르도록 하겠습니다."

진류 도장은 무진이 자신의 말에 맞장구를 쳐주자 은근히 기분이 좋아졌다.

'흐흐흐, 바로 이런 게 제자 키우는 재미인가? 귀찮을 줄만 알았더니 은연중 재미도 쏠쏠하구나.'

그는 얼굴 만면에 웃음을 띠며 자신의 귀여운 제자에게 말했다.

"껄껄껄, 그래, 마치 집에서 할아버지를 따르듯 이곳에서는 이 사부를 믿고 따르도록 하거라."

"예, 사부님."

'이 얼마나 사랑스럽고 귀여운 나의 제자인가! 내 너를 위해 나의 모든 것을 아낌없이 전해주마!'

이런 마음을 아는지 모르는지 무진은 그저 사부가 웃으니 같이 헤헤거리며 웃고 있을 따름이었다.

"험, 흠! 그래, 어찌 됐든 이제부터 내 너에게 우리 무당의 무공을 전수하마. 너는 이것을 절대 가벼이 여기지 말고 반드시 옳은 일에만 사용하도록 하거라."

진류 도장의 얼굴이 순간적으로 진지한 모습을 띠었다. 무진 역시 이 말에 담긴 의미를 어렴풋이 느끼고는 마음을 가다듬고 진지한 자세로 진류 도장의 말에 귀를 기울였다.

"너와 이곳 무당산까지 오는 길에 내가 이미 이야기했듯이 우리 무당파는 그 부드러움을 바탕으로 하는 빼어난 내가기공과 검법으로 커다란 명성을 얻고 있다. 물론 다른 무공들이 뛰어나지 않은 것은 아니나 특히나 이 두 가지는 가히 무림의 일절(一絶)이라 할 만한 것들이지. 내가 이제껏 주(主)를 두고 연성(鍊成)한 것 역시 이 두 가지이다. 지금 너에게 중요한 것은 내공심법뿐이니 굳이 검법을 배울 필요는 없겠지만 내 제자가 된 이상 모든 것을 가르쳐 주고 싶구나. 하지만 일단은 내공심법이 우선이겠지."

"……."

"우리 무당엔 정말 빼어난 내공심법들이 여럿 있단다. 어느 것 하나 오묘하지 않은 것이 없고 그만큼 어렵기도 하지. 그중에서도 오행신공(五行神功)이라는 것이 있단다. 이 무공은 내가 장문인의 허락을 받고 비서(秘書)… 아니, 어떤 곳엘 들어갔다가 우연히 찾아낸 것인데, 백 년 전 무당제일고수이자 천하제일고수였던 천무(天武) 도장께서 창안하신 무공이었다. 동시에 미완(未完)의 무공이기도 하지. 천무 도장께서는 말년에 이 오행신공을 연구하시던 중 채 마무리를 맺지 못하고 등선(登仙)하셨단다. 때문에 미완의 무공으로 남은 이 오행신공은 아무도 익힐 수가 없어 그저 사장(死藏)되고 있었는데 그것을 우연히 내가 발견하게 된 것이야."

비서각(秘書閣).

비서각은 대대로 이어져 내려온 무당 절기의 원본비급(原本秘笈)들과 강호를 주유하며 얻어진 여타의 비급 및 보물들을 보관하는 곳으로 마치 소림의 장경각(藏經閣)과 같은 역할을 하는 곳이었다. 그 중요함이 막중한 것은 당연지사.

때문에 이 비서각의 존재는 오직 장문인과 장로 직 이상에게만 전대에서 구전으로 전해받을 뿐 여타의 문인들은 그 존재 사실조차도 모르고 있었다. 그 출입 또한 엄격히 통제되는데 오직 장로 직 이상의 문인들만이 장문인의 허락을 득(得)한 연후에야 출입이 가능할 따름이었다.

때문에 오행신공을 설명하면서 비서각의 존재를 입에 담으려던 진류 도장은 급히 말을 얼버무리고 그저 '어떤 곳'이라고만 설명한 것이었다.

무당은 여타 문파에 비해서도 유독 장로들에 대한 대우가 좋아서 타 문파들의 늙다리 장로들에게 무당은 노년기의 낙원이라는 소문까지 돌 정도였는데 그 이유가 다 여기에 있었다.

무당의 장로들은 비서각을 통해 계승된 무학들을 익히며 더욱 높은 경지에 오르고 그것을 다시 발전시켜 후대에 계승하여 문파의 장래를 밝혀주니 무당으로서는 당연히 이런 장로들이 귀하디귀한 존재들인 것이다. 그리고 우리의 진류 도장 역시 스스로의 위치를 잘 알고 그 역할을 확실히 수행하고 있었으니……

"지난 십 년의 세월 동안 나는 오직 이것에 매달렸다. 이미 백 년 전 모두들 미완의 무공이라고 외면한 이 오행신공에서 나는 충분한 가능성을 느꼈기 때문이지. 그리고 약 일 년 전쯤에야 나는 어렵사리 이 무공을 완성시킬 수 있었단다."

"아……"

무진은 십 년이라는 긴 세월 동안 천무 도장 본인이 다시 살아 돌아오지 않는 이상 완성이 불가능하리라 여겨지던 미완의 무공을 완성시켜 낸 진류 도장의 집념에 작은 탄성을 토해냈다.

"바로 그때부터였지, 내가 제자를 받아야겠다는 생각을 하게 된 것은. 사실 그동안 제자를 받지 않은 것은 귀찮아서 그런 것도 있겠으나 더 큰 이유는 오행신공에 몰두하느라 제자를 돌볼 여유가 없었기 때문이다. 그런데 막상 제자를 받으려 하니 또 다른 문제가 생기더구나."

"그게 뭐죠, 사부님?"

평소에는 잘 살펴볼 수 없는 진류 도장의 열정 같은 것이 느껴지는 말들에 저도 모르게 빠져들던 무진은 사부가 이 오행신공을 전수하려 하는 것임을 어렴풋이 짐작하던 중 문제가 있다는 말에 바로 물음을 던졌다. 이것은 자신과도 밀접히 관계된 문제임에 틀림없었다.

"정확히 말하면 두 가지 문제라고 할 수 있지. 하나는 이 무공을 익히기 위한 조건이고 다른 하나는 이 오행신공의 커다란 단점이란다."

"대체 어떤……?"

"먼저 말한 오행신공을 익히기 위한 조건이란 사실 아주 간단한 것이야. 단지 다른 무공을 익히지 않고 있기만 하면 되는 것이지. 처음엔 무당 내에서 쓸 만한 제자를 구해보려 했단다. 하나 본 파에 입문하는 즉시 배우는 것이 바로 기초적인 내공심법이란다. 이곳 무당이 워낙에 빼어난 내공을 중시하다 보니 가장 처음 배우는 것도 내공심법인 것이지. 해서 입문 제자들 중에는 제잣감을 찾을 수가 없었단다. 그래서 이번엔 새로운 제자가 들어오기를 기다렸지. 이제 막 입문하는 녀석은 아무것도 익히지 않고 있을 게 아니냐. 그러나… 이번엔 또 다른 문제가 내 뜻을 가로막더구나. 이것은 오행신공의 단 하나뿐인 단점으로 바로 일정 수준에 오르기 전에는 그 위력이 미미하다는 것이다. 나는 일부러 새로 입문하는 제자들에게 정체를 숨기고는 매번 물어보았단다. 내 자신하건대 그 오묘함은 가히 천하제일이라 할 수 있으나 십성의 경지에 이르기 전까지는 그저 하급 무공 정도의 위력밖에는 보이질 못하는, 그리고 그 경지에 이르기 위해서는 수십 년의 세월이 걸릴지도 모르는 무공을 익혀볼 생각이 있느냐고. 그 결과는 참담했단다. 모두들 고개를 젓더구나. 그들은 불확실한 미래보다는 확실한 성취가 가능한 다른 무공들을 익히고 싶어했지. 사실 무당엔 그들의 구미에 딱 들어맞는 빼어난 무공들이 많이 있으니 너무나 당연한 결과라고도 할 수 있겠지. 그리곤 작년 네 할아비에게 너에 대한, 정확히 말하면 너를 나에게 맡기고 싶다는 이야기를 들었다. 하나 네 생각도 들어봐야 했기에 다음 해에 확답을 주겠다고 하더구나. 그래서 나는 정확히 일 년을 기다렸다."

"아! 그런 일이……."

무진은 자신을 위해 일 년을 기다려 준 진류 도장과 그토록 자신을 위해준 할아버지에게 너무나도 큰 고마움을 느꼈다.

"이런, 어쩌다가 이렇게 이야기가 샜는지 모르겠군. 어쨌든 지난 일 년간 이런 일들이 있었고, 예상했겠지만 이제부터 내가 너에게 전수할 무공이 바로 이 오행신공이다. 너는 절정의 고수가 되기 위해 무공을 익히는 것이 아니라 그 세세한 기의 운행과 몸의 변화를 알아내기 위해 무공을 익히려는 것이니 나의 이 무공이 가장 적합할 것 같구나. 너는 나와 이 무공을 익혀볼 의향이 있느냐?"

"예!"

"내 이미 이야기했다. 대성하지 못하면 그 위력을 기대하기 어려운 무공이라고. 너는 그 성과가 미미하더라도 끝까지 익혀 나가겠느냐?"

"예!"

무진의 힘찬 대답에 진류 도장은 무언가 가슴속에서 치솟아오르는 게 느껴졌다.

"좋다. 사실 이 오행신공은 아까 말한 그 한 가지의 치명적인 단점만 없다면 가히 천하제일이라 불리울 만한 것이다. 나 역시 내가 완성한 이 무공의 진정한 위력을 보고 싶고, 또한 너는 나의 단 하나뿐인 제자이니 최선을 다해 수련을 도와주마. 하지만 결코 쉽지는 않을 것이야."

진류 도장은 십 년의 노력으로 자신이 완성시킨 이 신공을 아무도 익히려 하지 않자 사실 극심한 허탈감에 빠졌었다. 대성하기만 하면 어마어마한 위력을 낼 수 있으나 그전까지는 별 힘을 못 보는 무공. 백 년 전의 천하제일고수가 시작해서 자신이 완성해 낸 이 무공이 이대로 사라질 것만 같은 기분도 들었다. 하나 이렇게 자신의 뒤를 이어줄 제자를 만나자 그동안 잊혀졌던 열정 같은 것들이 가슴속에서 서서히 고개를 들고 일어나는 것 같았다.

"이제 마음을 가라앉히고 편안히 앉아 내가 하는 말을 경청하도록 하거라."

"후우욱."

무진은 심호읍을 크게 하고는 진류 도장의 앞에 앉아서 정신을 집중했다.

"무릇 오행(五行)이란 대우주의 진리로 우리의 몸, 소우주에서 역시 마찬가지다. 목은 화를 생하고[木生火], 화는 토를 생하고[火生土], 토는 금을 생하고[土生金], 금은 수를 생하고[金生水], 수는 다시 목을 생한다[水生木]. 이를 오행의 상생[五行相生]이라 하니 신공(神功)의 상생(相生)에서 발원하여……."

나지막이 울려 퍼지는 진류 도장의 목소리에서는 왠지 모를 현기가 느껴진다.

한마디도 놓치지 않으려는 듯 온 정신을 집중하여 경청하는 소진. 구결을 암송하면서도 진류 도장은 이런 제자의 모습을 흐뭇한 시선으로 지켜보았다. 무당에서 보내는 무진의 첫날밤은 이렇게 깊어가고 있었다.

흔들.

"…이, 아! 이어아!"

"……."

흔들흔들.

"무지아! 이어나라우!"

"음… 냐……."

흔들흔들흔들…….

"무진아!! 일어나라니까!"

"헉!"

마치 지진이 난 듯 몸이 요동 치는 느낌에 눈을 뜬 무진은 깜짝 놀라지 않을 수가 없었다. 어두컴컴한 방 안에서 어렴풋이 보이는 거구의 인영이 자신의 어깨를 마구 흔들어대고 있었기 때문이다.

"히익! 누, 누구냐!"

순간 방구석을 향해 필사적으로 몸을 굴려 도망친 무진이 몸을 일으키며 외쳤다.

"이런… 나야, 고대호. 설마 하루 만에 내 얼굴을 잊어버린 거냐?"

무진은 자다 깨서 흐리멍덩한 눈을 비비곤 다시 한 번 상대를 쳐다보았다. 창밖에서 넘어 들어오는 달빛에 비춰지는 얼굴은 어제 처음

만난 주방의 고대호가 맞는 것 같았다.

"아웅, 깜짝이야. 그런데 여긴 어쩐 일이세요?"

"어쩐 일이긴! 어제 아무도 말을 안 해줬나? 하긴, 어젠 다들 정신이 없었으니까. 이곳에선 진시(辰時:오전 7시) 초에 아침 식사를 해. 지금이 묘시(卯時:오전 5시) 초이니 이제 슬슬 아침 식사 준비를 해야 할 시간이라구."

"쩝… 그렇군요. 옷만 입고 곧장 갈 테니 먼저 가세요."

무진은 단잠에서 깨어난 것이 못내 아쉬운 듯 입맛을 다셨다.

"알았다. 그리고 무진아."

"예?"

"흐흐흐, 혹시라도 다시 자면… 알지?"

삐질삐질.

문을 나서며 입가에 음흉한 미소를 지으며 살포시 말아 쥔 주먹을 흔들어 보이는 고대호의 모습에 무진은 순간 온몸의 털이 쭈뼛 서는 것을 느꼈다.

'윽! 저거에 한 대 맞으면 사망이겠다. 죽지 않으려면 조금 더 자려던 생각은 접어야 하는가.'

"좀 어둡긴 해도 좋은 아침입니다!"

재미있는 무진의 아침 인사에 모두들 웃음을 지어 보였다.

"하하하, 그래, 좋은 아침이다."

"왕평 아저씨, 잘 주무셨어요?"

모두들 아침 식사를 준비하는 모습을 보며 왕평에게 다가간 무진이 물었다.

"그래, 너도 잘 잤니? 내가 어제 경황이 없어서 아침에 일어날 시간을 말해 주지 않았더구나."

"괜찮아요. 어차피 평소에 일어나는 시간보다 조금 일찍인 걸요."

"그래도 처음엔 혼자 일어나기 힘들 테니 아침마다 깨워주마. 어차피 엎어지면 코 닿을 거리니 그다지 부담되는 일도 아니고."

"그래 주시면 저야 고맙죠 뭐. 오늘은 어떤 일을 할까요?"

"아, 실은 그 문제로 네가 오기 전에 모두들 모여 의논해 봤단다."

"……."

무진은 그저 오늘도 시키는 일 열심히 하려다가 왕평의 말에 의아한 기색을 떠올렸다.

"이건 어찌 보면 사소하면서도 다시 생각해 보면 상당히 중요한 문제일 수도 있단다. 어제 확실히 알았는데, 너의 실력은 도저히 우리가 따르지 못할 정도까지 올라 있더구나. 그런 실력에 요리 재료들이나 손질하게 할 수는 없고, 당연히 실력이 있으면 주방을 맡는 것이 정상이겠지만 너의 나이도 있고 아직은 이곳의 사정을 잘 모르니 그것도 여의치 않고……."

"엇! 저, 저는 아무 일이나 해도 상관없어요. 굳이 그렇게까지 생각하지 않으셔도 된다구요."

의외의 말들에 무진은 조금 당혹스러웠다.

"내가 사소하면서도 중요한 문제라고 하지 않았니. 요리에서 가장 중요한 것은 역시 실력이야. 우리 역시 신중히 생각해서 내린 결정이다만 앞으로 네가 이곳 청죽원의 부주방장을 맡아줬으면 한다. 그렇다고 모두들 너를 대하는 것이 달라지지는 않아. 다만 네가 허드렛일을 하기보다는 실력에 걸맞게 나와 함께 요리를 해줬으면 하는 거지."

"그, 그래도……."

"조금 당황되긴 하겠지만 모두들 찬성한 일이다. 네가 허드렛일이나 하기보다는 나와 요리를 맡아서 하며 가끔 저 녀석들에게 부족한 점들을 가르쳐 주는 것이 오히려 저들에게도 더 도움이 될 것이야."

"그래, 무진아. 그냥 그렇게 해라. 나도 언제까지 이곳 청죽원에 눌러앉아 있을 생각은 추호도 없다고. 내 꿈은 번화가에 번듯한 식당을 하나 차리는 거야. 그러려면 실력이 있어야 하는데 시전(市廛)에 어지간한 객잔의 고만고만한 주방장에게 온갖 싫은 소리 들어가며 배우는 것보다는 실력 면에서 월등한 네게 맘 편히 배우는 게 오히려 나아. 네가 요리하는 걸 보며 조금이라도 실력을 쌓는 게 나에게는 오히려 좋은 일이라고."

적극 추천하는 왕평 아저씨와 옆에서 거드는 장이의 말에 무진은 결국 이 제안을 받아들였다.

"알았어요. 정말 그렇다면 제가 해볼게요."

조금은 흡족한 기분도 드는 무진이었다. 주방의 허드렛일을 하기보다는 손수 요리를 할 수 있다는 것이, 그리고 이들이 자신의 실력을 인정해 준다는 사실이…….

사실 청죽원 사람들의 이런 결정은 다른 사람들이 본다면 굉장히 파격적인 것이다. 실력이 있다곤 해도 열여섯밖에 안 되는 아이에게 요리를 맡기고 한술 더 떠서 오히려 부족한 부분을 배우려 하는 자세. 모두 이들이 나이완 상관없이 어느 정도의 순수함과 요리에 대한 작은 열정을 간직하고 있기에 가능한 일이었다.

"자자, 이제 어서 식사 준비 하자구. 후훗, 거기 얌전히 서 계신 무진 부주방장님도 어서 준비를 하셔야지요?"

"옛, 장이 아저씨!"

무진은 농담 어린 장이의 말에 웃음을 지어 보이며 왕평의 옆 자리로 향했다.

第四章

'무사모' 의 결성

　무당 평제자들이 이용하는 식당인 청죽원의 아침 식사 시간. 이제 겨울이 시작되는 것이 분명한 듯 청죽원 군데군데에선 뽀얗게 김이 올라오고 있었다.

　"잘 들어봐! 그래서 내가 말야……."

　"사숙님께서 내게 이렇게 말했는데……."

　"청허(靑虛), 거기 주걱 좀 집어줘."

　청정한 도관이라도 식사 시간만은 어쩔 수 없는지 식당 안은 붐비는 사람들과 그들이 저마다 쏟아내는 얘기들로 시끌벅적했다. 물론 수련이 부족한 이, 삼대 제자들인 탓도 있으리라. 문 바로 앞의 탁자에서 바깥을 바라보는 자리에 앉아 식사를 하던 이대 제자 정명(正明) 역시 사형제들과 모여 앉아 이런저런 이야기를 나누며 아침 식사를 하고 있었다.

"사형, 오늘따라 음식이 유난히 맛있는 것 같지 않나요? 아주 입 안에서 사르르 녹는걸요?"

"확실히 그런 것 같구나. 주방에서 신경을 좀 많이 쓴 것 같은데?"

오늘따라 음식 맛이 유난히 괜찮다고 느끼며 한창 젓가락질을 해대던 정명은 그저 무심코 문 쪽을 쳐다보았다. 자리가 바로 문 앞이었기 때문에 그저 식사 중 아무 생각 없이 고개를 한번 들었을 뿐이다. 누군가가 들어오는 것이 보였지만 별 관심을 두지 않고 다시 음식으로 손을 가져가던 정명은 뭔가 이상한 기분에 다시 고개를 들었다. 막 들어서다가 잠시 걸음을 멈추고 문 앞에서 청죽원 내부를 둘러보는 늙은 도장의 모습이 눈에 들어왔다.

'어? 웬 노도장님이 이곳에?'

본래 청죽원은 이, 삼대의 평제자들이 이용하는 식당이었기에 이곳을 이용하는 문인들은 대개 나이가 어리거나 많아봐야 삼십 대 초반 정도였다. 때문에 갑자기 나타난 노도장을 정명은 주의 깊게 살펴보았다.

'헉! 저분은!!'

쨍그랑! 털컥!

거의 무의식적으로 자리를 박차고 일어난 정명은 들고 있던 그릇이 떨어져 깨지고 앉아 있던 의자가 뒤로 날아가며 넘어졌지만 전혀 개의치 않았다. 아니, 그런 소리는 전혀 귀에 들어오지 않았다. 갑작스런 소동에 정명이 있던 탁자와 주위의 시선이 일제히 정명에게로 쏠렸다.

"정명 사제, 갑자기 뭐 하는……?"

"정명이 사숙조님을 뵙습니다!"

순간 뭔가 깨지고 넘어지는 소리에 정명을 바라보던 시선과 정명의 목소리가 들리는 범위 안의 다른 모든 시선들이 정명이 바라보는 곳을 따라 급격히 이동해 갔다.

쨍그랑! 쨍그랑! 쨍그랑!

털커덕! 우장창창!

모두들 정명을 따라하는 것인지 여기저기서 그릇 깨지는 소리와 난잡한 소음들이 들려왔다. 그리곤…….

"사숙조님을 뵙습니다!"

"태사숙조님을 뵙습니다!"

대략 오십여 명의 인원들이 입 모아 외치는 소리가 청죽원의 내부에 쩌렁쩌렁하게 울려 퍼졌다. 시끌벅적하던 청죽원은 삽시간에 개미 지나가는 소리도 들릴 정도로 조용, 아니, 고요해졌다.

청죽원에 들어와서 이곳저곳을 둘러보던 노도장 진류 도장은 갑작스런 소동에 미간을 찌푸렸다.

'쯧쯧쯧, 왜 저렇게 그릇들을 깨는 거야. 나중에 무산(無算) 녀석이 열받겠네. 그나저나 뒤로 올 것을 잘못했나?'

무산 도장은 진류 도장의 사제인 진해(眞海) 도장의 제자로서 무당의 모든 자금을 관리하는 재명원(財明院)의 원주(院主)였다.

주방 사람 역시 이 소란에 의아하긴 마찬가지. 주방의 한쪽에 앉아 천천히 아침을 먹던 이들은 식당이 일순 조용해지니 모두들 이게 웬일인가 하여 멀뚱히 서로의 얼굴만 쳐다보고 있었다.

무진은 호기심이 동하는지 쪼르르 달려가서는 식당 쪽으로 고개를 빼꼼히 내밀었다.

'왜들 이렇게 조용하지?'

식당을 살피던 무진은 식사를 하던 사람들의 시선이 모두 한곳으로 향해 있자 자연스레 자신도 그쪽으로 고개가 돌아갔다. 그리고 그곳에는 유난히 낯이 익은 노도장이 한 분 서 계셨다.

'앗! 사부님이닷!'

무진은 주방에서 입던 앞치마를 벗어던지곤 식당으로 이어진 쪽문을 열고 나갔다.

"사부님, 아침부터 어쩐 일이세요?"

홱! 우드득!

"크아악!"

"끄으윽!"

진류 도장이 서 있던 문에서 반대 편인 주방 쪽에서 느닷없이 들려오는 목소리에 모두들 재빨리 고개를 돌려 목소리의 주인공을 찾았다. 그 와중에 몇몇 곳에서는 이 급격한 움직임에 몸이 미처 대응하지 못했는지 듣기 거북한 뼈와 뼈의 마찰음과 함께 목을 부여잡고 처참한 비명을 토해내는 제자들의 모습도 눈에 띄었다.

"아! 무진아, 일하고 있었나 보구나."

어느새 무진의 앞으로 온 진류 도장이 물었다.

"아니요. 이제 끝나고 밥 먹고 있었어요. 사부님은 식사하셨나요?"

"나는 됐다. 그나저나 밥은 다 먹었느냐?"

"예, 이제 거의 다 먹어가던 참이에요. 그런데 무슨 일로……?"

"나랑……."

말을 하려던 진류 도장은 주위를 휘휘 둘러보고는 청죽원에 꽉 들어찬 이백여 명의 제자들이 자신들만을 쳐다보고 있자 인상을 찌푸리고는 무진을 주방으로 이끌며 말을 이었다.

"바보 같은 녀석들이 자꾸 쳐다보니 네 방에 가서 이야기하자꾸나. 일단 너 먼저 가 있거라. 나는 잠깐 왕평을 만나보고 갈 테니."

"예, 사부님."

무진과 진류 도장이 주방으로 들어가자 잠깐 멍하니 있던 제자들은 이내 다시 소란스러워졌다. 그리고 그들이 떠들어대고 있는 이야기의 주인공은 당연히 무진과 진류 도장이었다.

무진이 먼저 방에 와서 일각 정도를 기다리자 진류 도장이 문을 열고 들어왔다. 무진은 자리에서 일어나 고개를 숙여 예를 취하곤 다시 자리에 앉았다.

"이렇게 아침부터 무슨 일이시죠, 사부님?"

"허허, 다름이 아니라 너도 이제 무(無) 자 항렬의 막내가 되었으니 당연히 네 사형들과 무당의 웃어른들을 만나뵈야 할 게 아니냐. 나 역시 오늘이나 내일 정도 자리를 마련하려고 생각하고 있었는데 장문인께서 미리 자리를 마련해 주시더구나. 아침 식사 후 모두 모여 차라도 한잔 마시며 너를 소개하기로 하였으니 어서 준비하거라."

"헤~ 정말요? 그럼 먼저 식당 사람들한테 이야기하고 올게요. 아직 뒷정리가 남아서……."

"걱정 말거라. 이미 왕평에게 다 이야기하고 오는 길이다. 앞으로 저녁 식사 준비에 너는 빠질 것이라는 얘기도 해두었으니 이제부터는 점심 식사가 끝나면 곧장 나에게 오도록 하여라."

"예, 사부님. 그럼 준비할게요."

무진은 옷장에서 깨끗한 도복을 꺼내 갈아입었다. 그리 잘생기지는 않았지만 나이가 어린 탓인지 귀엽게 보이는 무진이 도복을 단정히 차려입자 제법 자세가 나왔다. 사형제들을 만난다는 생각에 무진은 얼굴은 내내 싱글벙글이었다.

"사부님, 그런데 제 사형들은 몇이나 되죠?"

"너까지 포함해서 무 자 항렬의 제자들은 모두 스물아홉 명이란다. 그리고 그 바로 위로의 진 자 항렬은 현재 열다섯이 있지."

"와! 그렇게나 많아요?"

"아직 살아 계신 사숙님들도 세 분이나 계시단다."

"우악! 사부님의 사숙님들이라구요? 그럼 대체 나이가 얼마나 되신 거죠?"

"세 분 모두 상수(上壽:100세)에 가까운 분들이지. 지금은 세심원에서 지내시며 거의 바깥출입을 하지 않으신단다. 안 그런 분도 한 분 계시긴 하지만."

"히야! 정말 대단하신 분들이네요."

진류 도장은 깜짝 놀라는 무진의 표정을 재미있게 바라보았다. 아무리 생각해도 자신이 제자 하나는 잘 고른 듯싶었다.

"자, 이제 이만 일어나자꾸나. 장문인과 다른 두 녀석도 오는 자리인데 늦으면 안 되지."

"예? 다른 두 녀석이라니요?"

진류 도장을 따라 몸을 일으키던 무진이 물었다.

"하하, 가면 다 알게 된다. 어서 가자꾸나."

사제지간(師弟之間)이라기보다는 조손지간(祖孫之間)처럼 보이는 두 사람은 도란도란 이야기를 나누며 장문인이 있는 자소궁으로 발걸음을 옮겼다.

"장문진인, 진류 도장께서 오셨습니다."

"안으로 모셔라."

진류 도장과 무진은 문 앞을 지키던 두 제자 중 한 명의 뒤를 따라 자소궁 안으로 들어섰다. 넓다란 자소궁의 내전에는 일견하기에도 스무 명은 넘어 보이는 사람들이 모여서 가벼운 담소를 나누고 있었다. 이들 중 대부분은 진류 도장의 모습이 보이자 일어나 예를 취하곤 다시 차리에 앉았다. 진류 도장은 그들에게 환한 미소를 보여주곤 무진과 함께 장문인의 앞쪽으로 섰다. 장문인의 옆에는 다른 늙은 두 도장이 앉아 있었는데 그들 역시 진류 도장을 보고는 가벼운 미소를 지어 보였다.

"장문인을 뵙니다."

"장문진인을 뵙습니다."

무진 역시 사부가 하는 모습을 따라 장문인께 예를 갖췄다.

"무진아, 저쪽의 두 노물(老物)들한테도 인사를 하거라."

"뭬야? 누구보고 지금 노물이라는 거야!"

"허허헛, 아직은 움직일 만하답니다, 진류 사형."

진류 도장이 장문인인 진허 도장의 좌우로 앉은 노도장들 중 우측을 가리키며 말했다.

"그럼 폐물이라고 불러주리? 쯧쯧, 성질머리 하고는……. 진기(眞機)를 좀 봐라. 농(弄)을 걸면 좀 받아줄 줄도 알아야지. 에잉! 무진아, 인사하거라. 저 두 녀석이 네 사숙들이다. 저기 오른쪽에 앉아 있는 성질 안 좋게 생긴 늙은 도사가 진무각(眞武閣)에서 힘깨나 쓴다는 진척(眞倜)이고, 왼편의 저 녀석은 구류각(九流閣)에서 잔머리 굴리는 진기(眞機)란다."

진류 도장의 원색적인 소개에 성질 급한 진척 도장은 얼굴이 팍 일그러지며 화를 참느라 울그락불그락해졌고 차분하고 온화한 진기 도장도 얼굴이 살짝 붉어졌다.

한편, 장문인을 마주 보고 빙 둘러앉아 있던 무 자 항렬의 제자들은 터져 나오는 웃음을 참으려고 갖은 애를 다 쓰고 있었으니…… 피가 날 정도로 주먹을 말아 쥐는가 하면 허벅지가 멍이 들도록 꼬집어대는 이도 있었다. 몇몇은 웃음을 참느라 일그러진 얼굴을 행여 들킬까 고개를 푹 숙이고 바닥만을 바라보았다. 그러나 무진은 첫 대면인지라 조금 긴장한 상태여서 사숙들의 이런 변화들을 전혀 눈치 채지 못했고, 특히나 사형들은 자신의 뒤편에 앉아 있었기 때문에 그들의 상태는 더더욱 알지 못했다.

'사부님께서 아까 말하던 두 녀석이 두 분 사숙님들을 가리키는 것이었구나.'

"무진이 두 분 사숙님을 처음 뵙습니다."

"……"

"그래, 네가 진류 사형의 첫 제자로구나."

진척 도장은 계속 화를 참느라 묵묵부답이었고, 진기 도장만이 무진을 반갑게 맞아주었다. 하나 인사를 마친 무진은 진척 도장의 표정이 영 안 좋고 혈색도 굉장히 나빠 보여서 조금 망설이다가 말을 꺼냈다.

"저… 그런데 진척 사숙께서는 몸이 어디 불편하신가요? 안색이 굉장히 안 좋아 보이시는데요."

무진은 자신이 말을 꺼내자 더욱 일그러지는 진척 도장의 얼굴을 볼 수 있었다. 그리고 동시에 등 뒤에서는 웃음소리 같기도 하고 고통에 겨운 신음성 같기도 한 희한한 소리가 동시 다발적으로 들려왔다.

"푸풋!"

"크크큭!"

"크어허헉!"

무진의 이 한마디는 가까스로 웃음을 참고 있던 무진의 사형들을 결국 폭발하게 만들었다. 참으려던 웃음이 터져 나오자 마치 비명 같은 소리를 내뱉으며 배를 움켜쥐는 제자들도 몇몇 있었다.

"갈!"

제자들의 웃음소리와 함께 폭발한 진척 도장이 내공을 조금 실어 노호성을 터뜨렸다.

터져 나오던 웃음이 순식간에 다시 들어가고 모여 있던 무 자 항렬 제자들은 안색이 창백하게 변했다. 자신들이 무슨 짓을 저질렀는지 너무 잘 알고 있기 때문이었다.

'허거걱! 잠자는 사자가 아니라 성난 사자의 콧털을 건드렸구나!'

"무연! 무해! 무선! 무우! 다 봤다!"

무엇을 봤다는 것인지……. 그러나 순간 이 네 명의 얼굴이 흙빛으로 변했다.

'헉! 조금만 더 참아보는 건데……. 아니, 그냥 귀를 막고 있을 것을…….'

"나중에 보자꾸나!"

호명당한 제자들의 어깨는 축 늘어졌고 다른 제자들은 그나마 안도의 한숨을 내쉬었다.

분위기가 조금 이상하게 돌아가자 진허 도장이 나섰다.

"진척 사형, 화를 푸시구려. 저 아이들도 분명 뉘우치고 있을 겁니다. 그나저나 무진을 소개시켜 주려는 자리가 이상하게 변해 버렸군요. 무진아, 어서 사형들께 인사 올리거라."

"무진이 사형들을 처음 뵈어요."

"……."

모두들 조금 전의 충격에서 헤어 나오지 못한 듯 별 대답이 없자 무진은 조금 머쓱해졌다. 보다 못한 진허 도장이 일부러 진 자 항렬의 사형제들을 다른 곳을 끌고 가고, 무진이 다시 이야기를 꺼내자 그제야 가라앉았던 분위기는 차츰 다시 살아나기 시작했다.

무 자 항렬의 나이는 보통 사십 대 초반에서 중반 정도였다. 때문에 처음 진류 도장을 따라 들어오는 무진의 모습에 이들은 반신반의하는 심정이었다.

'설마 저 아들뻘 되는 아이가?'

그러나 그 아들뻘 되는 아이는 진정으로 그들의 막.내. 사.제. 였다. 그리고 그 막내 사제는 중요한 순간에 그들을 웃겨 버리는 엄청난 짓을 저질러 버렸다. 다행히 장문인께서 나서서 수습을 하고 있지만 결과는 모를 일이었다.

대사형인 무우(無禑)가 나서서 사제들을 일일이 소개해 주었다.

"저 끝에서부터 차례로 무해(無海), 무전(無田), 무강(無綱)··· 그리고 저쪽이 무선(無宣), 무청(無靑), 마지막으로 나는 대제자 무우란다. 원래 무 자 항렬의 사형제들은 모두 스물아홉 명인데 아홉은 지금 여러 가지 이유로 외유(外遊) 중이고 나머지가 여기 있는 스무 명이지. 이제 막내 사제가 새로 들어왔으니 딱 서른 명이 되었군. 앞으로 잘 지내보자, 무진 사제."

"예, 저야말로 앞으로 잘 부탁드려요, 사형들. 그리고 아끼는 저 때문에 많이 혼나시는 것 같던데 정말 죄송해요."

무진은 비록 모르고 그랬지만 첫 만남부터 이들을 곤경에 빠뜨린 것 같아서 몹시 부끄럽고 미안했다.

　"휴… 아니다. 그걸 어찌 네 탓이라고 하겠니. 진척 사숙님께서도 성격이 불 같으시기는 하지만 그리 꽁한 분은 아니니 아마 금방 풀어지시겠지."

　"그래, 무진 사제. 사실 네가 아니었어도 아마 나는 웃음을 참기 힘들었을 거야. 그러니 괜스레 의기소침해하지 말라구."

　무진은 가장 미안한 네 사람 중 무연(無演)과 무선 두 사형이 오히려 자신을 위로해 주자 가슴이 쩡했다.

　'아… 이런 게 사형제라는 것인가? 꼭 할아버지랑 있는 것처럼 든든하고 편안한 느낌이구나.'

　무진은 여태껏 계속 부모님이나 여타 형제들도 없이 할아버지와만 자라왔기 때문에 상당히 정에 굶주려 있었다. 그래서 그는 이런 사형들의 마음 씀씀이가 너무나 고맙기만 했다. 할아버지와 사부 이외에 의지할 수 있는 또 다른 존재가 생겼다고나 할까?

　"그런데 무진 사제는 나이가 몇이지?"

　"올해로 열여섯이요."

　"……."

　모두들 말이 없었다. 무우는 사제들의 어색한 반응을 무마하기 위해 재빨리 다시 입을 열었다.

　"나이야 뭐 어릴 수도 있는 거고 그렇지 뭐. 무진아, 그럼 네 이야기를 조금 해주겠니?"

　"제 얘기요?"

　"그래. 우리는 막내 사제의 이름밖에 모르잖아. 다른 것들도 좀 이야기해 주렴. 고향이라든가 가족, 잘하는 것, 이런 것들 말야."

"무얼 먼저 이야기해야 할지……."

"부담 갖지 말고 그냥 편하게 이야기하면 돼. 어차피 모두 네 사형들이잖니."

"그럼… 이건 저도 할아버지한테 들은 얘긴데요, 옛날에 저희 할아버지는 황궁에서 수석 요리사를… 그래서 청죽원에선 여기 오기 전에 부주방장이 되었구요. 게다가 오늘부터는 사부님 덕분에 점심 식사를 마치면 바로 무공을 배우러 갈 수 있게 됐어요. 헤헷! 오늘은 아침 식사 끝나고 여기 와서 이렇게 사형들을 만나는 덕택에 점심 식사 준비도 빠지겠네요."

"……!"

처음엔 그저 무진의 고향이나 부모님에 대한 이야기들을 조금 들어 볼 요량이었지만 무진의 사형들은 이야기가 계속될수록 점점 그 속으로 빠져 들어갔다. 그리고 무진이 이야기를 마쳤을 땐 모두들 잠시 말을 잃고 각자 생각에 잠겼다.

'부모님을 여의고 할아버지와 이제껏 살았다니… 쯧쯧, 가여운 것.'

'그럼 지금 무진 사제가 청죽원 주방에서 일한단 말인가?'

"무진 사제, 그럼 지금 청죽원 뒤편에서 기거하면서 그곳에서 일을 한단 말이냐?"

"예."

"이잇! 그러면 도가의 경전이나 무공은 언제 배우고!"

"점심 식사 끝나고 세심원으로 가면 사부님이 잘 가르쳐 주세요."

"진류 사숙께서 완성하신 오행신공이라는 것이 대성하기 전까지는 전혀 위력을 볼 수 없는 무공이라고?"

"예, 하지만 사부님이 열심히 하면 된다고 하셨어요."

"허허……."

무진이 불우한 어린 시절을 보냈다고 멋대로 판단해 버린 무당의 차세대 주력인 일대 제자 일동은 끓어오르는 분노를 감추지 못했다. 이 불쌍한 어린것을 이곳으로 데려와 고작 청죽원의 주방에서 일을 시키고 그것도 모자라 이름은 그럴듯하나 대성하기 전까지는 위력을 보기 힘들다는 얼어죽을 신공을 가르치다니!

이들에게는 점차 그런 감정들에 비례하여 자신이 무진을 지키고 보살펴 줘야겠다는 생각들이 무럭무럭 자라나고 있었다.

'크큭! 이렇게 안된 경우가……. 불쌍한 우리 막내 사제, 어쩌자고 그런 곳에서 일하면서 하필이면 또 그런 무공을 익혔느냐! 앞으로 내가 널 지켜주마. 크흑!'

이로써 무진은 자신도 모르는 사이에 강력한 추종 세력을 갖게 되었으니… 그 이름하여 '무진을 사랑하는 사형들의 모임'으로 줄여서 '무사모'였다. 그리고 여기에 특히 그런 감정이 격하게 일어나는 남아가 한 명 있었다.

"무진아, 청죽원에서 일한다면 이, 삼대 제자들이 출입할 것인데 혹시 모르고라도 너에게 무례하게 구는 녀석은 없더냐?"

무진은 왼편에서 들려오는 냉막한 목소리에 고개를 돌렸다. 그곳에는 창백한 안색에 냉막한 인상의 사형이 한 명 앉아 있었다. 무진이 아까 소개를 받으며 가장 쉽고 또 빠르게 기억한 그의 이름은 바로… 무청이었다.

무진을 바라보던 무 자 항렬의 제자들은 돌연 들려오는 차가운 목소리에 모두 고개를 돌리곤 깜짝 놀랐다. 차갑기가 얼음장 같고 집법원

안이나 공무 중이 아니면 절대 먼저 말을 거는 경우가 없는 무청이 먼저 입을 연 것이었다.

"헙! 무청아, 네가 먼저 입을 열다니! 수련 시절 이후로 처음인 듯하구나."

"무청 사형, 먼저 말을 걸 줄도 아는군요?"

사형제들을 위하는 마음만은 누구보다 각별하다는 것은 잘 알지만 너무 냉막한 성격 탓에 섣불리 다가서기가 힘들던 무청의 이런 모습은 모두에게 상당히 의외였다.

"크흠! 무진아, 대답해 보거라."

커다란 헛기침으로 잠시 분위기를 환기시킨 무청 도장이 거듭 물었다. 순간 무진의 머리 속에 문득 떠오르는 이들이 있는 것은 어째서일까?

'히힛, 이래서 어제 그들이 그렇게 싹싹 빌었던 것이로군. 무청 사형도 보기와 다르게 좋은 사람인 것 같은데……'

어제 세심원의 정문에서 만났던 정송과 정회 두 사람이 새록새록 떠올랐다.

"아니요, 그런 일은 없었어요. 모두들 저한테 잘 대해주던걸요."

"흠흠! 알았다. 만약 앞으로 네게 무례하게 구는 녀석이 있다면 바로 나를 찾아오거라."

"예, 무청 사형. 정말 고마워요."

"……."

무진의 말에 무청 도장의 입꼬리가 보일 듯 말 듯하게 올라갔다. 아마도 나름대로 웃음을 지은 것이리라. 그러나 그걸 본 다른 사형제들은 정말 까무라칠 뻔했다. 다른 사람도 아닌 냉면철검 무청이 웃음을 지어 보이다니! 그동안 같이 지내온 사형제들에게도 이건 정말 충격이었다.

이들이 이 충격에서 벗어나지 못하고 한창 허우적거리고 있을 때 마침 진허 도장이 진 자 항렬의 사형제들을 데리고 다시 대청으로 모습을 드러냈다.

"그래, 이야기들은 많이 나누었느냐?"

"으… 예, 장문진인."

다행히 겨우 정신적 충격에서 벗어난 무우가 간신히 대답했다. 그리고 다른 이들 역시 이내 충격에서 벗어나는 모습이었다.

"다행이로구나. 무진은 아직 나이도 어리고 모르는 것도 많으니 너희가 많이 도와주길 바란다."

"예, 장문진인!"

모두의 대답은 어떤 결의에 차 있는 듯했다.

"허허허, 좋다. 무진만 남고 모두들 이만 나가보거라. 그리고 조금 전의 일은 진척 사형이 너그럽게 용서해 주기로 하셨으니 개의치 말도록 하여라."

"진척 사숙의 깊은 아량에 감사드립니다. 장문진인, 그럼 저희는 이만 나가보겠습니다."

장문인과 사숙들에게 일일이 인사를 하고는 모두들 자소궁을 빠져나갔다. 한편 무우를 비롯한 네 명은 자소궁을 나간 후 가슴을 쓸어내리며 태상노군께 감사했다는 후문도 전해진다.

사형들을 먼저 보내고 계속 내전에 남아 사숙들과 이야기를 나누던 무진도 어느덧 점심 시간이 되자 진류 도장을 따라 일어났다.

"장문인, 저와 무진도 이만 일어나 보겠습니다."

"그러세요, 진류 사형. 무진아, 앞으로 열심히 하거라. 힘든 일이 있으면 사형들을 찾아가기도 하고. 동문의 사형제들만큼 좋은 것도 없단다."

"예, 장문진인."

장문인에게 예를 취하곤 진류 도장과 무진도 밖으로 나왔다. 차가운 겨울 공기가 그들은 맞았다.

"바람이 차구나. 무진아, 춥지 않니?"

"아니요. 전 괜찮아요. 차가운 공기가 오히려 상쾌하게 느껴지는걸요."

"자, 그럼 함께 점심이나 먹으러 가자꾸나."

"예, 사부님."

무진은 진류 도장의 뒤를 따라 걷기 시작했다. 한참을 따라 걷다가 무진은 문득 이상함을 느꼈다.

"사부님, 길을 잘못 들었나 봐요. 이쪽이 아닌데요."

"허허, 이쪽이 맞단다, 무진아."

"엇! 아닌데…… 청죽원은 반대 편인걸요."

"뭐? 허허헛, 무진아, 지금 우리가 가는 곳은 청죽원이 아니라 정유원(靜庾院)이란다."

"정유원이요? 그곳은 뭐 하는 곳인가요?"

"왕평이 말을 안 해줬나 보구나. 우리 무당에는 두 개의 식당이 있단다. 하나는 평제자들이 이용하는 청죽원이고 다른 하나는 일대 제자 이상이 이용하는 정유원이란다. 너는 청죽원에서 일을 하기에 그냥 그곳에서 밥을 먹겠지만 사실 정유원으로 식사를 하러 와도 된단다."

"그랬군요."

조금을 더 걷자 정유원이라는 현판이 눈에 보였다. 크기는 청죽원보다 더 작았지만 아담한 것이 훨씬 더 운치있어 보였고, 주위에 나무들도 여럿 심어져 있었다. 한쪽으로는 작은 연못도 하나 있는 것이 청죽원과는 영 다른 모습이었다. 내부로 들어서자 실내는 보기보다 훨씬 넓었는데 충분한 공간을 두고 탁자들이 편하게 배치되어 있었다. 탁자나 의자들도 청죽원의 것보다는 훨씬 고급의 것을 쓰고 있었다.

정유원의 내부를 유심히 둘러보던 무진은 건너편의 탁자에 앉아서 밥을 먹고 있는 무우 사형을 발견했다.

"앗! 무우 사형이다. 사부님, 저희도 저기서 같이 먹어요."

"그러자꾸나."

무우는 어디서 자기 이름이 들리자 주위를 둘러보다가 자신에게 오고 있는 무진과 진류 사숙을 발견했다. 식사 중이라 진류 사숙에게는 가볍게 목례만을 취해 보였다.

"무진아, 밥 먹으로 왔니?"

"예, 사형. 여기서 같이 먹어도 돼요?"

"되고말고. 사숙, 같이 드시지요."

"그래. 무진아, 너도 어서 앉거라."

정유원은 역시 일대 제자 이상을 상대하는 곳이라서 그런지 요리의 종류도 더 많았다.

"히야, 여기는 청죽원보다 요리가 두 배나 많네요. 청죽원에서는 매일 두 가지밖에 안 만드는데……."

"그러니 너도 많이 먹고 싶으면 앞으로 이곳엘 오거라."

"음… 그래도 그곳 사람들이랑 같이 먹는 게 편할 것 같아요."

"진류 사숙, 아까 무진에게 들었는데 무진이 청죽원에서 일한다는 게 사실인가 보군요."

"응, 그렇단다. 그런데 왜 그러느냐?"

무우가 말을 이었다.

"어린 사제가 그런 곳에서 일을 하기엔 좀 힘들지 않을까 해서요. 수련에 전념해도 모자랄 텐데……."

무우가 안타까운 음색으로 말을 하자 진류 도장도 고개를 끄덕였다.

"솔직히 그런 면이 없진 않지만 무진 할아비의 부탁이 있었단다. 뭐, 내가 요리에 대해 아는 것이라곤 전혀 없으니 그 방면에서 전문가인 그 친구의 말을 들을 수밖에."

"엇! 저 별로 안 힘들어요. 괜찮아요, 사부님, 무우 사형."

"그래, 알았다. 이런 말은 관두고 어서 식사나 하자꾸나."

"예, 사숙."

대답을 하고도 무우는 연신 음식을 집어 먹는 무진을 조금 안타까운 시선으로 바라보았다.

第五章

오행신공

"자, 이제 어제에 이어 오행신공을 익혀보자꾸나."

"예, 사부님."

진류 도장과 무진은 어느덧 식사를 마치고 세심원으로 돌아와 있었다.

"그런데 사부님, 아침에 말씀하신 '두 녀석'이라는 게 아까 전에 만났던 진척 사숙과 진기 사숙이었죠?"

"허헛, 녀석. 별걸 다 기억하고 있구나. 그래, 맞다. 그저 무공만 죽어라고 익히는 진척이랑 갖은 잔머리는 다 굴리는 진기를 두고 한 말이었지."

"그 두 분도 세심원에서 사시나요?"

"아니란다. 진척과 진기는 각기 진무각과 구류각을 맡고 있어서 그곳에서 생활한단다."

"진무각과 구류각이라는 곳은 뭘 하는 곳인지요?"

"응? 이런… 이제 보니 네게 설명해 주지 않은 것들이 너무 많구나. 무공 수련에 앞서서 잠시 우리 무당의 구조를 설명해 주마."

"예, 사부님."

무당산은 도교에서도 영험한 산으로 인정받는 곳이기에 크고 작은 도관들이 굉장히 많았다. 그러나 이들 모두가 무당파로 불리는 것은 아니었다. 그렇지 않아도 험한 산의 여기저기에 흩어져 있는 많은 도관들을 한 문파로 묶는다는 것은 사실 불가능한 일이었다. 그래서 보통 세간에서 무당이라고 불리우는 문파는 산 중턱에 자소궁을 중심으로 하는 여러 개의 도관들을 일컫는 말이었다. 처음에는 각 도관마다 자신의 이름들을 내세웠지만 시간이 흐르고, 또한 무당이라는 이름의 한 문파로 묶여지면서 어떤 체계적인 구조를 갖게 되었다.

먼저 가장 심장부에는 장문인의 자소궁이 위치하고 그 아래로 두 개의 각(閣)이 있었다. 물론 극비로 존재하는 비서각이 있었으나 이것은 말 그대로 비밀스러운 존재였다.

두 개의 각은 각각 진무각(眞武閣)과 구류각(九流閣)으로 불리고 있었는데 진무각은 제자들의 무공 수련을 위한 장소였고, 구류각은 무당의 머리와 같은 역할을 하는 곳이었다. 실제 무당의 힘은 대부분 이 두 곳에서 나오고 있었기에 이각(二閣)의 중요성은 자소궁의 바로 다음이었다.

이각의 아래에는 여러 개의 원(院)들이 있는데 의술을 담당하는 의선원(醫仙院), 형벌을 담당하는 집법원(執法院), 물품의 구입이나 무당의 살림을 관리하는 내정원(內政院) 등이 그것이었다. 이각이 장문인과 동배의 인물들이 맡는 데 반해 그 아래의 원들은 집법원주 무청이나 내정원주 무산처럼 일대 제자들이 관리하는 것이 관례였다.

마지막으로 세심원은 무당 내에서도 일종의 치외법권적인 곳으로 이곳의 힘은 이각보다도 오히려 우위에 있고 장문인과 버금갈 정도의 것이었으나 아직까지 세심원이 어떤 발언권을 제기한 적은 단 한 번도 없었다. 마치 말없이 무당을 지키는 파수꾼과 같은 존재가 바로 세심 원의 장로들이었다.

"…원래부터 이렇게 조직화되었던 것은 아나나 누대에 걸쳐 조금씩 개선돼 오면서 오늘날의 형태가 자연스럽게 이루어졌단다. 설명을 듣 고 보니 이제 좀 알겠느냐?"

"예, 대충은 알 것 같아요."

"좋다. 그러면 이제 오행신공을 익혀보자."

"넵, 사부님!"

"어제 잠깐 얘기했듯이 오행신공은 크게 세 부분으로 나뉜다. 운기 편(運氣篇)과 요상편(療傷篇), 그리고 축기편(蓄氣篇)이 그것인데, 네가 어제 듣고 암기한 내용은 운기편의 기본 운기법이란다. 먼저 운기편을 완성해야 다음으로 넘어갈 수도 있으니 이것을 익히는 데 심혈을 기울 이거라."

"예."

"오행신공의 운기법은 여타의 내공심법과 그 궤도를 달리하는데 이 것은 각기 다른 오행의 기를 동시에 수련하는 방법이다. 여태껏 이런 유(類)의 무공이 없었던 것은 아나나 하나같이 현묘한 상승의 심법이라기보다는 궤이편협한 쪽으로 흘러 종국에는 수련자의 몸을 망치는 결과를 가져왔단다. 반면 오행신공이 비록 대성하기 전에는 큰 힘을 발휘하지 못한다는 커다란 단점이 있긴 하지만 그 오묘함을 따지면 천하에 으뜸이라 할 만하다. 게다가 수련 중에 자연히 더해지는 공능(功能)들도 여럿 있지. 가장 대표적인 것으로 신체 내부의 단련을 들 수 있단다."

"내부의 단련이요?"

"그렇다. 오행진기는 우리 몸의 내부를 단련시켜 준다. 강호에는 몸을 강철처럼 단련시켜 준다는 철포삼, 금종조와 같은 외공들이 널리 퍼져 있지. 하지만 이런 무공들은 단지 피육(皮肉)만을 단련시켜 줄 뿐 하급 무사들의 칼싸움에는 큰 위력을 발휘할지 몰라도 내가의 고수나 검기를 쓰는 검객을 만나면 여지없이 무너지기 마련이란다. 하나 오행진기로 내부를 단련시켜 나가면 종국에는 말 그대로 금강불괴(金剛不壞)의 경지를 이룰 수 있단다. 진정한 도검불침(刀劍不侵)이란 이런 경지를 말하는 것이지."

"이야! 정말인가요? 칼로 베이고도 멀쩡할 수 있다니, 정말 신기하네요."

"다 오행신공의 묘용(妙用)이란다. 일반의 내공심법이 호흡을 통해 받아들인 기운을 진기도인을 통해 몸 안으로 받아들여 내공을 키우는 데 반해 천무 도장께서 생각해 내신 이 무공은 본래 자신이 가지고 있던 기운을 극대화시키고 나아가 더욱 증대시키는 방법을 택하고 있단다. 말하자면 선천진기(先天眞氣)의 수련인 셈이지. 몸 안의 오행기(五行氣)를 극대화시킴으로써 오행신공을 수련하는 과정에서 활성화된 오행기들은 몸의 내부를 끊임없이 자극하게 되고 이런

식으로 단련된 내부는 대성(大成)한 이후에는 금강불괴를 이루는 탄탄한 바탕이 되는 것이야. 그러나 신공을 십성 이상 대성하여 오행지기(五行之氣)의 조화를 이루어 혼원일기(混元一氣)를 완성하기 전까지는 이 몸 안의 기운들을 제대로 사용할 수가 없단다. 오행신공의 단점이 여기서 발생되는 것이지. 대성하여 혼원일기로 뽑아내기 전에는 너무도 단단하게 맞물려 있는 이 오행진기를 도저히 끌어낼 방법이 없단다."

"그런 이유로 대성하기 전에는 별 위력이 없다는 거였군요."

"그렇단다. 대략의 설명은 이 정도면 충분한 듯하니 이제 실제로 운기를 해보자꾸나."

"예, 사부님."

"내 앞에 정좌하고 마음을 차분히 가라앉힌 후 천천히 어제 내가 일러준 구결대로 기운을 일으켜 보거라. 이 사부가 도와주마."

진류 도장은 무진의 등에 장심을 마주 대고 진기를 운용하여 무진이 쉽게 오행기를 느끼도록 도움을 주기 시작했다. 원래 이런 유의 무공은 같은 진기를 익힌 자가 아니면 도움을 주기 힘들었으나 진류 도장은 비록 익히지는 못했지만 누구보다 신공에 대한 이해가 깊었고 또한 정순하고도 심후한 도가의 공력을 가지고 있었기에 이제 갓 입문한 무진에게는 충분히 도움을 줄 수가 있었다.

무아경(無我境)에 빠져 끊임없이 진기를 이끌어보려 노력하던 무진은 진류 도장의 도움으로 반 시진 만에야 겨우 한 가닥 진기를 느낄 수 있었다. 하나 너무 기쁜 나머지 눈을 뜨고 환호성을 내지른 무진은 순간 무아경에서 벗어나며 그나마 잡았던 한줄기의 기운을 놓치고 말았다.

"앗, 사부님! 방금 한 가닥 기운이 느껴졌다가 사라져 버렸어요!"

"쯧쯧, 그러게 내가 항시 평정심(平靜心)을 유지하라고 하지 않았느냐. 지금이야 처음 시작하는 단계이니 별문제가 없겠지만 앞으로 진기가 늘어날수록 이런 일들은 조심해야 한다. 주화입마의 위험은 도처에 도사리고 있어 자칫하면 목숨을 잃을 수도 있는 것이야."

"예… 사부님."

조금 풀이 죽은 목소리로 무진이 대답했다.

"운기 도중에 상념이 낀 것은 충분히 반성해야 하지만 놓쳐 버린 진기라면 그리 상심할 필요는 없다. 이미 한번 느껴본 것이니 다음번엔 더 쉽게 그 진기를 끌어올릴 수 있을 것이다. 그런데 네가 느꼈던 진기는 오행기 중 어떤 종류의 것이었지?"

"음… 조금 서늘하면서도 부드러운 느낌이었어요."

"그렇다면 아마도 수행기(水行氣)를 느낀 모양이구나. 아마 꾸준히 수련을 한다면 연이어 나머지 기운들도 모두 느끼게 될 게다."

데엥! 데엥! 데엥!

그때 산 쪽에서 크진 않지만 넓게 멀리까지 울려 퍼지는 종소리가 세 번 들려왔다.

"벌써 시간이 유시(酉時:오후 6시)가 되었나? 오늘의 수련은 이 정도 하도록 하자. 앞으로도 무공 수련은 미시(未時:오후 3시) 말에서 유시(酉時)까지만 할 터이니 그 이후로는 네 자유 시간으로 주마. 사형들이나 사손들을 만나도 좋고 나름대로 혼자 계속 수련을 하는 것도 좋다. 알겠느냐?"

"옛, 사부님!"

무진은 자유 시간이 생긴 것이 좋은지 대답하면서 만면에 웃음을 지어 보였다.

"허헛, 녀석. 그렇게 좋은지……. 이만 나가보거라."

"예. 그럼 내일 뵐게요, 사부님."

밝게 웃으며 세심원을 나서는 무진의 머리 속은 처음 접하는 무공에 대한 것들로 가득 차 있었다.

마음을 가라앉히고 일각 정도 진기를 끌어올리기 위해 정신을 집중하자 단전 어근에서 미약한 기운이 느껴졌다.

'왔다! 수행기야, 수행기!'

수행기가 느껴지자 마치 기도하듯 이 기운을 조심스레 단전 주위로 돌렸다. 얼마간 그렇게 있었을까. 수행기의 뒤를 따라 또 다른 기운이 서서히 움직이기 시작했다.

'좋아좋아! 목행기(木行氣)도 성공!'

단전 주위를 돌고 있는 수행기의 뒤를 이어 새로이 일어난 목행기가 움직였다. 수행기가 이끄는 부드러운 손길에 목행기는 별 이상 없이 잘 따라오고 있었다. 그렇게 한참의 시간이 지났다. 벌써 오랫동안 수행기와 목행기를 운행하고 있어도 다음 단계는 시작될 기미를 보이지 않고 있었다.

'항상 이런단 말야. 화행기(火行氣)야, 제발 모습을 보여라~'

가장 처음부터 운행되던 수행기의 영향인지 상극인 화행기는 쉽사리 생겨날 기미를 보이지 않았다. 이제 거의 지쳐 갈 무렵, 단전 부근에서 갑자기 또 다른 기운이 느껴졌다. 그토록 기다리던 화행기가 틀림없었다.

활활 타오르는 불꽃처럼 뜨거운 기운이 느껴지는 이 화행기는 처음에는 마치 금방이라도 꺼질 듯 위태위태하다가 정신을 집중하자 겨우 살아나선 목행기의 뒤를 따라 움직이기 시작했다. 이렇게 세 가지의 기운이 꼬리에 꼬리를 물며 돌아가자 곧바로 뒤이어 새로운 기운이 피어났다.

'후훗, 항상 토행기(土行氣)는 거의 거저먹기란 말야.'

별 힘도 들이지 않고 토행기마저 끌어올리자 무진은 마치 죽마(竹馬) 놀이를 하듯 네 가지 서로 다른 기운을 나란히 세워서는 계속 단전 주위로 돌렸다.

'오늘은 반드시 끝까지 가고야 말겠어! 힘내랏, 무진! 넌 할 수 있닷!'

어두운 방 안의 침상에 앉아 오행진기를 운기 중인 무진이었다. 약 보름 동안 진류 도장에게 무공을 배우며 이미 오행신공의 운기편은 모두 암기한 상태였지만 실제 진도는 너무도 더디게 나가고 있었다. 수업 중에 계속되는 진류 도장의 도움과 자유 시간엔 혼자서 계속하는 노력에도 불구하고 아직 오행진기는 토행기까지가 한계였다.

오행진기를 모두 끌어올려 기단(氣丹:오행진기가 조화를 이루면 서로 단단하게 맞물려 마치 내단처럼 작은 구슬의 형태가 되는데 이것을 오행신공에서는 기단이라 불렀다)을 만들기 전에는 아무리 오래 수련을 하더라도 그 기운은 다 흩어져 버리기에 기단을 만드는 것이야말로 오행신공에 정식으로 입문하기 위한 신고식과도 같은 것이었다. 때문에 기단을 만들기 위해 오늘도 자기 전에 열심히 운공 중인 무진.

'피땀 흘려 수련했던 오행기가 자고 일어나면 모두 사라져 버리는 엿 같은 경우는 이제 사양이란 말이닷!'

지난 보름간 자기 전까지 쉬지 않고 연마를 해도 어느덧 서서히 사라져 버리는 오행기에 울분이 쌓이고 쌓였던 무진은 드디어 폭발하여 이미 운행 중인 사행기를 맹렬한 기세로 돌리기 시작했다. 얼마를 돌리고 돌리고 또 돌렸을까. 소진은 점차 몸의 한계를 느껴가고 있었다. 진기 운행은 사실 많은 심기(心氣)를 소모하는 일이었기에 무공을 배운 지 얼마 되지 않고 나이도 어린 무진에게 점차 무리가 오는 것이었다.

'하아~ 오늘도 이 정도에서 접어야 하는가? 내참, 더럽고 치사해서 그만 한다, 이 망할 놈의 금행기(金行氣)는……!'

말로는 더럽고 치사해서라고 하지만 사실은 너무 힘들어서 다음 기회를 노리려던 무진은 순간 깜짝 놀라 하마터면 운행 중이던 사행기(四行氣)를 흐트러뜨릴 뻔했다. 간신히 마음을 가다듬고 집중을 하자 단전 주위에서 서서히 모여드는 이질적인 기운이 느껴졌다. 이 차갑고 날카로운 기운은… 분명 금행기이리라! 내심 확신하며 무진은 전력을 다해 금행기를 어루려 나머지 사행기에 합류시키려 했다. 그러나 이놈의 금행기는 요지부동.

'야! 이 망할 자식아! 나도 이제 거의 한계란 말야! 빨랑 움직여! 빨랑! 으아아아악~ 이게 어떻게 잡게 된 기횐데……. 흑흑, 금행기야, 아니, 금행기 선생님, 제발 움직이세요. 저쪽에 다른 사행기가 다 기다리잖아요. 제발 같이 손에 손 잡고 놀아보세요. 흑흑.'

무진의 계속되는 협박에도 꿈쩍 안 하던 금행기는 울고불고 매달리는 모습에 감동했는지 운행 중인 토행기의 뒤를 쫓아 서서히 움직이기 시작했다.

'아자잣! 태상노군이여, 감사합니다!'

굼벵이처럼 느릿느릿 움직이던 금행기가 점차 토행기의 뒤를 따라

같이 움직이자 무진의 단전 주위를 맴돌던 오행진기의 속도가 점차 빨라지더니 단전을 감싸는 구형(球形)의 막(膜)과 같은 형태를 띠기 시작했다. 그리고 어느 순간, 이 동그란 막은 급격히 줄어들더니 종국에는 좁쌀만한 크기가 되어 무진의 단전으로 들어갔다.

'하아, 하아, 됐… 다……'

쿵!

필사적으로 오행신공을 운기하며 기단이 형성되는 모습을 지켜보던 무진은 기단이 완성되자 일순 긴장이 풀리며 그대로 쓰러졌다.

그리곤……

"드르렁~ 쿨~"

침상에 대(大) 자로 뻗은 무진은 만족스러운 얼굴로 깊은 잠에 빠져들었다.

딸랑딸랑! 딸랑딸랑!

"음……."

딱! 딱! 딱!

"하~암, 벌써 묘시(卯時)인가?"

순라(巡邏:시간을 알리기 위해 밤에 번(番)을 도는 이들)가 흔드는 방울 소리에 얼핏 잠이 깬 무진은 뒤이어 들려오는 여섯 번의 장척(長尺) 소리에 일어날 시간임을 알고는 크게 기지개를 켰다. 평소와 다름없이 몸을 일으키던 무진은 문득 어젯밤의 일이 생각났다.

"아차! 어제 분명 기단이 만들어지는 것을 확인하고 잠들었던 것 같은데……."

일어나 옷을 입으려던 무진은 부랴부랴 다시 침상에 주저앉아서는 가부좌를 틀고 몸 내부를 살피기 시작했다. 아주 작지만 분명 단전에서는 기단이 느껴졌다. 신기한 마음에 조심스레 신공을 운기하던 무진은 무언가 이제껏과는 다른 느낌에 깜짝 놀라고 말았다.

'응? 방금 뭐지? 바로 진기가 일으켜지잖아!'

사실 이제껏 무진은 기단을 만들지 못했기 때문에 진기를 끌어올릴 때마다 일각에서 길게는 이각의 시간을 잡아먹었다. 그러나 일단 기단이 형성되자 비록 작은 양이기는 하지만 진기가 자연스럽게 운용되었다.

'하핫! 오늘은 일이 끝나는 대로 사부님께 가서 알려 드려야지.'

내심 자신의 변화에 크게 기뻐하던 무진은 사부에게 자랑할 생각을 하며 옷을 갈아입곤 경쾌한 발걸음으로 주방으로 향했다. 가벼운 발걸음으로 도착한 주방은 아직 어두컴컴했다.

'이런, 너무 일찍 왔나? 하긴, 묘시(卯時)를 알리는 소리에 깨서는 거의 곧장 온 거니깐……'

너무 일찍 온 탓인지 주방엔 아직 아무도 없었다. 컴컴한 주방에 들어가 한참을 더듬고 나서야 불을 밝힌 무진은 이내 화로 앞에서 쪼그리고 앉아 불을 지피기 시작했다.

"흐으… 이제 완전 겨울인가? 춥다, 추워."

사람들이 도착하기 전에 주방을 미리 데워놓으려는 듯 무진은 화로에 불을 붙이곤 그 앞에서 쪼그리고 앉아 불을 쬐고 있었다.

끼이익.

"어으~ 춥다. 잉? 벌써 누가 왔나?"

문을 여는 소리와 함께 장이의 목소리가 들려왔다.

"엇, 무진아! 오늘은 일찍 일어났구나."

"조금요. 추우시죠? 이리 와서 불 좀 쬐세요."

장이와 몸을 녹이며 이런저런 이야기를 주고받는 사이 주방 사람들이 속속 도착했다.

"여어~ 어서들 와서 몸 좀 녹이라구. 오늘은 무진이가 제일 먼저 와서 미리 불을 지펴놨어."

"안이 훈훈한데? 무진아, 수고했다."

"헤헤, 뭘요. 어쩌다 일찍 일어나서 한 건데요 뭘."

마지막으로 고대호가 도착하자 주방 인원들은 오늘도 변함없이 식사 준비를 하기 시작했다.

"엇! 오늘은 돼지고기인가요?"

무진의 목소리에 뒤돌아보던 고대호가 조금 짓궂은 미소를 지어 보였다. 자신의 손에 들린 커다란 고깃덩어리를 보고 한 소리이리라.

"응? 크크큭, 무진이였구나. 오늘은 지난번처럼 놀라지 않는걸?"

"이익! 그때는 잘 몰라서 그랬던 거죠 뭐."

"아, 그랬나? 후훗, 그럼 그렇다고 하자구. 나는 돼지고기 손질하러 이만……."

고대호는 무진을 살짝 약 올리고는 돼지고기를 손질한다며 슬쩍 사라졌다.

'이씨, 치사하게 일주일 전 일을 아직도 들먹거리다니…….'

여기서 잠시 무진의 일주일 전 사건을 살펴보자.

일주일 전.

청죽원에는 재료 창고가 있어서 장기간 보관이 가능한 요리 재료들이나 향신료, 조미료 등은 그곳에 보관을 하였다. 그러나 장기간 보관이 힘든 재료들은 항상 그날그날 싱싱한 재료들을 사다가 요리를 하는 수밖에 없었다. 그날도 그런 재료가 올라와 고대호는 커다란 포대에 담긴 그 음식 재료를 주방의 조리 선반 위에다 올려놓았다.

"킁킁, 킁킁."

'응? 이게 웬 비릿한 냄새지? 이런 냄새가 날 리가 없는데…….'

냄비에 물을 올리던 무진은 어디선가 풍기는 비린내에 연신 코를 킁킁대며 냄새의 근원지를 찾기 시작했다. 그것은 그리 멀지 않은 곳에 있었다.

"이 자루에서 나는 것 같은데……."

무진은 조리대 위에 올려진 커다란 포대를 보고 고개를 설레설레 흔들었다. 거의 무진의 키만한 높이의 포대가 선반 위에 떡하니 올려져 있었다.

'분명히 또 대호 아저씨가 올렸을 거야. 이런 걸 어떻게 드는 거야, 도대체…….'

도저히 자루를 내려 확인할 엄두가 안 나던 무진은 조금 높다란 의자를 하나 구해다가 그 위에 올라 내용물을 확인해 보려고 했다. 의자에 올라서자 거의 보일 듯 말 듯한 높이에 돋움발을 하고 안간힘을 쓰던 무진은 가까스로 내용물을 확인했을 때 그만 의자에서 미끄러지고 말았다.

'끄아아악!'

그리곤 살기 위해 발버둥치며 잡은 한 올의 지푸라기가 바로 선반 위의 포대. 하지만 굳세게 버텨주리라 믿었던 이 자루는 서서히 기울어지며 거기 매달린 무진과 함께 바닥으로 추락했다. 그리고… 떨어지는 충격에 터져 버린 포대는 그 내용물을 무진에게 아낌없이 쏟아내었다.

'닭 하나, 닭 둘, 닭 셋, 닭 넷……'

바닥에 넘어져 정신없는 무진에게 보인 것은 온통 자신을 덮고 있는 '닭'이었다.

그때까지 불가(佛家)처럼 도가(道家)에서도 육식을 하지 않는다고 알고 있던 무진은 자신을 온통 덮고 있는 생닭을 보고 깜짝 놀랐다.

"히익! 이게 왜 여기 있죠?"

"응? 무진아, 닭 처음 보냐? 왜 그러니?"

"그게 아니라, 왜 도관에 닭이 있냐구요! 여기서 먹을 것도 아닌데!"

"안 먹을 거면 그게 왜 여기 있겠니. 무진아, 어디 아프냐?"

"……!"

원래 도교에서는 화식(火食)을 하지 않았다. 날것을 먹다 보니 당연 고기나 생선에는 손을 댈 수가 없는 법. 매일 생쌀에 솔잎만 먹고 살던 도사들은 어느날 심각한 현실적 상황에 직면했다. 육식을 금하는 불교보다도 오히려 더 비참한 식생활에 더 이상 제자들이 들어오질 않는 것이었다. 결국 도교의 수뇌부가 모여 삼 일간의 밤샘 회의 끝에 얻은 결론이 암묵적인 화식의 허용이었다. 그때부터 도관(道觀)들에도 주방이 생겨났고—이전에는 주방이라는 것이 필요가 없었다—이곳 무당에도 청죽원이나 정유원 같은 식당이 생기게 되었다. 육식을 금하는 것은 아니었는지라 화식이 허용되자 간혹 고기 반찬도 상 위에 오르게 되었는데, 무당 같은 경우 일주일에 대략 한 번 꼴로 그런 반찬들이 올라왔고, 제자들도 은근히 그날을 기다리는 실정이었다. 그리고 이날은 무진이 들어온 후 처음으로 육류(肉類)의 재료가 들어오는 날이었다.

　왕평에게 대충 설명을 듣고서야 무진은 간신히 이 사태를 이해할 수 있었다. 하지만 닭에 파묻혀 비명성을 토해내던 그의 모습은 그날 종일 주방 사람들의 놀림거리가 되었고 무공 수련을 위해 사부를 찾아간 자리에선 옷에 배인 닭 비린내 때문에 다시 청죽원으로 돌아와 옷을 갈아입고 가는 고역을 겪어야 했다. 그리고 일주일 후 오늘 다시 등장한 것은 돼지고기였다.

　'하아! 그때 닭에 깔린 걸 사람들이 보고 놀려댄 걸 생각하면 정말……. 그나저나 돼지고기라면 야계홍(野鷄紅)이나 만들어볼까?'

　다른 이들과 재료를 준비하고 요리할 준비를 마치자 어느새 장이가 옆에 와 있었다. 요즘 장이는 무진이 요리를 하면 옆에 서서 지켜보는 경우가 많았다.

　"오늘은 돼지고기도 있고 하니 야계홍을 해보지요."

　"……."

　하지만 장이는 움직이기 시작하는 무진의 손을 바라보느라 대답이 없었다.

　'자자, 일단 돼지고기에는 청주랑 소금을 넣고… 야채도 절여놨으니 이제 양념을 만들어야지?'

　양념통 사이를 손이 재빠르게 오가더니 순식간에 양념장이 만들어졌다. 물론 사이사이 장이의 물음에 친절히 대답해 주는 것도 잊지 않았다.

　치이이익, 지글지글…….

　기분 좋은 소리를 내며 기름에 고기가 볶아지고 야채들이 따라 들어간 후 양념과 마늘, 전분을 넣고 다시 볶자 순식간에 요리가 완성됐다. 화려한 색채의 야계홍을 보며 장이는 오늘도 다시 놀라고 있었다.

'어떻게 이렇게 빨리 이런 요리를 만들 수 있지?'

매일같이 옆에서 지켜보면서도 매번 놀라는 자신이 신기할 정도였다. 굉장히 어렵고 복잡한 요리도 무진은 그저 죽 한 그릇 만들 듯 간단히 만들어 버리는 것이었다.

"자, 다 됐네요. 어서 내놓고 우리도 좀 쉬죠."

"으, 응, 그럴까?"

시간에 맞춰 밥과 함께 왕평이 만든 간단한 포자(包子)와 야계홍을 내놓고 식당에 사람들이 하나둘 들어오자 주방 사람들도 아침을 먹기 시작했다.

"히야! 이거 정말 맛있는데?"

"맛도 맛이려니와 색의 조화가 마치 꿩의 깃털 같다 하여 붙여진 야계홍이라는 이름에 딱 맞는 모습인걸?"

주방 사람들이 너나없이 무진의 음식을 칭찬했다. 그들은 무진이 온 후로 먹는 음식의 질이 몰라보게 높아졌다는 걸 확실히 느끼고 있었다. 때문에 무진이 음식을 하는 아침과 점심 시간은 항상 즐거웠다.

한편, 이런 반응은 주방 밖에서도 마찬가지였으니……

"이야! 이게 뭐야. 뭐가 이렇게 화려해! 사형, 이 요리는 이름이 뭐죠?"

"으응? 글쎄다, 나도 모르겠는걸."

"어! 이건 야계홍이잖아! 요즘은 청죽원에서 이런 요리도 나오나? 어디……"

"쩝쩝."

"히야~ 이건 정말 맛있는걸? 구경하지들 말고 어서 먹어봐. 끝내준다구!"

정송(正松)의 반응에 모두들 달려들었다.

"하아~ 진짜 맛있다. 요즘 들어 음식들이 하나같이 정말 맛있네요."

"다 무진 사숙 덕택이지 뭐. 어째서 이곳에서 일하시는지는 몰라도 우리한테는 엄청난 행운이라구."

지난번 진류 도장이 다녀간 후 무진에 대한 소문은 삽시간에 제자들 사이에 퍼져 나갔다. 무 자 항렬의 막내, 진류 사숙조의 유일한 제자, 열여섯의 어린 나이에 청죽원의 부주방장. 하나같이 놀라운 사실들이 알려지자 모두들 이 어린 사숙의 정체를 궁금해했다. 직접 무진에게 찾아가 보려는 이들도 몇몇 있었으나 이 사람의 한마디는 이들의 발걸음을 조용히 숙소로 되돌려 놓았다.

"앞으로 무진 사제를 귀찮게 하거나 조금이라도 무례한 모습을 보이는 녀석은… 내가 직접 관리하겠다. 알아서들 행동하도록!"

이, 삼대 전 제자를 연무장에 모아놓고 달랑 이 말 한마디만을 남긴 채 유유히 사라진 이는 다름 아닌 '무진을 사랑하는 사형들의 모임', 즉 '무사모'의 행동대장 격인 무청이었다. 물론 효과는 즉각적으로 나타났다. 평제자들 사이에 무청 도장은 장문인보다도 오히려 더 무서운 존재로 각인되어 있었기 때문이다.

이, 삼대 제자들 중 아직 아무도 무진의 얼굴을 똑바로 쳐다보고 말

한번 걸어본 이가 없었고, 무진 역시 그저 세심원과 주방과 자신의 방 사이만을 왔다 갔다 하는 터라 가끔 이들과 마주쳐도 서로 몰라보고 지나치기가 일쑤였다. 하지만 평제자 일동 전원은 무진에게 충분히 감사한 마음을 갖고 있었으니, 그 이유는 당연히 매일매일 전에는 구경도 못해본 맛있는 음식을 먹을 수 있게 된 까닭이었다.

점심에 내놓은 요리도 아침과 마찬가지로 모두 동나는 것을 보고 무진은 흐뭇한 미소를 지었다. 자신의 요리를 이리도 맛있게 먹어주니 어찌 기쁘지 않을까만은 그건 무진이 잘 모르는 것이었다. 사실 무진의 요리 솜씨는 상급 중에서도 최상급, 과거 천하제일이던 할아버지에게도 인정받은 솜씨였다. 그런 솜씨로 만들어낸 요리가 매일 변변한 음식도 맛보지 못하는 무림인의 입맛을 사로잡는 것은 당연한 결과였다. 하지만 이들은 알고 있을까? 아직 무진은 할아버지에게 배워온 비법들은 단 한 번도 사용하지 않았다는 것을……

"모두 수고하세요. 저는 이만 사부님께 가볼게요."
"수고는 무슨. 너야말로 수고했다."
"내일 보자, 무진아~"
점심 식사가 끝난 무진이 곧바로 가는 곳은 언제나 세심원. 세심원을 향하는 무진의 발걸음은 오늘따라 유난히도 가벼웠다.
'히히히, 기단 만든 것을 어서 가서 사부님께 자랑해야지.'
한걸음에 달려 도착한 세심원은 평소와 다름없이 조용한 모습이었다. 첫날에 세심원을 지날 때 만났던 정송과 정회도 그 이후로는 한 번도 보질 못했다. 아마도 소진이 세심원을 찾는 시간 대가 달라졌기 때문이리라. 어쨌든 종종걸음으로 세심원에 들어선 무진은 사부의 거처인 소요헌(逍遙軒)으로 향했다. 현판 같은 것은 달려 있지도 않아 그런 이름으로 부르는 줄은 전혀 몰랐는데 진류 도장이 처음 장로원에 들어올 때 지은 이름이란다.

"무진이냐?"

진류 도장은 소요헌 앞의 작은 뜰을 거닐고 있었다. 몇 그루의 나무와 화초들이 심어져 있었으나 겨울이라 다들 앙상한 모습이었다.

"엇, 사부님. 추운데 왜 나와 계세요?"

"허허, 걱정해 주니 고맙구나. 그냥 바람이나 좀 쐬러 나왔단다. 너야말로 추워서 귀가 빨갛구나. 어서 들어가자."

진류 도장은 무진과 함께 방 안으로 들어갔다. 방 안은 중앙에 활활 타오르는 화롯불 때문인지 따스한 기운이 흐르고 있었다.

"사부님, 어제저녁에 드디어 기단이 만들어졌어요!"

방 안에 들어가자마자 무진이 자랑스럽게 말했다.

"호오! 드디어 됐구나. 축하한다, 무진아."

"헤헤헤."

"그럼 이제 더 이상은 너의 운기를 내가 도울 수가 없겠구나."

"옛? 왜요?"

의기양양하던 무진은 갑작스런 진류 도장의 말에 깜짝 놀랐다.

"기단이 만들어지기 전에는 아직 뚜렷한 기초가 잡히기 전인 상태라 내가 진기를 움직여 너에게 도움을 줄 수 있었지만 이제 기단이 형성되었으니 아마 보통의 내가진기는 너의 오행진기와 반발을 일으킬 것이야. 이제부터는 네 스스로 더욱 열심히 단련해야 한단다. 후일 네가 대성하여 혼원일기(混元一氣)를 이루어낸다면 이런 제약에서 벗어나겠지만 말이다."

"그런……."

무진은 기단이라는 작은 벽을 넘었더니 이번에는 거대한 또 다른 벽이 나타난 것 같은 기분에 조금은 암담했지만 사부님의 말씀대로 열심히만 한다면 언젠가 결과가 있을 것임을 굳게 믿었다.

"그러면 어제로 운기편(運氣篇)은 모두 끝났고, 드디어 신공의 기초인 기단을 이루었으니 오늘부터는 축기편(蓄氣篇)을 익혀보자꾸나."

"예, 사부님."

무진은 자세를 가다듬고 바르게 앉아 진류 도장의 설명을 기다렸다.

"오행진기를 운용하여 기단을 만들고 난 연후에는 계속되는 운기를 통해 기단을 더욱 키워 나갈 수 있단다. 그러나 신공의 특성상 십성 이상의 성취를 이루어야 그 위력이 나타나는 바, 이런 식의 수련으로는 수십 년의 수련을 통하고도 그 성취를 얻기가 매우 어렵지. 이런 연유로 생겨난 것이 바로 축기법이란다. 이것은 빠른 성취를 위해 어느 정도 편법을 사용하는 것인데 과거에는 다른 것보다도 바로 이 축기법이 미완이라 아무도 이 무공을 익힐 수가 없었단다. 여하튼 이 축기법의 골자는 오행의 상생상극을 이용하는 것인데… 간단히 말하면 오행진기의 한 가지 기운을 극도로 운용하는 것이란다."

"한 가지만을요?"

"잘 이해가 안 되지? 쉽게 설명해 주마. 오행신공을 운기하면 순차적으로 오행진기가 모이며 조화로운 모습으로 운행이 된다. 말 그대로 순.차.적이지. 결코 수행기나 화행기가 동시에 모이지는 않아. 물론 수련이 깊어질수록 그 차이가 점점 짧아져서 결국에는 마치 거의 동시에 오행진기가 운행되는 듯한 수준까지 이르겠지만 말이다. 해서 나는 바로 이 순차적이라는 것에서 영감(靈感)을 얻었단다. 만약에 오행의 조화를 무시하고 처음에 의도한 한 가지 기운만을 극도로 운용한다면? 이건 전에 말했던 낮은 수준의 불완전한 무공들이 주로 사용하는 방법이라고 할 수 있지. 하지만 그들에겐 없는 게 오행신공에는 있단다. 사실 그들의 이런 편협(偏狹)한 운기법은 오직 오행신공을 익힌 이들에게만 가능한 방법이라 할 수 있지. 이걸 가능하게 해주는 것이 바로 오행신공의 특징 중의 하나인 기단이란다."

"……!"

"내가 첫날에 설명했듯이 오행신공은 여타의 내공심법과 달리 처음부터 선천진기를 수련해 나가는 무공이란다. 때문에 수련의 성과로 일종의 내단을 형성하게 되는데, 아직 몰랐겠지만 그걸 바로 기단이라고 부르는 것이란다. 다시 본론으로 돌아가서, 한 가지 기운만이 극도로 운용된 진기가 몸을 돌아 단전으로 들어가면 여타의 무공은 이 불안정한 기운이 결국에 자신의 몸을 망치게 되지만 기단을 형성한 오행신공의 수련자는 조금 다른 결과를 가져올 수 있단다. 비록 한 가지 성질뿐이기는 하지만 같은 기운을 가진 이 진기를 기단이 흡수하려 하는 것이지. 그러나 워낙에 상대적으로 강한 진기이기 때문에 기단에서는 조화를 이루기 위해 상극이 되는 진기가 일순 강해진단다. 이때 뿜어져 나오는 상극의 진기를 너는 다시 운용하여 단전으로 돌리고 다시 그것에 상극이 되는 기운이 일어나고… 이런 순환을 통해 오행신공의 수련자는 평소보다도 월등한 성취를 이룰 수 있는 것이지. 하지만 아직 아무도 직접적으로 수련을 해보지는 못했고 단지 내가 이론상으로만 완성한 것이라 솔직히 조금 걱정이 되기도 하는구나. 속성의 방법인 만큼 중간중간에 어떤 위험 요소들이 있는지도 아직 확인된 바가 없고……."

"걱정 마세요, 사부님. 사부님이 십 년간의 고심 끝에 완성하신 무공인데 설마 심각한 문제가 있겠어요? 그리고 무엇보다도 저는 사부님을 믿어요. 처음에 그러셨잖아요. 사부님 말대로만 하면 저에게 실(失)이 되는 일은 없을 거라고요."

"…허허허, 내가 힘이 되어주기보다는 오히려 위로를 받게 되는구나. 오냐! 네가 나를 믿듯이 나도 나 자신을 믿는단다. 그리고 내 일생의 역작인 오행신공 역시 다른 누구보다 확신을 가지고 있다."

'허헛, 역시 내가 제자 하나는 잘 거둔 것 같구나.'

진류 도장은 자신을 믿고 따르겠다는 무진의 말에 크게 감동받았다. 그리고 그는 자신의 노력과 정열의 결정체인 오행신공을 믿었다.

사실 전대의 천하제일고수였던 천무 도장이 미완으로 남긴 무공을 손댄다는 것은 그 정도의 성취가 없이는 불가능하다고 생각되어 왔다. 때문에 천무 도장의 사후(死後) 아무도 그가 남긴 무공에 손댈 엄두를 내지 못하였다. 그 결과 백 년간 비서각에서 사장되어 먼지만 뒤집어 쓰고 있던 것이 바로 오행신공이었다. 그런 무공을 진류 도장은 십 년간의 고집스런 노력으로 완성시켰던 것이다. 물론 그 오행신공을 연구하는 사이 비록 직접 익히지는 못했지만 그 안에서 많은 심득(心得)을 얻어 놀랄 만한 무공의 성취를 이루었다는 것은 아직 아무도 알지 못하는 사실이었다.

"그럼 이제 구결을 일러줄 테니 일단은 우선 암기하는 데 주력하도록 하거라."

"예, 사부님."

한겨울의 매서운 산바람이 부는 날이었지만 따스한 기운이 그득한 소요각에는 고요한 가운데 진류 도장의 맑은 목소리가 조용히 울리기 시작했다.

第六章

무진! 쓰러지다?

짹짹짹.

무우는 한 켠에서 들려오는 산새들의 소리에 잠시 고개를 돌렸다. 이제 막 연노란빛의 새싹들로 한껏 치장한 연무장 가장자리의 나무 위에는 이름 모를 산새들이 가지마다 삼삼오오 모여 재잘대고 있었고, 가지 사이사이로는 따시로운 봄날의 햇살이 살짝 눈을 따갑게 했다.

씨익.

이제 막 피어오르는 생명의 기운 앞에 무우는 입가로 옅은 미소를 지어 보였다. 그리고 등 뒤에서 들려오는 발소리에 그 미소는 더욱 완연해졌다.

탁, 탁, 탁.

청강석으로 된 진무각 소연무장의 바닥에서 나는 발자국 소리는 묘한 울림을 만들어냈다.

"헉헉, 무우 사형, 미안해요. 오래 기다렸어요?"

"아니다, 막내 사제. 나도 좀 전에야 도착했단다."

"아! 다행이네요. 오늘 일이 늦어져서 급히 달려왔는데… 하아, 하아……."

무우의 앞에서 고개를 숙이고 숨을 고르고 있는 이는 바로 무우의 막내 사제 무진이었다.

'이렇게 보니 이제 막내 사제도 어린 티를 거의 벗었는걸? 키도 조금 큰 것 같고……. 이제 나랑 거의 비슷하려나? 후훗, 그래도 왠지 여전히 어려 보여.'

무우는 사형제들의 사랑을 독차지하고 있는 이 막내 사제를 따스한 눈길로 바라보았다.

무진이 이곳 무당에 온 지도 어느덧 일 년을 훌쩍 넘어 있었다. 첫해의 겨울과 이듬해를 보내고 이제는 다시 새로운 봄의 기운이 피어오르는 시기였다. 지난 일 년 반 동안 무진은 오직 오행신공의 연마와 기의 운용을 숙달시키는 것에 전력을 다했다. 진류 도장 역시 그런 무진을 성심성의껏 지도해 주었다. 청죽원에서 일하는 시간을 제외하곤 모두 수련의 연속이었다. 잠도 하루 두 시진(4시간) 이상은 자지 않았다. 그 결과 무진은 기단의 크기를 처음의 좁쌀만한 크기에서 약지 한 마디 정도의 크기로 키울 수 있었다. 대략 이성의 성취를 이룬 것이다. 하지만 실제로 무진이 운용할 수 있는 것은 겨우 일 년의 공력밖에 되지 않았다.

보통 무림에서 일 년의 공력이란 일 년 동안 꾸준한 내공 수련을 통해 얻어지는 진기의 양을 말한다. 일반적으로는 갑자(甲子)라는 표현을 썼는데 일 갑자란 육십 년의 공력을 일컫는 말이었다. 그러나 이런 기준은 벌써 수백 년 전에 만들어진 것, 그 기간 동안 무공은 발전에 발전을 거듭했다. 비록 내공을 나타내는 단위는 계속 이어져 내려왔지만 내가기공들은 그 효율성 측면에서 어마어마한 발전을 이루었다. 과거의 상승무공이 일 년을 연마하여 일 년의 공력을 얻었다면 오늘날의 이른바 비전(秘傳)의 무공들은 그 세 배의 성과를 가져올 수 있었다. 더 나은 효율을 가진 내가기공을 위한 연구는 계속되었지만 1:3 이상의 성과를 얻을 수 있는 신공은 아직까지 나타나지 않고 있었다. 결국 1:3의 비율은 현재 최고의 절학으로 불리우는 절세기공에만 적용되는 황금비율로 인식되고 있었다. 그리고 그 옛날에 절세의 무공이라 불리우던 상승공부들은 오늘날에는 강호의 이류무사들이 사용하는 것으로 전락해 있었다.

때문에 명가의 제자로 들어가 어릴 적부터 비기를 전수받을 경우 대략 서른 살이 되면 일 갑자 정도의 내공을 갖게 되는 반면 변변치 않은 문파에 들어가거나 어줍잖은 무공을 익히게 되면 서른은커녕 칠순이 다 되어도 일 갑자의 공력을 얻기란 요원(遙遠)한 일이었다.

무진의 경우 오행신공이라는 절세의 신공을 연마하였지만 실제 얻어지는 성과는 강호상의 이류급 무공을 익히는 수준에 불과하였기에 그것을 지켜보는 무진의 사형들은 실로 애가 탔다. 마음 같아서는 지금까지의 내공을 모두 버리고 다시금 무당의 여타 절학들을 익히게 하고 싶었으나 무진의 뒤에는 저 진류 사숙이 떡하니 버티고 있었고, 결정적으로 무진 본인이 자신의 성취에 크게 만족하고 있었다.

애초에 무진이 무공을 익히려던 목적이 바로 기의 흐름이 신체에 주는 영향을 연구하여 그것을 요리에 적용시키고자 함이었다. 일반적으로 무림인들은 정해진 경로만을 따라 진기를 운행할 뿐 그것을 다른 길로 움직여 보려는 엄두를 내지 못했다. 그들에게 진기가 정해진 길을 벗어난다는 것은 곧 주화입마로 받아들여졌기 때문이다.

이런 생각은 실제 어느 정도 맞는 것이기도 했다. 때문에 그들의 입장에서 볼 때 무진의 이런 시도는 미친 짓으로 보일 수밖에 없지만 무진에게는 진류 도장이라는 걸출한 사부가 있었다. 특히나 진류 도장은 오행신공이라는 절세의 신공을 연구하는 과정에서 천무 도장이 남긴 많은 심득(心得)을 얻어 놀라운 성취를 이룬 만큼 내가기공의 운용 면에서는 타의 추종을 불허하는 경지에 올라 있었다. 무진의 이런 시도가 가능한 것도 다 진류 도장의 기에 대한 깊은 이해와 가르침이 있었기 때문이다. 지난 일 년 반 동안 무진과 진류 도장이 오행신공의 수련과 동시에 가장 심혈을 기운인 분야가 바로 이것이었다.

기의 운용.

무진은 오행신공을 통해 미약하게나마 얻어진 공력을 몸의 이곳저곳으로 흘려보내며 그에 따른 신체의 변화를 연구했다. 사실 이런 시도는 전무후무(前無後無)한 것이라 여러 가지 위험한 점들이 너무도 많았지만 진류 도장의 기에 대한 깊은 깨달음이 이런 위험성을 최소화시켜 주었다. 처음에는 뭣도 모르고 진기를 자신의 장기 내부로 마구 침투시켜 죽을 뻔한 적도 있지만 다행히도 너무도 낮은 공력 탓에 회생(回生)할 수 있었다. 오행신공의 치명적 단점이 소진에게는 오히려 득이 된 것이었다. 물론 그날 일로 사부에게 엄청 혼나긴 했지만. 이후로도 크고 작은 사건들은 많이 있었다. 오행기로 번갈아가며 위에 자극을 줬다가 먹은 걸 다 토해내고 하루 종일 굶은 일도 있었고, 장의 변화을 알아보려는 생각에 무심코 진기를 흘려넣었다가 설사로 고생을 한 적도 있었다. 하지만 그때마다 진류 도장의 도움과 무진 자신의 처절한 몸빵(?)으로 위기를 무사히 넘길 수 있었다. 그리고 이런 실험들을 통해 무진은 기의 운용에 대해선 거의 독보적인 경지에 이르게 되었다. 게다가 근자에 이르러서는 그동안의 깨달음을 서서히 자신의 요리에 접목시켜 나아가고 있었으니…….

"무진 사제, 진류 사숙님께 이야기는 이미 들었다. 나에게 보법과 경신술을 배우러 왔다고?"

"예, 대사형. 사부님이 무우 사형이 제일 한가하다 하면서 이리로 가보라고 하셨어요."

비틀!

바로 이어지는 무진의 대답은 거대한 화살이 되어 무우의 가슴으로 날아들었다.

'이잇! 내가 제일 한가하다구? 크큭! 사숙님도 장로원에서 만만찮게 지내고 계시면서!'

"하하핫, 무진 사제, 사실 내가 그렇게 한가한 건 아니고, 그래도 무진 사제의 일이니깐 이렇게 만사 제쳐 두고 특~별히 나온 거라구. 정말이야, 이 대사형을 못 믿겠어?"

"……."

무진이 물끄러미 쳐다보자 어색한 웃음을 흘리며 궁색한 변명을 꺼내놓던 무우는 금세 입을 다물었다. 그리곤 자신을 속마음을 꿰뚫는 것 같은 무진의 눈을 피해 조금 강도 약한 변명을 다시 시도했다.

"그, 그래, 솔직히 요즘 할 일이 아주 많지는 않아! 그래도 하던 일도 미뤄놓고 오직 막내 사제를 돕기 위해 이렇게 온 건데 사숙님도 참 너무하시지. 안 그래, 막내 사제?"

"……."

흘낏.

말을 마치곤 조심스레 무진의 눈치를 살피던 무우는 여전히 말없이 자신을 응시하고 있는 막내 사제의 모습에 절망감을 느껴야 했다.

'흐흑, 나의 막내 사제가!'

"흐흐흑! 그래, 나 한가하다! 너무너무 한가해서 너 가르쳐 달라는 말에 얼씨구나 하구 튀어나왔다. 됐냐? 크흐흐흑!"

"사부님한테 벌써 들었다니까요. 사형들 중에서 대사형이 제일 한가하다고. 어서 보법이랑 경신법이나 가르쳐 주세요."

무우는 그 어렵다는 눈물 연기를 완벽하게 소화해 냈지만 결국 소진의 공감을 얻어내지는 못했다. 최후의 수단으로 사용한 동정심 유발 작전도 통하지 않자 무우는 엄청난 좌절감을 맛보아야 했다. 전 중원 연기 대회에 나가서 대상(大賞)을 먹어도 아깝지 않을 자신의 연기력이 이렇게 무시당하다니……. 그리고 한편으로는 순진하던 무진을 저렇게 능구렁이로 만들어 버린 진류 도장을 저주하기 시작했다.

'크흑! 이 망할 진류 영감탱이! 우리 착한 무진을 돌리도~'

겉으로 내뱉었으면 파문(破門)감의 발언이었지만 마음속인데 어떠하리…….

"응? 누가 내 욕하나? 귀가 왜 이리 가려워. 그나저나 무우, 이 녀석이 우리 무진이를 잘 가르치고 있을런지 모르겠네……."

소요각에서 오랜만에 빈둥거리며 따스한 봄날 오후의 여유를 만끽하고 있는 진류 도장이었다. 일 년 반 동안 무진에게 오행신공을 성심껏 지도하고 이제 검술을 가르치기 전에 보법과 경신술을 가르치려 했지만… 다른 건 몰라도 다 늙어서 어린 제자 가르친다고 보법 써서 발자국 찍고 경신술 가르친다고 이래저래 뛰어다니기가 너무너무 귀찮았던 진류 도장은 그냥 속편하게 아.랫.것.들에게 맡겨 버리기로 결정했다. 그래서 선택된 대상이 바로 '나 요즘 한가해요~' 하고 소문난 대제자 무우.

'무우야, 조금 미안하지만 니가 수고 좀 해라. 어차피 내 주력 분야는 검술과 내공인데 그런 것까지 내가 다 신경 쓸 필요는 없겠지? 에구구구~ 편하다. 후훗. 이제 좀 잘까?'

늘어지게 기지개를 켠 진류 도장은 침상에 편안히 몸을 누이며 따스한 햇살 아래에서의 달콤한 오수(午睡)에 빠져들었다.

"일단은 보법을 먼저 익히고 경신술을 배워보자. 내가 바닥에 족적(足跡)을 남겨줄 테니 보고 잘 기억하고 있다가 순서대로 따라해 보라구. 알았지, 막내 사제?"

"예, 대사형."

무우는 가볍게 진기를 끌어올리고 무당의 비전신법인 유운신법(流雲身法)을 시전해 보였다. 순간 무우의 신형이 흐릿하게 변하며 '파팟' 하는 소리와 함께 청강석 바닥에서 돌 가루들이 날렸다. 무진은 대사형의 신형을 놓치지 않기 위해 안력(眼力)을 집중했지만 보이는 것이라고는 희끄무레한 잔상들뿐, 도무지 대사형의 얼굴을 확인할 수가 없었다. 그러다 어느 순간 거짓말처럼 대사형의 움직임이 뚝 멈추더니 천천히 무진의 앞으로 걸어왔다.

"잘 보았느냐?"

"잇! 그런 걸 어떻게 봐요!"

'허걱! 아차차, 아직 무진에겐 좀 힘들었겠군.'

"흐흠! 미안하다. 내 미처 네 공력을 생각하지 못했구나. 다시 한 번 천천히 시범을 보여주마."

무우는 앞선 시범에서 바닥에 새겨놓은 야트막한 족적을 따라 다시 한 번 천천히 유운신법의 시범을 보여주었다. 이번에는 충분히 느린 시범이었기 때문에 굳이 집중을 하지 않아도 충분히 육안으로 확인이 가능할 정도였다.

"유운신법, 혹은 유운신보(流雲神步)라 불리는 이 무공은 무당의 대표적인 보법으로 그 기세가 부드러운 가운데 진중한 감이 있어 말 그대로 구름이 흘러가는 듯하면서도 결코 가볍지 않은 것이 특징이다. 특히 우리 무당의 무공을 펼치기에는 가장 적합한 보법이라 할 수 있지. 사숙님의 말씀대로 너에게 보법은 이 한 가지만을 가르칠 작정이다."

"엇! 그럼 다른 보법들도 많이 있나요?"

"당연하지! 누대(累代)를 이어오면서 고작 보법이 이 한 가지만 있겠느냐? 비전으로 이어지는 보법만 해도 수가지에 이르나 솔직히 내가 보기엔 이 유운신법만한 것이 없다."

"그건 왜죠, 대사형?"

"물론 다른 뛰어난 보법들도 있지만 이 유운신법은 특히 어느 방향으로든지 신형의 이동이 자유롭고 결정적으로 우리 무당의 무공들과 가장 궁합이 잘 맞아. 때문에 한 가지만 극성으로 익힌다면 나 같으면 이 유운신법을 추천하겠구나. 물론 사숙님도 이런 생각을 하시고 내게 그런 말씀을 하셨겠지만."

"그래도 여러 가지를 같이 익히는 게 좋지 않나요?"

"허헛, 너도 그런 생각을 하는구나. 사실 대다수의 무림인들은 보다 위력이 강하고 화려한 무공을 선호하고 동시에 보다 많은 종류의 무공을 익히려고 하지. 그들 나름대로는 뭐 다다익선(多多益善)이라든가? 어쨌든 우리 무당에도 그런 녀석들은 많이 있어. 그 녀석들은 이것저것 손대는 무공의 종류도 많고 욕심스럽게 그들 모두를 익히려 하지. 하지만 무진아, 너는 이 세상에서 가장 상대하기 까다로운 무공이 무엇인 줄 아느냐?"

무진은 대사형의 갑작스런 질문에 조금 당황했지만 곧 질문의 답을 찾기 위해 머리를 굴리기 시작했다.

"글쎄요, 사부님이 수없이 많은 신공절기들이 있다는데 어떤 것이 가장 뛰어난지는……."

"나는 가장 뻬어난 무공이 아니라 가장 상대하기 까다로운 무공이 무엇이냐고 물었던 것 같은데?"

"……."

"네가 너무 어렵게만 생각하는 것 같구나. 정답부터 말하자면 이 세상에서 가장 상대하기 어렵고 까다로운 무공은 바로 극성으로 수련하여 자연스럽게 몸에서 묻어나는 무공이란다."

"예?"

"절차탁마(切磋琢磨)하여 그 오의(奧義)를 극성으로 연마한 이류(二流)의 무공이 어설프게 익힌 상승의 무공보다 오히려 낫단다. 물론 다 그런 건 아니지만 무공 자체의 수준과는 별개로 수련의 깊이 역시 승패에 커다란 영향을 미치는 것이란다."

"아……."

"이 유운신법 역시 깊은 오의를 담고 있는 무당의 비전 중 하나. 하지만 유(柔)와 중(重)을 강조하는 이 신법은 실용적이면서도 속성으로 연마가 가능한 여타의 무공들에 밀려 제자들이 점차 멀리하고 있는 실정이지. 하나 네가 만약 이 유운신법을 익혀 높은 경지에 이른다면 보다 위력적이고 화려한 무공을 찾아 기웃거리는 어설픈 제자들은 네 옷자락조차도 만지지 못할 것이다."

"아… 그렇군요. 대단하네요, 대사형! 사부님도 저를 대사형한테 보내면서 '그래도 그나마 가장 나은 녀석이 바로 무우란다' 라고 하셨는데 대사형의 말을 듣고 보니 정말 맞는 말인 것 같아요. 저희 사부님이 원래 사람 보는 눈 하나는 정확하시잖아요."

"우잉? 정말 사숙님이 그렇게 말씀하셨다고? 아까는 제일 한가한 놈이라고 그러셨다며!"

"물론 그 말도 하셨죠! 정확히 말하면 '내 미리 말해 놓을 테니 요즘 제일 한가하다는 네 대사형에게 가보도록 하여라. 그래도 그녀석이 동년배 녀석들 중에선 제일 쓸 만하지' 라고 하셨어요."

무우는 막내 사제의 말에 아까 전의 악감정은 싹 사라져 버렸다.

'역시 진류 사숙이 사람 보는 눈은 정확하시단 말야. 흐흣, 막내 사제 앞에서 용 됐다. 크하핫!'

어째 나이에 비해 생각하는 건 유치찬란한 무우는 조금 전의 진지했던 모습은 어디론가 다 날려 버린 채 피어오르는 웃음을 감추지 않고 계속 무진을 지도하기 시작했다.

"우흐흐흣, 그럼 천천히 내 족적을 따라 유운신법을 연습해 보거라. 내가 옆에서 잘못된 부분이 있으면 지적해 주마."

처음에는 족적도 다 찍혀 있겠다, 무우 사형이 너무도 쉽게 시범을 보이는 것 같아 가벼운 마음으로 발자국을 따라가던 무진은 채 몇 걸음 떼지도 못하고 발이 엉켜 넘어져 버렸다.

쿵!

"아얏! 이쒸, 이게 왜 이러지?"

"하하하, 무진 사제, 너무 서두르지 말고 천천히 내공을 끌어올려 몸을 가벼이 한다는 생각을 가지고 따라 해보도록 해. 아까도 말했듯이 이 유운신법 역시 비전무공 중 하나로 결코 간단히 익힐 수 있는 것이 아니라고."

무진은 설명을 들으면서도 연신 발걸음을 옮겼지만 족적을 따라 끝까지 한 번 가는 것도 결코 쉽지 않았고, 얼마 되지 않아 온몸에서는 땀이 비 오듯 흐르기 시작했다.

'하아하아, 이거 정말 힘들다. 무우 사형은 가볍게 하던데……'

"무진 사제, 결코 하루 이틀에 이루어지는 것이 아니니 인내심을 가지고 천천히 연습하도록 해. 벌써 유시(酉時)가 다 되어가니 오늘은 이만하도록 하자. 내일도 오늘 정도 시간에 맞춰서 나오도록 하고. 알겠지?"

"헉헉, 예. 헉헉, 대사형."

바닥에 털썩 주저앉아 가쁜 숨을 몰아쉬던 무진은 대사형이 연무장을 벗어나는 것을 보고도 한참이 지나서야 겨우 자리에서 일어나 어기적어기적 자신의 처소로 향했다.

청죽원으로 돌아와 가볍게 저녁을 먹고 수련 중에 흘린 땀을 주방 옆에 위치한 우물가에서 말끔히 씻어내자 온몸이 개운한 게 머리 속까지도 맑아지는 것 같았다.

방으로 돌아온 무진은 마음을 차분히 하곤 침상에 앉아 오행신공을 운용하기 시작했다. 벌써 일 년 반 동안 계속하는 짓이지만 하면 할수록 새로운 기분이 들었다. 전신의 혈(穴)을 두드리며 마치 자고 있는 세포 하나하나를 깨우는 듯이 기분 좋은 느낌을 주던 오행진기는 일주천하고 단전으로 들어가자 기단으로 빨려들 듯 사라졌다. 단전에는 대략 약지 한 마디 정도 크기의 기단이 느껴졌다.

"처음에 비하면 엄청나게 커졌지만 그래도 아직 부족해. 대성하려면 어린애 주먹만한 크기가 되어야 한다던데……."

괄목상대(刮目相對)할 만한 성장을 이룬 기단이었지만 아직도 대성(大成)의 길은 까마득히 멀게만 느껴졌다.

"그나저나 그동안의 연구도 어느 정도 성과가 있었으니 이제 슬슬 본격적으로 요리에 적용을 해야 할 텐데……. 안전하고 확실한 몇 가지야 벌써 청죽원에서 실험해 보았지만 다른 것들은 도저히 먹일 만한 사람이 없단 말야. 결국은 내가 먹어봐야 하는 건가?"

기의 운용에 대한 일 년 반에 걸친 끊임없는 수련 덕택에 기의 흐름이 신체에 미치는 영향에 대한 무진의 연구는 어느 정도의 성취를 이룰 수 있었다. 아직 아무도 시도해 보지 않았고 워낙 위험한 분야라 죽을 고비도 몇 번 넘겼지만 그 위험성에 비례하여 무진의 깨달음도 깊어만 갔다. 아니, 전인미답(前人未踏)의 분야였으니 지금 무진의 경지는 독보적인 것이라 할 수도 있을 것이다. 그리고 이건 무진 혼자만의 비밀이지만 몇몇 확실히 안전성이 보장된 것들은 직접 요리에 적용시켜 청죽원의 식사에 내놓고 있었으니… 그 결과는 예상을 훨씬 웃돌았다. 워낙 많은 인원이 먹는 식사이고 개개인마다의 특성이 다르기 때문에 특정한 성질을 적용시키진 못하고 그저 심신을 안정시키고 기의 운행을 돕는 음식을 조합하여 식단을 꾸몄다. 처음에는 조금 불안한 마음도 있었지만 별 이상이 없자 이런 시도는 지난 한 달간 계속되었다. 그러자 근자에 들어 무진의 마음을 흡족하게 하는 말들이 여기저기에서 들려오고 있었으니……

"요즘 이상하게 마음이 차분한 게 수련이 잘되는 것 같아요."

—무당 이대 제자 정유 曰.

"예전엔 식곤증 때문에 밥만 먹으면 잠이 왔는데 요즘은 식사 후에도 몸이 여전히 활기 차요."

—무당 삼대 제자 청정 曰.

마치 요즘 유행하는 학습 능력 강화 진언(眞言)이라는 '애씨수귀어(艾氏修貴語)'의 선전처럼 놀랄 만한 효능이 곳곳에서 나타나고 있었다. 이, 삼대 제자들의 사범을 맡고 있는 무진의 사형들 역시 근 한 달 동안 갑작스레 수련 자세가 좋아지고 그에 따라 실력도 부쩍 늘어가는 제자들의 모습에 흡족해하면서도 한편으로는 어안이 벙벙한 눈치였다.

쇠뿔도 단김에 빼라고 하던가?

스스로 자신의 요리의 실험 재료가 되기로 결심한 무진은 곧장 주방으로 향했다. 벌써 초경인지라 사람들은 모두 집으로 돌아가고 주방엔 아무도 없었다.

'첫 요리는 뭘로 하는 게 좋을까? 생각해 둔 건 많은데 막상 하려고 하니깐 뭘 먼저 해봐야 할지……. 심장 기능을 강화시켜 주는 요리? 아 냐냐냐, 그건 너무 위험해. 내가 먹을 건데 만에 하나 잘못돼서 심장 마비라도 오면 바로 죽음이잖아. 조금 더 안전한 걸로. 문제가 생기더라도 생명에 심각한 위협은 없으면서도 효과는 바로 알아볼 수가 있는 그런 걸로는… 그래, 소화 능력에 관계된 쪽으로 할까? 좋았어! 그렇다면 이걸로 하자. 위(胃)의 기운을 북돋아주는 요리!'

일단 음식의 방향이 결정지어지자 재료를 선택하는 건 일도 아니었다.

'위는 토(土) 기에 가장 민감하게 반응한단 말씀이야! 그러면 일단 토의 정기를 먹고 자라는 과실(果實)류가 좋은데 이건 지금 구할 수가 없고… 지기(地氣)를 흡수해서 자라는 버섯 요리로 할까? 마침 지금 창고에 초고(草菰:버섯류)가 있지 아마? 이걸로 볶음 요리를 만들어야겠다!'

무진은 바로 창고를 뒤져 초고를 찾아내 재빨리 손질에 들어갔다.

사사삭, 타타타탁!

서걱서걱.

변함없이 번개 같은 손놀림으로 순식간에 준비를 마친 무진은 본격적인 요리에 들어갔다.

'일단 파, 마늘, 고추를 볶고……'

지글지글, 촤촤챗!

'쿵쿵! 냄새 좋고! 불도 이 정도면 적당하고, 초고와 초고의 기운을 북돋우기 위해 청경채를 넣고 같이 볶아주면… 일단 기본은 완성! 여기서 우리 소가의 비전으로!!'

치이이잇! 차차챗!

갑자기 무진의 손이 더 빨라졌다. 여러 향신료와 이름 모를 재료들이 순식간에 어우러지고…….

"소가비전(蘇家秘傳) 환상요리(幻像料理)!!"

그러다가 어느 순간 모든 움직임이 거짓말처럼 멎었다. 그리고 서서히 주위로 퍼져 나가는 그윽한 향기. 사흘 전에 죽은 시체라도 군침을 흘리며 벌떡 일어나게 할 만큼 식욕을 자극하는 그런 향기가 음식에서 흘러나오고 있었다.

소가비전(蘇家秘傳).

이것은 무진, 아니, 소진의 할아버지인 소진명이 십수 년에 걸친 연구와 노력 끝에 이루어낸 결실이었다. 소진명과 무진은 공통적으로 극상의 요리를 목적으로 하고 있었으나 그 방법에선 사뭇 차이가 났다. 소진명 역시 그의 손자처럼 기의 운용을 통해 요리의 가능성을 연구하고 싶었지만 그가 이런 생각을 했을 때는 이미 그의 나이가 환갑을 넘어가고 있었다. 도저히 여건이 되지 않자 분루(憤淚)를 삼키며 그는 결국 다른 방향으로 눈을 돌렸다. 그리고 이번에 그가 연구한 것은 각 재료와 그 어우러진 음식의 맛과 향을 비롯한 모든 것을 극한(極限)으로 끌어올리려는 시도였으니… 그 결과가 바로 소진명이 소가비전이라 이름 붙이고 무진이 무당으로 떠나오기 몇 달 전에야 겨우 할아버지에게 전수받아 나름대로는 환상요리라 부르는 것으로, 이 소가비전은 요리의 맛과 향뿐만 아니라 그 효능까지도 극대화시키는, 말 그대로 환상의 비술(秘術)이었던 것이다. 그리고 이 소가비전은 애초 소진명의 바람대로 기(氣)와 신(身)에 대한 무진의 이해가 합쳐지자 그 요리를 전혀 새로운 경지의 것으로 만들어주었으니……

"흠~ 하~ 향기야 뭐 두말할 것 없고 맛은 어떨는지?"

가슴 깊이 음식의 향을 들이마시던 무진은 젓가락을 들고 천천히 맛을 보기 시작했다.

"좋아좋아. 기름지나 결코 느끼하지 않고 담백하면서도 깊은 맛이 느껴지는군. 크하하핫! 태상노군이여~ 이 요리를 정녕 제가 만들었단 말입니까!!"

무당에 들어온 후 무진에게 생긴 변화 중 하나를 꼽으라면 바로 이 것. 과거에는 하늘을 찾다가 이제는 그래도 도문(道門)의 제자라고 태상노군을 찾게 되었다는 것이다.

"맛과 향은 모두 합격점이고, 이제 그 효능을 알아봐야 할 텐데… 뭐, 당장에 느낌이 올 수는 없을 테고 일단은 먹고 하룻밤 자봐야겠는 걸?"

나름대로 자신의 요리에 만족한 무진은 이제 그 진정한 효능을 확인하려는 듯 한 접시나 되는 요리를 혼자서 다 먹어치운 후 가볍게 트림까지 해주고는 일찌감치 잠자리에 들었다.

다음날.

무우는 오늘도 사랑스런 막내 사제에게 신법을 가르칠 생각을 하며 어제와 같은 진무각 소연무장에서 무진을 기다리고 있었다.

"허허, 오는구만. 무진 사제, 기다리고 있었다구!"

"하아… 예, 대사형."

"엇! 무진 사제 안색이 왜 이리 창백하지? 어디 아파?"

"그냥 속이 좀 불편해서요. 어제 먹은 것이 좀 잘못됐나 봐요."

"그래? 그럼 오늘은 하루 쉴까?"

"아니에요, 대사형. 할 수 있을 것 같아요."

"역시 나의 막내 사제는 뭐가 달라도 다르군! 푸하핫! 몸이 아픈 데도 불구하고 수련에 전념하는 이 자세! 이런 모습을 나약한 제자 놈들에게 보여줘야 되는 건데. 쩝, 어쨌든 괜찮다고 하니 오늘도 어제와 같은 방식으로 수련을 해보자. 자자, 어서 어제 배운 유운신법을 시전해 봐."

사실 무진은 속으로 정말 죽을 맛이었다.

'으헉, 정말 죽겠다. 뱃속에 커다란 돌덩이가 하나 들어앉은 것 같잖아 이거! 어제 나의 첫 실험작이 뭔가 크게 잘못된 것 같은데… 그냥 쉰다고 할 걸 그랬나? 아냐, 어차피 앞으로 계속 내 몸으로 실험을 하다 보면 한두 번 겪을 일도 아닐 텐데 이 정도에 굴해선 앞날이 암울하지. 아자잣! 힘내라, 무진! 끄응~ 그래도 좀 힘들긴 힘든데…….'

어제처럼 대사형이 남겨놓은 족적을 따라 몸을 날리며 무진은 연신 식은땀을 흘려댔다. 그리고 안 그래도 창백하던 안색은 이제 마치 백분(白粉)을 바른 듯 새하얗게 변해 있었다. 하지만 우리의 대사형 무우는 그런 것엔 별 주의를 기울이지 않고 오직 무진의 몸 동작에만 신경을 쓰고 있었으니……. 그렇게 약 한 식경 정도가 흘렀을까?

"막내 사제, 거기선 몸을 부드럽게 기울여야지! 그게 아니라니까! 움직일 때는 그렇게 끊는 것이 아니라 부드러운 느낌으로 해야지!"

대사형의 잔소리가 들리긴 했지만 한 걸음 한 걸음이 너무 힘들었다.

'헉헉, 부드럽게 움직여야 한다는 걸 누가 모르나? 헉헉, 몸이… 몸이 안 따라주는데… 나보고 어… 어쩌라고…….'

쿵!

"쯧쯧, 막내 사제, 또 발이 꼬였나 보구나. 어디 다치지는 않았어?"

"……."

"응? 지금 아파서 못 일어나는 거야? 혹시 어딜 다친 거니?"

"……."

"……!!"

갑자기 쓰러지는 무진을 보고 처음에는 그저 다리가 엉켜 넘어진 줄로만 알았던 무우는 무진이 몇 번을 불러도 미동조차 없자 대경하여 달려갔다.

"무진 사제! 왜 그래! 이런, 기절했잖아!"

무우는 무진을 들쳐 메고는 번개같이 의선원(醫仙院)으로 달렸다.

'씨파! 안색이 안 좋아 보일 때 미리 알아챘어야 하는데! 흐흑! 막내 사제~'

문 내에서 경공을 써서 달려오는 인영을 보고는 엉겁결에 막아서는 의선원 제자들의 머리를 타고 넘으며 순식간에 의선원주(醫仙院主) 무해의 처소까지 당도한 무우는 다급한 표정으로 고래고래 고함을 질러 댔다.

"무해 사제! 무해 사제! 어서 나와봐! 막내 사제가 큰일 났다구!"

덜컥!

그렇지 않아도 밖이 소란스러워 문을 나서려던 의선원주 무해는 대사형의 목소리에 문을 벌컥 열고는 뛰쳐나왔다.

"뭐라구요? 막내 사제가? 일단 들어와서 어서 침상에 눕혀요, 대사형!"

"어서어서 우리 무진을 좀 살려내라! 무해야, 너만 믿는다."

소란에 제자들이 몰려들었지만 거기에 신경 쓸 틈이 없었다. 무해는 무진을 침상에 눕히고는 상세를 살피기 시작했다. 진맥을 통해 무진의 상태를 살피던 무해의 이마가 내천(川) 자로 일그러지더니 황급히 무진의 도복을 풀어헤치고는 명치 부근을 손으로 이리저리 눌러보았다.

"이게 뭐야! 왜 막내 사제의 위(胃)가 이 지경이 됐지?"

"응? 무해야, 무슨 말이냐?"

"대사형, 지금 무진의 위가 죽어가는 것 같소. 무슨 큰 기운에 당한 것 같은데… 사형이 그랬을 리는 없고… 혹시 아는 바 없어요?"

"그럴 리가…… 처음에 안색이 조금 창백해서 걱정하긴 했는데 본인이 문제없다고 그랬다구! 그래서 유운신법을 연습시켰는데 수련 중에 갑자기 쓰러졌어. 그런데 어떤 기운에 당하다니! 그렇다면 네 말은 지금 누군가 막내 사제에게 암경(暗勁)를 가했다는 말이냐?"

"지금 무진의 상태는 마치 누군가의 침투경(浸透勁)에 위를 다친 것처럼 보이는군요. 특이한 외상 하나 없이 저렇게 내부가 충격을 받을 정도라면……. 하지만 일단 크게 위험할 정도는 아니에요. 침술로 내기(內氣)를 다스리고 탕약을 먹이면 아마 얼마 후 정신을 차릴 겁니다."

무슨 큰일이 난 줄 알고 문밖에서 대기하던 제자들을 불러 무진에게 먹일 탕약을 준비시킨 무해는 자신이 직접 침술을 시전하기 시작했다. 침상 위에 바로 눕혀진 무진의 몸에는 크고 작은 침들이 하나둘 늘어만 가고… 약 일각의 시간이 지난 후에야 무해는 시침을 끝낼 수가 있었다. 무해가 마지막 침을 놓고는 크게 심호흡을 한번 하며 물러서자 심각한 모습으로 이제껏 지켜보던 무우가 다급히 물었다.

"무해야, 네 말대로 이제 큰 고비는 넘긴 거냐?"

"예, 대사형. 내기도 이제 진정이 되었으니 아마 얼마 후면 깨어날 겁니다."

"다, 다행이구나. 수고했다, 무해 사제. 그런데 말야, 나는 아무리 생각해도 무진에게 암경을 가할 만한 인물이 도저히 떠오르질 않는구나. 이게 도무지 어찌 된 영문인지……."

"저도 그 점이 조금 의문입니다. 누가 일부러 막내 사제에게 위해(危害)를 가하지는 않았을 듯한데… 뭐, 이제 곧 깨어날 테니 본인에게 직접 물어보면 되겠지요. 그럼 저는 약재실에 잠시 들렀다 올 테니 무진은 대사형이 좀 지켜보고 계세요."

"그, 그래. 내가 두 눈 부릅뜨고 있을 테니 어서 다녀와라."

무해는 준비 중인 무진의 탕약을 보기 위해 약재실로 향했다.

한편 무진은 침술의 효과가 있었는지 창백하던 안색이 많이 좋아져 있었다. 고통스럽던 안색도 한결 가신 느낌이었다.

'어쩌다가 이런 일이 일어난 거지? 어제까지만 해도 팔팔하던 녀석이었는데……. 하아~ 그나저나 큰 위험은 없었다고 해도 진류 사숙이 아시면 뭐라고 하실지…….'

"음… 흐음……."

무우가 이런저런 생각으로 심란해하고 있을 때 침상에서 미약한 신음 소리가 들려왔다.

"엇! 막내 사제! 정신이 좀 들어? 나야, 나! 대사형이라구! 나 알아보겠니?"

"쿨럭! 아… 무우 사형."

"그래, 정신이 들었구나! 다행이다, 정말 다행이야!"

눈을 떠보니 어찌 된 일인지 자신은 진한 약 냄새가 풍겨오는 방 안에 누워 있다. 이상하게 몸에 기운이 하나도 없었다. 무진은 정신을 추스르고는 대체 어찌 된 일인지 기억들을 하나하나 떠올리기 시작했다.

'그래, 내가 유운신법를 연습하다가 갑자기 극렬한 복통이 왔었지.

그리곤… 설마 기절했던 건가?

그러고 보니 아직도 상복부가 저릿저릿하게 아파왔다.

"여긴… 어떻게 된 거죠?"

"그건 내가 묻고 싶은 말이구나. 내가 곧장 약선원으로 데려오기는 했다만 갑자기 기절이라니! 대관절 어떻게 된 일이냐? 무해의 말이 마치 누군가의 침투경에 당한 듯한데 위가 크게 상할 뻔했다더구나. 무진아, 혹시 뭔가 짚이는 일이라도 있니?"

"예? 침투경이라니요? 그런 일은 절대……."

"그럼 대체 어떻게 된 일이지? 어째서 어제까지는 멀쩡하던 네가 갑자기 이렇게 되느냔 말야!"

무진은 무우의 말을 듣고서야 대강 어찌 된 일인지를 파악할 수가 있었다.

'어제 시험한 요리가 너무 과해서 기를 보(補)하기는커녕 오히려 해가 될 정도였나 보구나. 과유불급(過猶不及)이라 했건만 이렇게까지 효능이 크게 나타나다니! 아무래도 앞으로의 실험에서는 한층 주의를 기울여야겠는걸?'

이런 일을 겪고도 아직 무진은 스스로를 대상으로 한 실험에 대한 뜻을 굽히지 않고 있었다.

"아마 어제 먹은 음식이 잘못됐나 봐요, 대사형."

"설마 음식 한 끼 잘못 먹었다고 이렇게까지……."

벌컥!

이때 갑자기 문이 열리며 한 인영이 번개같이 뛰어들어 왔다. 무우는 깜짝 놀라 반사적으로 그 인영에게 손을 날리려다가 얼굴을 확인하고는 황급히 출수(出手)를 거뒀다.

"무진아, 이게 어떻게 된 일이냐!"

"누구……? 진류 사숙? 여긴 어떻게……?"

"사부님!"

그렇다. 방금 문을 부술 듯한 기세로 의선원주의 처소로 뛰쳐 들어온 인물은 바로 진류 도장이었다. 진류 도장은 자신의 애제자(愛弟子)를 무우에게 보내놓고는 어제에 이어 오늘도 탱자탱자 소요각에서 오수를 즐기던 중 다급히 뛰어온 이대 제자 정평에게 청천벽력 같은 소식을 듣게 되었으니, 그것은 다름 아닌 무진이 수련 도중 쓰러져 의선원에서 치료 중이라는 것이었다.

'무진아, 사부가 간다. 제발 무사히 기다려 다오! 보법과 경신술 수련하라고 무우한테 보내났더니 이게 웬 날벼락이란 말이냐! 무우, 이자식! 이게 만약 네놈 때문에 일어난 일이면 넌 오늘 내 손에 죽었다! 이익!'

별의별 생각을 다 하며 의선원까지 단숨에 날아온 진류 도장은 자신을 알아보는 제자의 모습에 일단은 안심하고 시선을 무우에게 돌렸다.

"너 이놈, 무우!"

"헉! 예… 진류 사숙."

"무진에게 짧은 가르침을 주라고 했더니만 이게 어떻게 된 일이냐! 무슨 짓을 한 게야!"

"저… 그게……."

무우는 마땅히 대답할 말을 찾지 못해 쩔쩔매다가 결국은 침상에 누워 있는 무진에게 애처로운 눈빛으로 도움을 청했다.

"사부님, 무우 사형 잘못이 아니에요."

"뭐라? 이 녀석 잘못이 아니라구? 그럼… 혹시 너, 또 진기를 제멋대로 돌려서 이렇게 된 거냐? 그런 짓은 내가 있을 때 허락받은 다음에만 하라고 하지 않았느냐!"

"그런 게 아니에요. 제가 말씀드릴 테니 일단은 좀 앉으세요, 사부님, 그리고 무우 사형도요."

"크흠! 오냐, 일단 내 앉으마. 어서 얘기를 해보거라."

진류 도장은 진기를 잘못 운용한 것은 아니라는 제자의 말에 그나마 안심이 되는지 크게 헛기침을 한번 하고는 의자를 끌어다가 무진 앞에 앉았다. 그리고 진류 도장의 옆에는 대사형 무우가 앉아서 무진의 입이 열리기만을 기다리고 있다. 어느 틈에 들어왔는지 무해 역시 그 뒤로 서 있었다.

"사실은 어제저녁에……."

무진은 사실대로 모든 걸 이야기했다. 그동안 자신의 노력과 사부의 도움으로 얻은 깨달음들을 하나둘 요리에 적용시키고 있다는 것, 안전함이 확실한 몇몇 요리는 청죽원에서 이미 한 달 전부터 만들고 있다는 것, 그리고 아직 연구 중인 것들은 도저히 실험할 곳이 없어 자신이 직접 먹어보기로 했다는 것, 그리고 어제저녁에 그 첫 번째 실험 요리를 먹었다는 것까지…….

쩌억!

모두의 입이 민망할 정도로 벌어져서는 한동안 다물어질 줄을 몰랐다. 도무지 자신들이 들은 얘기가 말이 되는 건가? 그래도 그중에 진류 도장의 충격이 가장 적었다. 그동안 무진의 의도를 알고 도움을 주었던 것이 자신이었으니…….

"그러니까 네가 만든 음식이 위의 기를 보하는 음식이었는데 그게 너무 지나쳐서 지금 이 지경에 이르렀다는 게냐?"

"예, 사부님."

"허허, 이런 일이……. 그럼 그동안 네가 연구했던 것이 이 정도까지의 공능(功能)을 가질 수 있는 것들이란 말이냐?"

"사실은 저도 이렇게까지 지나칠 줄은 잘 몰랐지만 곰곰이 생각해보면 이 이상도 가능할 것 같아요."

"허허허."

진류 도장은 너무 놀라운 사실에 그저 어이없는 웃음만 흘리고 있었다.

'나는 그저 일반의 약식(藥食)보다 조금 더 큰 효능의 요리를 만들려그 고생을 하는 줄 알았더니… 진명, 자네 정말 엄청난 것을 생각하고 있었구면.'

사실 진류 도장은 절친한 지우(知友)인 소진명에게 처음 그의 생각에 대해 들었을 때 그리 대수롭게 생각하지 않았다. 몸을 보하는 음식이야 드물기는 하지만 약식이니 약선식(藥仙食)이니 하는 이름으로 이미 존재하는 것이기에 그저 그걸 조금 더 발전시키려는 요량인 줄로만 알았다. 그의 손자이자 이제는 자신의 제자가 되어 있는 무진이 전혀 엉뚱한 경로로 진기를 운행하여 위험에 처할 때면 항상 도움을 주면서도 한편으론 '그런 정도의 요리를 만드는 데 꼭 이렇게 위험한 짓들을 해야 할까?' 하는 회의감이 지배적이었다.

하지만 할아버지에 대한 무진의 믿음은 사부인 자신을 향해 보여주는 믿음만큼이나 깊었기에, 아니, 오히려 신념과도 같은 것이었기에 도저히 그 신념에 반(反)하는 말을 꺼낼 수가 없었다. 무진의 할아버지에 대한 믿음을 저버리게 하는 것은 왠지 자신에 대한 제자의 믿음 역시 저버리게 하는 결과가 될 것 같았다.

그러나 지금 눈앞에 보고 있는 결과는 항상 생각하던 '그런 정도의 요리'가 절대 아니었다. 오히려 '이런 말도 안 되는' 수준의 요리였다. 더구나 겨우 실험작이었다니…… . 어쩌면 효과를 더 늘릴 수도 있겠다니…… .

하지만 실상 누구보다도 큰 충격을 받은 인물은 바로 무해였다. 그는 의선원주로서 빼어난 의술을 지닌 이였기 때문이다.

'그, 그럴 수가! 단순히 기를 보하기 위한 음식이 너무 과(過)해서 이렇게 됐다구? 그것도 단 한 끼의 식사로? 이건… 이런 것은 정말 말이 안 돼! 말이 안 된다구! 차라리 극도의 정기(精氣)를 머금은 영약을 먹어서 그 기운을 감당치 못했다는 설명이라면 수긍할 수도 있겠지만, 하지만 이런 것은…… .'

"무진 사제."

침착함을 유지하려 애쓰며 무해가 신중한 목소리로 물었다.

"아까 그냥 보통의 버섯과 다른 일반 재료들을 넣은 요리로 만든 음식을 먹고 이렇게 되었다고 했니?"

너무도 신중한 모습으로 묻는 무해 사형의 모습에 무진은 조금 긴장됐다.

"예? 아! 예, 무해 사형."

"혹시 그 버섯 중에 특이한 모양의 버섯이 들어 있었다거나 아니면 우리가 모르는 어떤 종류의… 그러니까… 만에 하나라도 어떤 굉장한 효능을 보이는 그런 재료가 들어갔던 것은 아니구?"

"그런 건 전혀 없었어요. 그냥 청죽원 창고에서 꺼내온 재료들만 사용했는걸요. 재료 손질하면서 제가 다 확인도 했구요. 이상한 건 들어가지 않았어요."

"허헛! 무해 사제, 혹시 막내 사제가 저도 모르게 만년석균(萬年石菌)이나 인형설삼(人形雪蔘) 같은 영약을 먹은 거라 생각하는 거냐? 아님 혹시라도 우연히 독버섯이 들어갔거나?"

"그럼 무우 사형은 상식적으로 막내 사제의 말이 믿어지십니까? 저는… 저는 도저히 믿을 수가 없군요. 그런 일은 도저히 있을 수가 없다구요!"

"하아~ 무우 사제, 나 역시 완전히 믿기는 것은 아니야. 하지만 일세(一世)에 한 번 나타나기도 어려운 그런 영약들이 우연찮게 청죽원의 식료 창고에서 나왔다는 것은 훨씬 더 말이 안 되는 이야기라구."

"하지만……."

"됐다. 그만들 하거라."

한참을 듣고 있던 진류 도장이 나지막이 말했다.

"……."

"내가 생각하기에 무진의 말은 아마도 사실일 것이다."

"……!!"

"사숙님!"

"내 얘기를 들어보거라. 너희도 대충 들어서 알고 있겠지만 무진의 할아버지는 전 황실 요리사이던 소진명이란 사람으로 내 오십 년 지기이다. 이십 년 전까지만 해도 떵떵거리며 잘살던 그 친구는 무진이 태어나고 얼마 후 가진 재산을 모두 처분하고는 세상을 떠돌았다. 너희는 그 이유가 무엇인지 아느냐?"

"……."

"그 친구는 그 오랜 시간 동안 오직 어떤 경지의 요리만을 연구하고 있었던 게야. 그리고 그것이 지금 무진이 계속 연구해 나가고 있는 것이다."

"그, 그런……."

"계속 듣거라. 사실 무진이 이곳 무당에 온 것도 심신의 수련이나 강한 무공을 익히기 위해서라기보다는 한계에 부딪친 그 친구의 요리를 한 단계 끌어올릴 실마리를 바로 무공에서 발견했기 때문이지. 그리고 그 결과가 지금 너희 눈앞에 보이는 것이다."

진류 도장의 너무도 놀라운 말에 무해와 무우는 그저 서로 얼굴만 멍하니 쳐다보았고 무진은 자신의 얘기가 나오자 조금 쑥스러운 듯 손을 만지작거리며 딴청을 부리고 있었다.

"그리고 무진아."

"예, 옛! 사부님."

갑자기 자신을 부르자 무진이 조금 놀라 황급히 대답했다.

"앞으로 청죽원 일은 그만두거라."

"예? 갑자기 무슨……?"

"그리고 앞으로는 오전은 이곳에 와서 무해에게 의술을 배우고 오후에는 나나 네 사형에게 무공을 배우는 것이 좋겠다. 꼭 해볼 요리가 있으면 그 이후에 하도록 하거라."

"의술을요?"

무진은 의외의 말에 놀라는 듯했지만 무해는 어느 정도 사숙의 의도를 이해한 듯 고개를 끄덕였다.

"그렇다. 지금 네 말을 들어보니 앞으로도 이런 위험한 경우는 많이 겪게 될 터인즉 그런 위험을 조금이라도 낮추는 데 아마도 의술이 도움이 될 것이라 생각되는구나. 그리고 비록 안전하고 그 효과가 이미 나타나고 있다고는 하지만 아직 완벽하지 않은 네 요리를 제자들에게 먹이는 것은 위험한 일이다. 그러니 청죽원에는 일정한 경지에 이르기 전에는 출입을 삼가하거라. 물론 네 목표가 그것이니 이번처럼 저녁에 혼자 하는 것까지 말리지는 않으마."

"의술을……."

"그리고 무우! 무해!"

"옛, 사숙!"

"나는 무진이 구설수에 휘말리는 것을 원치 않으니 오늘 보고 들은 내용은 너희들만 아는 것으로 해주리라 믿는다. 알겠느냐?"

"예, 진류 사숙."

"그럼, 흠흠! 무진아, 사부는 이만 가볼 테니 오늘은 여기서 그냥 푹 쉬거라. 그리고 청죽원에는 내가 기별을 해놓을 테니 내일 아침부터는 이곳 의선원으로 나오도록 해라."

"…예, 사부님."

끼익, 탁!

진류 도장이 나가고 잠시 동안 방 안에는 정적이 흘렀다.

"후우, 사숙님의 말씀을 듣고도 솔직히 믿기지가 않는군. 어쨌든 무진 사제, 내일부터는 매일 마주하게 되겠는걸? 잘해보자구."

"무해 사형, 죄송해요. 괜히 저 때문에……."

"죄송하긴! 나도 사실 무진 사제한테 묻고 싶은 말이 산더미 같은데 오히려 잘된 일이지 뭐. 그리고 내 입으로 말하긴 쑥스럽지만 사실 이 의선원주라는 자리가 어지간히도 할 일이 없어서 말이야."

무우가 무해 사제의 말에 고개를 끄덕였다.

"역시… 의선원주 자리가 장로원 다음으로 널널하다는 말은 빈말이 아니었던 건가?"

"워낙에 환자가 없는 곳이니 그렇죠! 이 자식들은 어떻게 한겨울에 수련하면서도 감기 한번 걸리는 놈들이 그리 없는지……. 그리고 가끔 환자들이 나와도 그저 자신들이 다 알아서 해버리니 도무지 제가 할 일이 없더라구요."

"쯧쯧, 너무도 청정하고 건전한 우리 무당으로 인해 만들어진 필요악(必要惡) 같은 존재가 바로 네 녀석이로구나."

"하하핫! 사형도 참……. 지금 도토리 키 재기 하자는 거유? 내가 듣기론 사형도 만만치 않은 걸로 아는데. 가끔은 그 하릴없는 장로분들도 사형을 부러운 눈길로 쳐다보는 것 같더군요."

"뭐라구? 지금 한번 해보자는 거냐?"

"어라! 내가 뭐라 그랬나요? 그냥 요즘 사형이 한가해 보인다는 거죠."

"네, 네놈을……!"

지끈지끈.

두 사람의 대화를 듣고 있는 소진은 서서히 머리가, 아니, 골치가 아파오는 것을 느꼈다.

그리고 결국 이날 무진은 하루 종일 자신이 누운 침상 한 켠에서 목청 돋워 싸우기만 하는 두 할 일도 어지간히 없는 사형들 덕분에 한시도 편히 쉴 수가 없었다.

第七章

집으로…

무진의 일기.

永樂 五年 五月 十日.

　이제 무해 사형에게 의술을 배우기 시작한 지도 거의 한 달이 지나
간다. 처음엔 어려웠지만 배우다 보니 무리(武理)와 겹치는 내용들도
있고 도움도 많이 되는 것 같다. 내용도 내용이지만 무해 사형이 워낙
재미있게 가르쳐 줘서 요즘 의선원(醫仙院)에 다니는 재미에 푹 빠져
있다. 겉보기엔 조용해 보이는 사형이 이제 보니 그렇게 재미있는 사
람일 줄이야. 후훗!

　그리고 보니 청죽원 사람들한테는 좀 미안한 마음이 든다. 설마 하
니 사부님이 '무진이 무공 수련 중 주화입마로 기혈이 엉켜 지금은 별
이상이 없어 보이나 서둘러 치료하지 않으면 십 년 안에 절명(絶命)하

고 말 것이다' 라고 말하셨을 줄은…… . 덕분에 청죽원 사람들의 걱정
어린 눈빛을 받으며 아침마다 의선원으로 발걸음을 옮길 수 있지만 왠
지… 끙…….

무우 사형과의 경공 수련 시간도 즐겁다. 후훗! 지난번의 일 때문인
지 가끔 사부님이 보러 오시는데 그럴 때마다 무우 사형은 아주 죽을
상이다.

한 달이 지나자 이제 그럭저럭 유운신법도 흉내를 낼 수 있을 것 같
다. 고약한 무우 사형, 처음부터 구결을 가르쳐 주지 않고 고생고생시
킨 다음에야 구결을 알려주다니! '처음엔 몸으로 익혀야 깨달음이 깊
어지는 법이다' 라나?

永樂 五年 七月 十四日.

하아, 폭염의 날씨 속에서의 경공 수련은 너무 힘들다. 거의 한 바가
지의 땀을 흘리고서야 오후 수련 네 시간을 마칠 수 있었다. 오행신공
의 공능인지 나는 비록 쓸 수 있는 내공은 미약했으나 몸에 추위나 더
위는 그리 느끼지 못하게 되었는데도 사형의 수련은 따라가기가 힘들
었다.

흑흑… 이 더위에 두 다리에 묵직한 납 주머니를 달아주고 제운종을
수련시키면 어쩌라는 거야! 유운신법을 어느 정도 익히고 제운종을 익
히기 시작한 지 이제 일주일이 돼간다.

제운종을 익히기 전에 사형이 말하기를 '보법은 유운신법을, 경공은
제운종을 익힌다. 제운종 역시 우리 무당을 대표하는 무공으로 특히
공중에서의 자유로운 움직임이 백미인 경공이다. 이 두 가지만 제대로

익혀도 아마 네 옷깃을 잡을 수 있는 자들은 거의 없을 것이다' 라고 했다. 사형의 말도 왠지 사부처럼 믿음이 간다.

수련이 끝나고 잠시 무청 사형을 찾아갔다. 얼굴 본 지가 꽤 된 것 같아서 집법원(執法院)으로 찾아갔는데 웃는 얼굴로 반겨주었다. 그런데 사형이 날 반기는 모습에 집법원의 제자들이 모두 깜짝 놀라는 것 같았다. 그곳에는 예전에 세심원 앞에서 나와 마주쳤던 정송과 정회의 모습도 보였는데, 특하나 그들의 표정이 가관이었다.

내가 의아해서 사형에게 저기 사람들이 왜 저리들 놀라느냐고 물었더니 사형이 잠시 내 눈을 가렸다. 아주 잠깐이었지만 내가 다시 눈을 뜨자 주변의 제자들은 모두 급한 일이 있는지 황급히 자리를 떴다. 지금 생각해 보니 얼핏 본 한 제자의 옆 모습이 창백히 질려 있는 것 같았는데… 아무래도 잘못 봤었나 보다.

어쨌든 사형과 이야기를 나누고 나오는 길에 집법원 쪽에서 웬 비명 소리들이 들려왔다. 해도 저물었고 비명 소리가 너무 살벌해서 나는 그냥 청죽원으로 뛰어왔다. 집법원은 죄인들을 벌 주는 곳이니깐 잡혀 온 죄인이 지른 비명이겠지?

永樂 六年 六月 二十八日.

벌써 무당에 입문한 지도 이 년이 훌쩍 넘어버렸다. 이제 올 겨울이면 딱 삼 년이 된다. 어제 할아버지가 오셔서 나를 보고 깜짝 놀라셨다. 내 키가 그렇게 많이 자랐나? 할아버지는 내가 많이 컸다고 하셨지만 내가 보기엔 할아버지의 키가 더 작아진 것 같았다.

작년부터 초여름과 초겨울, 이렇게 일 년에 두 번씩 할아버지가 무당으로 나를 보러 오신다. 할아버지도 많이 외로우셨나 보다. 사부님이 손주 보고 싶어서 뭐 마려운 강아지마냥 쪼르르 달려왔냐며 할아버지를 놀리셨지만 등 뒤의 봇짐에서 나온 매화주를 보시곤 금세 얼굴색이 바뀌며 그사이 더 젊어졌다느니, 아직도 할망구들이 줄을 서겠다느니 하며 아부를 해댔다. 왠지 우리 사부님이 불쌍하게 보였다.

의술을 배운 지도 어언 일 년이 넘어간다. 무해 사형에게 많은 것을 배웠지만 아직 멀었다는 생각이 든다. 하지만 그동안 배운 의술 덕택에 이제는 예전처럼 위험한 수준의 요리는 만들지 않게 되었다.

두 달 전부터는 오행신공의 수련에 도움이 될 만한 요리들을 연구해서 직접 실험하고 있는데, 이제 시작이라서 잘은 모르겠지만 성과가 있을 것 같기도 하다. 아마도 이 사실을 사부님께서 아신다면 대경질색하시며 결사 반대할 것이 분명하기 때문에 밤마다 청죽원에 들어가 몰래 하고 있는 중이다. 만약에 이게 성공한다면 아직도 까마득하기만 한 오행신공의 대성이 조금 더 현실성있는 목표가 될 수도 있겠다.

永樂 六年 十一月 三日.

며칠 전부터 산의 날씨가 조금씩 싸늘해지는 것 같다. 이제 무당에서의 네 번째 겨울이 시작되는 건가? 오늘은 정말 민망한 하루였다. 올 겨울은 왠지 유난히 추울 것 같아서 양기를 북돋우는 음식을 생각하다가 어제 실험을 해보았다. 이것저것 지지고 볶아서 소가비전(蘇家秘傳)으로 마무리를 했다. 맛도 괜찮고 해서 배불리 먹고 오늘 아침에 일어나 보니 온몸이 화끈화끈하고 기운이 용솟음쳤다. 어쩐지 효과가 있는 것 같아서 내심 기뻐했는데 이게 웬일인가! 말하기 좀 민망하지만 젊은 몸이면 의당 그렇듯이 아침마다 용을 쓰는 그, 그것이 초겨울의 찬 바람을 받으면서 살얼음이 낀 우물물을 퍼서 세안을 해도 도무지 수그러들 기세를 보이지 않는 것이었다.

뭔가 잘못된 듯싶었지만 말을 꺼내기가 부끄럽기도 하고 해서 계속 망설이다가 무해 사형과의 수업이 거의 끝나갈 때 즈음에 결국 털어놓았다. 그런데 정말 의외로 그 말을 들은 무해 사형이 목소리를 낮추더니 꼬치꼬치 자세히 캐물었다.

어제 음식에 들어간 재료, 먹은 시간, 조리법, 몸의 증상… 그런 것들을 자세히 묻다가 내가 마지막에 소가비전으로 마무리를 해야 한다는 말을 했더니 왠지 실망한 듯한 표정으로 한숨을 쉬었다. 그리곤 나를 가까이 불러서는 귀에 대고는 아주 작은 소리로 이야기했다.

'무진아, 오늘 밤에 갈 테니 나도 부탁한다. 그리고 이 요리는 모두에게 비밀로 해야 한다. 만약에 알려지면 아마 난리가 날 테니'. 뭐, 요즘 날이 추워지면서 갑자기 양기(陽氣)가 허(虛)해지는 것을 느꼈다나?

방금 무해 사형에게 그 요리를 해주고 오는 길이다. 사형은 뭐가 그리 조심스러운지 야행술(夜行術)까지 써가며 청죽원으로 귀신처럼 들어와서는 내가 해주는 요리를 국물 하나 남김없이 다 먹어치우고 다시 올 때와 같은 모습으로 사라졌다. 가면서 친절하게 아까 나의 질문에 대답해 주는 것도 잊지 않았다.

'무진 사제, 그 몸의 증상은 조금 폭발적인 반응이긴 하지만 걱정할 만한 것은 아니니 그리 걱정하지 마라. 그리고 아까도 말했지만 이 요리는 아무한테도 말하지 말고. 알았지?'

뭐가 그리 비밀스러운지 모르겠지만 일단 걱정할 것 없다는 말에 내심 안심하며 알겠다며 대답을 해주었다. 무해 사형은 가끔 정말 종잡을 수가 없다.

永樂 七年 一月 五日.

올해로 나도 스무 살이 된다. 후훗, 사부님이 이제 성인이 되었으니 자신의 말에 반드시 책임을 지라고 하셨다. 뭐, 아직 실감이 안 나긴 하지만 예전보다 어딘지 모르게 부쩍 커버린 것 같아서 기분이 묘하다. 그래도 사형들은 여전히 나를 어리게만 생각하는 것 같다. 이씨! 키는 이제 무우 사형보다도 내가 조금 더 큰데…….

얼마 전에야 겨우 오행신공을 삼성(三成) 수준으로 끌어올릴 수가 있었다. 어느 무공이든지 올라갈수록 더 어려워지는 법인데… 어느 세월에 이걸 다 익힐 수 있을지 막막하다. 아무래도 작년부터 연구하던 요리들을 한번 실험해 보는 것이 좋겠다. 얼마 전에야 마지막까지 과제로 남아 있던 오행신공의 요상편(療傷篇)을 모두 익혀서 이제 그동안 발목을 잡고 있던 요리의 위험도도 어느 정도 줄일 수 있을 듯하다. 아마도 사부님은 반대하실 테니 몰래 하는 게…….

한 달 전부터 익히기 시작한 검술은 너무 어렵다. 사부님이 보여주시는 검무(劍舞)는 정말 눈을 뗄 수가 없는데 막상 내가 하려 하면 왜 그렇게 힘든지……. 내가 따라한다며 목검을 들고 보기 민망한 칼춤을 추는 걸 보시고 사부님은 수준에 맞게 놀라며 가장 기본이 되는 삼재검법(三才劍法)을 알려주셨다. 그래서 한 달째 익히고 있는 삼재검법. 내가 보기엔 이제 어느 정도 완숙하게 펼치는 것 같은데도 사부님은 항상 불만이시다. 하나하나 꼬투리를 잡는 모습이 마치 예전의 할

아버지를 보는 것 같다. 이러다가 어느 세월에 다음 단계로 넘어갈
지…….

永樂 十年 九月 十九日.

방금 운공을 끝내자 단전이 묵직하게 차오르는 게 느껴진다. 아직
사용하지 못하는 나의 힘은 얼마나 되는 걸까? 이제는 호두알만한 크
기까지 커져 버린 기단이 단전을 든든히 채워온다. 실제 사용하는 힘
은 이제 겨우 십 년 공력에 지나지 않지만 나는 느낄 수 있다, 기단에
서 잠자고 있는 진짜 힘을.

삼 년 전부터 시도한 나의 비전 요리가 이제 거의 완숙의 경지에
이른 것 같다. 벌써 무진비전(無眞秘傳)이라는 멋진 이름도 지어놨다.
후훗! 원래는 진짜 이름인 소진비전이라고 지으려고 했는데 대부분
의 깨달음을 이곳 무당에서 얻은 것이라 이곳에서 받은 이름인 무진
이라는 이름을 붙였다. 이 무진비전의 도움으로 나의 오행신공은 벌
써 칠성(七成)의 경지에 올랐다. 나도 처음엔 이렇게 빠른 성취에 대
해서는 예상하지 못했다. 만약에 그냥 수련을 했다면 아직도 사성(四
成)의 경지에서 헤매고 있었을 것이다. 사부님은 아직도 내가 무진비
전을 완성하여 그 도움을 받아서 오행신공을 익히는 줄은 모르신다.
그래도 사부님의 눈을 속이기 힘들 것 같아 오성(五成)의 경지에 올
랐다고 말씀드렸더니 그것도 빠른 성취라며 대견스러워하셨다. 오행
신공은 그 성취가 밖으로 잘 드러나지 않기 때문에 사부님도 확인하
기가 어려우신 것 같다. 나중에 대성해서 '짠!' 하고 놀래켜 드릴 생
각이다.

모든 내가기공이 그러하듯 오행신공 역시 일정 수준의 내공의 바탕 아래 그 단계에 맞는 깨달음을 얻음으로써 무공의 깊이를 더해가는 것이다. 오행신공의 수련이 더딘 이유는 정순하기 그지없지만 너무도 느린 속도의 내공 수련에 있었다. 하지만 무진비전의 도움과 사부님이 십 년간의 노력으로 완성하신 오행신공 축기편(蓄氣篇)의 성과로 몇 배나 빠른 속도로 내공을 쌓을 수 있게 된 나는 계속된 정진과 명상으로 현재 칠성이라는 놀라운 경지에 올라선 것이다. 지금 생각해 보면 정말 천운(天運)이 따라주었던 것 같다.

永樂 十三年 十二月 八日.
이제 이곳 무당에 온 지도 십 년이 되었다. 너무 오랫동안 머무른 탓인지 이젠 이곳이 집처럼 느껴진다. 십 년이라…….
오늘도 아침부터 의선원으로 향했다. 나의 이런 일과는 팔 년 전부터 한 번도 변하지 않았다. 이미 무해 사형의 의술 강의는 작년에 끝났다. 특별히 더 배울 내용은 없었지만 언제나처럼 나는 의선원을 찾았고, 무해 사형은 그런 나를 반갑게 맞아주었다.
그때부터 무해 사형과 나는 함께 차를 마시며 의술의 한 가지 주제에 대해 서로의 견해를 말하며 토론을 하며 지냈는데 이런 대화들이 내 의술의 깊이를 더하는 데 큰 도움이 되었다.

오후엔 할아버지가 반년 만에 다시 찾아오셨다. 더욱 늘어난 주름과 얼굴을 덮고 있는 검버섯들이 나의 마음을 아프게 했다. 지난 십 년의 세월 동안 매년 두 번씩 나를 보기 위해 이곳 무당산을 오르시는 할아버지. 가끔 차라리 할아버지의 곁에 남아 있었으면 하는 생각이 들기도 한다. 오랜만에 산에 오르신 할아버지를 위해 나는 직접 요리를 만들었다.

　사부님과 할아버지가 같이 드셨지만 사부님은 알아채지 못하셨다. 그저 기분 좋게 웃으시며 그 맛을 칭찬하셨을 뿐. 하지만 할아버지는 작게 웃으시며 여러 가지 의미를 담은 눈빛을 내게 보내셨다. 일부러 할아버지의 쇠약해진 기를 보하기 위해 만든 음식, 할아버지는 그걸 드시곤 내가 이른 경지를 단번에 알아채신 것이다. 정확히 십 년간의 노력으로 나의 요리는 완숙(完熟)의 경지에 들어선 것이다. 할아버지는 만류하는 사부님을 뿌리치시고 오늘 바로 산을 내려가셨다. 마지막 할아버지의 한마디가 그동안 나의 노력과 내가 이룬 경지에 대한 무엇보다도 큰 상(償)이 되어주었다.

　'대견하다. 네가 나의 꿈을 이루어주었구나, 진아.'

　구성(九成)의 경지에 이른 오행신공은 더 이상 진척이 없다. 대성을 하기 위해선 어떤 깨달음의 계기가 필요하지만 아직 어떤 실마리도 찾을 수가 없다. 지금으로써는 내공 수련도 별 의미가 없다. 그래서 근자에는 매일 소요각을 찾아 검술을 중점적으로 수련하고 있다. 이미 소청검과 태청검은 수년 전에 배우고 그 이후로는 계속 태극혜검(太極慧劍)만을 수련하고 있다. 사부님의 말에 따르면 소청검과 태청검은 단지 기본을 익히기 위해 배운 것이고 진짜 수련은 태극혜검부터라나? 사부님은 유운신법과 제운종처럼 검법 역시 한 가지만 절정의 경지에 이르면 충분하다고 하신다. 그리하여 배우고 있는 것이 바로 이 태극혜검. 하지만 오늘 할아버지의 모습을 보곤 회의감이 든다. 이대로 계속 수련을 한다고 무엇을 얻을 것인가! 내가 처음 이곳 무당산을 오르며 세운 결심은 무엇이었나… 그것은…….

눈앞에는 침상에 누워 계신 할아버지의 모습이 보였다.

"쿨럭쿨럭! 날이 추운데 진이 녀석은 잘 지내는지 모르겠군. 그 녀석은 어릴 적부터 추위를 무척이나 잘 탔는데… 후훗! 갑자기 진류 놈이 부러워지는걸?"

"할아버지, 저도 이제 추위쯤은 문제가 되지 않는다구요. 이거 보세요. 그동안 무공 수련 한답시고 사부님이랑 사형들한테 시달리다 보니 팔뚝도 이렇게나 굵어졌다니까요~"

무진은 소매를 걷어 올리며 불룩하게 솟아오른 팔뚝을 드러내 보였다. 의기양양하게 양팔에 힘을 잔뜩 줘봤지만 할아버지의 시선은 다른 곳을 향하고 있었다.

"할아버지, 여기 좀 보세요~"

"……."

덜컥! 휘이잉~

갑자기 창문이 열리며 한겨울의 매서운 바람이 방 안으로 몰아쳤다.

"이런! 창문을 안 잠가났던가? 쿨럭!"

소진명은 조금은 위태위태한 걸음거리로 새찬 바람에 여닫히고 있는 창문을 고정시키고는 잠금 고리를 걸었다. 그리곤 창문 옆에 서 있던 무진에게는 일별조차 하지 않고 다시 침상으로 돌아가 눈을 감고는 연신 기침을 해댔다.

"쿨럭쿨럭! 웃, 쿨럭!"

자기를 못 알아보는 듯한 할아버지의 행동에 소진은 크게 당황했다.

"이, 이게 어떻게 된 일이지? 할아버지, 저 소진이에요! 저 못 알아

보시겠어요? 할아버지!"

"……."

"할아버지!!"

벌떡!

"하아, 하아……."

무진은 순간적으로 몸을 일으키곤 가쁜 숨을 몰아쉬었다. 이마에는 겨울답지 않게 땀방울들이 송골송골 맺혀 있었다. 아직 해가 뜨지 않은 듯 어둠으로 가득한 방 안에서 무진은 찬찬히 주변을 둘러보았다.

"꾸, 꿈이었나?"

꿈에서 할아버지를 만난 것까지는 좋았지만 왠지 불길하게 느껴지는 꿈이었다.

"…내려가겠습니다."

"……!!"

"허락해 주십시오, 사부님."

"무, 무진아, 다시 한 번 말해 보거라."

"산을 내려가겠습니다. 허락해 주십시오."

"이잇! 그게 대체 무슨 말이냐!! 어째서 갑자기 그런 마음을 먹게 된 게야!"

"한 달 전부터 심각하게 고민해서 저 나름대로 내린 결정입니다. 허락해 주십시오, 사부님."

"안 된다. 절대 안 돼!"

"어째서 안 된다는 겁니까!"

"끙… 아, 아직 너의 수련이 끝나지 않았다."

"저는 이제 혼자의 힘으로 충분히 수련이 가능하다는 것을 사부님도 아시지 않습니까! 무슨 수련이 아직도 남았다는 겁니까, 사부님!"

진류 도장은 느닷없는 무진의 폭탄선언에 정신이 하나도 없는 상태였다. 이게 대체 무슨 말인가! 갑자기 하산(下山)을 하겠다니! 일단은 안 된다는 전제 하에 여러 구실을 대려 했지만 막상 이야기를 하려고 하니 하산을 막을 만한 마땅한 이유를 대기가 힘들었다. 게다가 무진의 결심은 그 어느 때보다도 확고한 듯 보였다.

"무진아, 갑자기 왜 그런 마음을 먹게 된 것이냐? 응? 너는 십 년 만에 오행신공을 칠성이나 익혔다. 내 예상을 거의 두 배 정도 앞서 가는 빠르기란 말이다. 만약 이대로 계속 십 년만 더 수련한다면 대성의 경지를 바라보는 것도 무리가 아니다. 아니, 너라면 반드시 그렇게 할 수 있을 것이다! 다시 한 번만 잘 생각해 보거라. 응?"

"……"

확고해 보이는 무진의 결심을 돌리기 위해서일까? 진류 도장의 목소리는 어느덧 간곡한 설득조로 바뀌어 있었다.

"한 달 전에……."

"……"

"한 달 전 저를 찾아온 할아버지를 보고 생각한 일입니다. 몇 년 사이 기력이 너무 떨어지신 것 같더군요. 이곳에서의 생활도 소중하지만… 하지만 무엇보다 제게 소중한 것은 바로 할아버지예요. 애초에 저를 이곳에 보내신 것도 할아버지고, 이 길을 제시해 주신 것도 할아버지이고… 게다가 그분은 이 세상에 남아 있는 저의 유일한 가족입니다. 사부님이라면 제 마음을 이해해 주시리라 믿습니다."

"후우……."

진류 도장은 무진의 말을 듣고는 깊은 한숨을 내뱉었다.

'그래, 그 친구 부쩍 늙어 보이긴 하더군. 그 친구에게 피붙이라 곤 무진밖에 없으니……. 이런 이유라면 도저히 붙잡을 방도가 없는 건가?'

"하아~ 다른 이유도 아니고 진명, 그 친구 때문이라면야 내가 다른 말을 할 수가 없겠구나. 그래, 가보는 것이 옳겠지, 가보는 것이……. 그럼 언제쯤 출발할 생각인 게냐?"

"기왕이면 내일 바로 출발했으면 합니다."

"허헛, 그렇게나 빨리?"

"뭐? 내일?"

"예, 대사형. 사부님께는 방금 말씀드리고 바로 대사형한테 오는 길 이에요."

"무진아, 할아버님이 걱정되어 급히 하산하는 것까지는 이해하겠지 만 내일은 너무 빠르지 않니? 네 사형들이랑 이런저런 할 얘기들도 많 을 텐데……."

"저도 좀 아쉽긴 하지만 어젯밤에… 아니, 왠지 불안해서 일찍 출발 하지 않으면 안 될 것 같아요."

무진은 꿈자리가 너무 불길해서 이런 결정을 내렸다는 말을 하려다 가 자칫 사형의 기분을 상하게 할 것 같아 말을 조금 돌렸다.

"대신에 제가 오늘 저녁에 사형들에게 간단히 음식을 대접하면 어떨 까요? 그러면서 얘기도 좀 나누고요."

"벌써 그렇게 결정이 내려졌다면 내가 더 이상 왈가왈부할 수도 없는 노릇이로군. 정 그렇다면야 오늘 밤이 좋겠지. 사실 지난번 무산 녀석 생일이라고 한번 거하게 차려준 이후에 너에게 얻어먹은 적이 없었는데… 후훗, 그동안 모두 네 요리에 굶주려 있었는데 이런 말을 하면 한 명도 빠짐없이 오겠는걸? 그럼 시간은 여유있게 술시(戌時) 정도면 되겠니?"

"헤헷, 그랬나요? 그럼 오늘은 좀 많이 만들어놓을게요. 시간은 그 정도면 저도 준비하기에 적당할 것 같구요. 그리고 저는 지금 사부님이랑 장문진인을 뵈러 가야 하는데… 죄송하지만 대사형이 다른 사형들한테도 말을 좀 전해주시겠어요?"

"알았다. 내가 책임지고 전달해 주지. 그럼 조금 있다가 보도록 하자."

무진은 사람 좋게 웃어주는 무우에게 내심 고마움을 느끼며 다시 사부의 처소인 소요각으로 향했다. 그리고 사부를 따라 세심원을 한 바퀴 쭉 돌며 장로들에게 인사를 하고 곧장 구류각, 진무각, 자소궁으로 이어지는 무당파 일주를 마치고 나자 시간은 어느덧 유시가 다 되어 있었다. 평소에 거의 얼굴도 마주치지 않는 이들을 일일이 찾아다니는 것은 생각보다 고역이었다.

"후우, 사부님, 이제는 정말 끝난 건가요?"

"계속 같은 말만 듣다 보니 지루했나 보구나. 이제 마지막으로 자소궁까지 들렀으니 다 끝난 셈이지."

"흐아! 한 열 번 정도까지는 참을 만했는데 비슷한 내용을 서른 번도 넘게 들으니깐 질리다 못해 지치더군요."

"다 네가 자초한 일이 아니냐. 그래, 내일 떠날 채비는 대충 하고 온 게냐?"

"생각해 보니 어차피 맨몸으로 왔는데 별로 챙길 짐 같은 것도 없더라구요. 이것저것 챙겨도 작은 봇짐 하나밖에 안 나오던걸요?"

"알았다. 내일 바로 먼 길을 가려면 힘들 테니 어서 가서 쉬거라."

"예, 사부님. 그럼 내일 아침에 찾아뵐게요."

자신을 뒤로하고 걸어가는 무진의 뒷모습을 바라보는 진류 도장의 얼굴이 어딘지 모르게 허전해 보였다.

무진 역시 마음 한구석이 아파오기는 마찬가지였다.

'사부님, 죄송합니다. 하지만 제 할아버진걸요……. 웃! 그나저나 이러다 자칫하면 사형들과의 약속에 늦겠다!'

무진은 축 늘어져 보이는 사부의 뒷모습을 가슴 한 켠으로 밀어두고는 급히 청죽원으로 뛰어갔다.

오늘따라 일이 일찍 끝났는지 청죽원은 한산하게 모두들 정리하는 분위기였다.

"왕평 아저씨, 오늘 꽤 일찍 끝났네요?"

"오! 이게 누구야! 전(前) 부주방장 무진 아니야~ 그나저나 이 시간에 네가 여긴 웬일이냐?"

주방 사람들은 십 년 전이나 지금이나 그대로였다. 왕평은 오랜만에 찾아온 무진을 보며 농을 걸었다. 무진은 조금 쑥스러운 듯 머리를 긁적이며 말했다.

"헤헷, 저는 뭐 이 시간엔 오면 안 되나요? 다름 아니라 주방을 좀 사용하려고 들렀어요."

"음? 지금? 뭐 문제될 거야 없지만, 그런데 요즘 몸은 좀 괜찮니?"

'엇! 이런… 곤란한걸?

아직까지도 주방 사람들은 무진이 기혈이 엉켜 그것을 치료하느라 주방 일을 그만둔 줄 알고 있었다.

"에… 예, 이제는 말끔히 나았어요. 아! 그리고 왕평 아저씨, 저 내일 산을 내려가요."

왕평에게 거짓말을 하는 게 조금 켕기던 무진은 간단히 대답하고는 화제를 돌렸다.

"뭐? 갑자기 그게 무슨 말이지?"

"오늘 결정난 일인데, 할아버지가 편찮으세요."

"이런, 네가 다 나으니깐 이제 할아버지가 안 좋아지시는구나. 하긴, 연세가 좀 있으시니 그럴 만도 하지. 그나저나 서운한걸? 무진이와 술 한번 못해보고 헤어지게 되다니 말야."

"헤헤, 언젠가 기회가 오겠죠 뭐. 그리고 어차피 제 사형들이 여기로 올 테니 정리는 대충 하셔도 될 것 같아요. 마무리는 제가 다 할 수 있으니깐 기왕 일찍 끝난 거 지금 들어가세요. 대호 아저씨랑 장이 아저씨도 어서요. 그만 하고 들어들 가세요. 마지막에 제가 선심 한번 쓰죠 뭐!"

"크허허, 마지막으로 무진이 덕 좀 보는구나. 알았다."

"정 그렇다면야 뭐……. 그럼 수고해라."

"조심히 들어가세요~"

주방 사람들을 먼저 보내고 무진은 본격적으로 사형들을 대접할 음식 준비에 들어갔다. 사실 무진이 주방 사람들을 먼저 돌려보낸 이유는 조금 미안한 감이 들어서였다. 이번에 떠나면 언제 올지 모르는 일이었기에 사형들에게 무언가 특별한 것을 해주고 싶었던 무진은 평소에는 거의 하지 않았던 고급 요리들을 생각하고 있었다.

그런데 청죽원 사람들이 보는 앞에서 사형들을 위해 그런 요리를 하려니 조금 눈치가 보였던 것이다. 여하튼 계획대로 사람들을 보두 내보낸 무진은 재료들을 살펴며 오늘 할 요리들을 구상하기 시작했다.

"어디 보자… 재료를 보아하니 전채(前菜)로는 십금병반(什錦倂盤)이 좋을 듯하고, 대채(大菜:주 요리)로는 음… 뭐가 좋을까나? 좀 화려하게 준비하려고 했는데 재료가 이래서야 좀 곤란한걸? 일단 닭이 있으니 이걸 주 재료로 하고, 다른 게 뭐가 있지? 오호~ 왕평 아저씨가 아침에 야채들을 새로 받으셨나 보네? 헤헤헷! 그렇다면 대채는 무난하게 유계림(油淋鷄:닭과 야채 볶음)으로 하기로 할까? 아니야, 이거 하나로는 좀 빈약해. 여기에 깔끔하게 청돈화고(淸燉花菰:버섯탕의 종류)를 하나 곁들이면? 히힛, 그럼 되겠군. 좋아좋아, 마지막으로 후식 때 비장의 무기를 사용하면 사형들이 모두 쓰러지겠군. 크크! 지난번 할아버지 오셨을 때 몰래 숨겨두길 잘했지. 그럼 어디 한번 시작해 볼까?"

사형들과 만나기로 한 시간인 술시까지는 반 시진 남짓이 남았지만 이제 겨우 요리 구상만이 끝났을 뿐 아직 아무런 준비도 해놓은 것이 없었기 때문에 무진은 서둘러 요리를 시작했다.

사실 이곳 도관에서 생활하는 이들은 청렴한 생활을 원칙으로 삼았기에 음식 역시 그에 따라 소박한 것들이 대부분이었다. 무진의 사형들 역시 이와 별반 다를 바 없었으나 이들의 위치가 위치인지라 간혹 외유(外遊)할 기회가 생기면 밖에서 맛있는 음식을 실컷 먹고 오는 편이었다. 하지만 도사는 도사, 어찌 흥청망청 고급 음식에 쓸 만한 돈이 있겠는가. 좀 무리한다고 해봤자 간간이 들르는 주루에서

오리 구이에 죽엽청 한 병을 시켜다가 몰래 먹고 들어오는 정도였
다.

　이곳 무당에서 십 년을 지낸 무진이 이런 속사정을 모를 리가 없었
다. 그래서 이번에 무진이 만들기로 결심한 것은 화려한 북경 요리였
다. 주머니 사정이 빈약한 관계로 고급 음식점은 출입하지 못하는 사
형들을 위해 일부러 화려함과 고급스러운 맛을 자랑하는 북경의 정통
요리를 준비하는 것이었다.

　촤촤촤악! 치이익!

　탁탁탁탁!

　화로에 냄비가 올려지고 기름이 적당히 데워지면서부터 무진의 손
도 바빠졌다. 시간은 부족하고 손 가는 곳은 많은데 사람은 자신뿐이
니 어찌하리, 재빨리 움직이는 수밖에.

　순식간에 반 시진이 지나고 처음으로 청죽원에 발을 들인 것은 다름
아닌 무청이었다. 그리곤 들어서자마자 격앙된 목소리로 하는 소리
가…….

　"무진 사제, 하산한다구?! 정말 대사형의 그 말이 사실이냐?"

　"엇! 무청 사형, 딱 맞춰서 오시네요. 마침 준비가 다 끝났는데…….
거기 계시지 말고 잠깐 이것 옮기는 것 좀 도와주세요."

　무진의 양손에는 4개의 접시가 위태위태하게 들려 있었다. 막내 사
제 앞에서는 평소의 냉막함은 어디로 가고 전혀 다른 사람이 되어버리
는 무청은 도와달라는 무진의 말에 자신이 던져 놓은 질문에 대한 답
변조차도 기다리지 않고 반사적으로 몸이 먼저 튀어나갔다.

　"그래그래, 저 탁자로 옮기면 되니?"

　"예, 사형. 조심해서 받으시구요. 그럼 저는 다른 것들을 들고 나올

게요."

"알았어, 사제. 내가 금방… 엇! 이, 이게 아닌데! 사제, 그게 아니구 하산한다는 말이 사실이냐구!'

접시들을 탁자에 내려놓은 무청이 주방으로 걸어가는 무진에게 물었다. 뒤돌아선 상태라서 무청은 보지 못했지만 무진은 씁쓸한 웃음을 머금으며 대답했다.

'무청 사형도 정말 나에게 잘 대해줬는데…….'

"예, 아마도 무우 사형이 말한 대로요."

"그, 그런!'

무청이 사실을 확인하고 굳어져서 말문을 열지 못하고 있을 때 무우 도장이 다른 사형제들을 몽땅 끌고는 청죽원으로 들어섰다.

"무진아, 우리 왔다~ 허허헛! 역시 무청 사제는 먼저 와 있었네?'

"무진아, 너무 갑작스러운 것 아니냐? 얘기 듣고 오긴 왔는데 이렇게 갑자기 떠난다니, 영 서운하네."

"죄송해요, 사형들. 저도 어쩔 수가 없어서요. 그래서 이렇게 손수 대접해 드리려 자리를 마련했잖아요. 자자, 어서들 자리에들 앉으세요. 이제 막 끝난 따끈따끈한 요리들이 나올 거라구요."

"허허, 그으래? 그렇담 어서 구경이나 해보자구~"

"자자, 기대하시라. 무진 특선 요리! 참, 그리고 무청 사형은 잠시 저 좀 도와주실 수 있죠?"

무진의 말에 굳어져 있던 무청의 몸이 자동적으로 다시 움직였다.

'크큭! 무진 사제가 정말로 가다니…….'

마음은 울부짖고 있었지만 몸은 충실하게 무진의 지시대로 움직이고 있었다. 이것은 마치 가공할 섭혼술 같은…….

먼저 무진이 전채인 십금병반부터 내오자 시끌시끌하던 청죽원이 조용해졌다. 생전 처음 보는 화려한 모습의 음식에 모두들 입만 벌리고 있었다.

"허엉, 무진아, 이게 뭐냐? 먹는 거 맞냐?"

"푸후훗! 무산 사형, 그것참 재미있네요. 농담 마시고 어서 맛들 보시라구요. 이제 시작인데 벌써부터 이렇게들 놀라시면 안 되죠."

"허걱! 이, 이게 시작이라구?"

무진의 말에 모두들 서로의 눈치를 살폈다. 시무룩해져 있던 무청조차도 점점 얼굴색이 돌아오고 있었다. 그리고 역시 사형제들 중 가장 먼저 움직인 사람은 바로 이 사람, 대사형 무우였다.

"히야! 이건 정말 맛있잖아! 이게 그냥 전채일 뿐이란 말야? 그렇담 앞으로 어떤 게 나올지 정말 기대되는군. 쩝쩝, 어? 왜들 구경만 하지? 야, 너희들 안 먹으면 내가 다 먹는다!"

모두 정신이 나간 틈을 타 무우는 연신 음식을 자신에게 날라가며 골고루 맛을 보고 있었다. 넋 놓고 있던 다른 사형제들도 이 모습에 경쟁적으로 손을 날리기 시작했다.

"쩝쩝, 우적우적."

"이잇! 무우, 작작 좀 덜어가라구!"

"사형도 비슷하면서 뭘 그래요!"

손과 입을 열심히 놀리며 꽤 많아 보이던 접시 위의 음식들이 거의 다 사라져 갈 때쯤 눈치를 보던 무진이 주방으로 가서 본요리를 가지고 나왔다.

"자자, 오늘의 주인공 유계림과 청돈화고가 나갑니다! 사형들, 그 위의 지저분한 접시들은 좀 치워주세요."

무진의 지시에 삽시간에 탁자 위가 깨끗이 비워지고, 무진이 다시 나눠 담겨진 여러 개의 접시들을 들고 나왔다. 코끝을 간질이는 달콤한 향과 눈을 행복하게 만드는 화려한 모습에 취했는지 이번에는 무우조차 멍하니 하나하나 옮겨지는 음식들을 바라만 보고 있었다.

　"이, 이게 뭐라고?"

　"유계림과 청돈화고라고 하는 건데요, 사형들을 위해서 특별히 화려한 북경 요리로 준비해 봤어요. 어서 맛들 보세요."

　유계림은 적당한 크기로 잘려진 닭을 야채와 함께 볶아낸 요리였고, 청돈화고는 버섯을 이용한 탕 요리의 일종으로 깔끔한 맛을 자랑하는 것이었다. 둘 다 북경의 특선 요리에 들어가는 것으로 소진이 청죽원에서 가능한 모든 재료를 사용하여 최대한 맛깔스럽게 만든 것이었다.

　하나둘 입으로 음식을 가져가는 이들의 표정은 정말 행복해 보였다. 이번에는 모두들 티격태격하지도 않고 조용히 먹는 데에만 열중하는 모습이었다.

　"꺼윽~ 이젠 정말 배부르다. 너무 맛있어서 배가 터질 정도로 먹어버렸네."

　"나도. 평소의 두 배 정도는 먹은 것 같아."

　이들이 먹기에는 조금 푸짐하게 많아 보이는 양이었지만 어느덧 음식이 담겨 있던 접시는 텅텅 비어 있었다.

　"우와~ 그걸 모조리 먹어치우다니! 사형들, 대단한데요?"

　"모르는 소리 말라구, 막내 사제. 이런 음식이라면 아마 사숙들이라도 염치 불구하고 마구 먹어댔을걸?"

　"그럼! 무산의 말이 백번 옳아."

　"그런데 아직 준비한 게 하나 더 남았는데 모두들 이렇게 배가 불러서야 어쩌지요? 하긴, 이번 건 양이 조금 적긴 하지만……."

"으응? 아직도 남은 게 있어? 끄응, 대체 이번엔 뭐길래……."

"왜 항상 사형들이 부러워하시던 거 있잖아요. 매번 우리 사부님 혼자 숨겨놓고 드시던……."

"설… 마?"

"무진앗, 설마 너 지금 너희 집에서 가져온 매화주가 있단 말이냐?"

"히힛, 지난번에 할아버지가 오셨을 때 몰래 몇 병 숨겨놨어요. 사형들이 너무 먹고 싶어하는 것 같아서."

덥석!

유난히 술을 좋아하는 무강이 무진의 손을 꼬옥 잡았다.

"크흑! 고맙다, 무진 사제. 내가 가끔 사숙님께 풍기는 주향(酒香)을 맡으면서 얼마나 부러워했었는데… 이제야 원을 푸는구나!"

"그럼 금방 가져올게요. 모두들 기다리세요."

이윽고 무진이 몰래 숨겨두었던 매화주 네 병이 사형제들의 잔에 가득 채워지고, 무진과 사형들은 가슴속에 담아놓았던 이야기들을 하나둘 꺼내놓았다.

"무진아, 하산하더라도 기회 나는 대로 꼭 들르거라."

"그래, 네가 없으면 아마 모두 허전할 거야."

"혹시 무슨 일이 생기면 바로 연락하도록 해라. 만사 제쳐 두고 달려갈 테니……. 알겠지?"

사형들이 술을 한두 잔 기울이며 해주는 소리들은 모두 진심으로 무진을 걱정해 주는 말들이었기에 어느덧 무진의 눈가는 촉촉히 젖어들었다.

"흐흑! 고마워요, 사형들. 할아버지가 다 나으시면 꼭 다시 들를게요. 아마 집에 가서도 사형들이 계속 생각날 거예요."

　　무진의 울음에 모두들 살짝 눈가를 적시며 사형제들 간의 진한 정이 담긴 이야기들을 주고받았다. 그렇게 무진과 사형들 간의 마지막 밤은 깊어만 갔다.

第八章

돈오(頓悟)

"호오~"

한겨울이라 그런지 입에서 하이얀 입김이 뿜어 나왔다. 꽤나 널찍한 대로를 걷고 있는데도 벌써 한 시진째 한 사람도 마주치지 못하고 있었다.

"날이 너무 추워서 그런가, 지나다니는 사람들이 아무도 없다니…… . 길이라도 좀 물으며 가야 할 텐데…… ."

좌우로 가득 눈이 쌓인 길을 따라 혼자 걷고 있는 조금 큰 키의 도사는 이틀 전 무당을 출발한 무진이었다. 십 년 동안이나 무당 밖으로는 나가보질 않은 무진이었기에 진류 도장과 그의 사형들은 길을 안내해줄 제자라도 한 명 대동하고 떠나라고 했지만 자신의 나이 이제 스물여섯, 집으로 가는 길 정도야 혼자서도 충분히 찾아갈 수 있다는 생각에 사양하곤 혼자 떠나오는 길이다.

"누구 한 명 붙여준다고 할 때 그냥 눈 딱 감고 고맙다고 하는 거였는데 그랬나? 벌써 한 시진 가까이 걸었는데 마주치는 사람이나 민가는커녕 돌아다니는 개 한 마리 보지 못했으니……."

사방이 인기척 하나 없이 조용한 가운데 홀로 길을 가던 무진은 문득 무당을 떠나던 날인 이틀 전의 일들이 떠올랐다.

"무진아, 네가 무당에 입문하여 무공을 배운 지도 벌써 십 년이 흘렀다. 오행신공을 대성하지 못하고 떠나는 것은 정말 아쉽지만 사실 그 정도의 경지만 해도 정말 대단한 것이다. 나는 네가 칠성(七成)의 경지에 오르는 데만도 이십 년 이상의 세월이 걸릴 것이라 예상했는데 그걸 겨우 절반인 십 년 만에 해내다니……. 내 생각엔 아마도 네가 연구하던 요리들이 어느 정도 득을 줘서 이렇게 빠른 성취가 가능했던 것 같은데 내 생각이 맞느냐?"

진류 도장은 아직 무진이 이야기하지는 않았지만 무진의 빠른 성취의 배경을 정확하게 집어내었다. 물론 실제로는 대략 구성(九成)의 성취를 이루었다는 사실은 모르겠지만…….

"예, 사부님. 그동안 말씀드리진 않았지만 확실히 그 도움을 많이 받았습니다."

"허허, 역시 그렇구나. 이제 무당을 떠나지만 오행신공의 수련은 계속하여 꼭 대성의 경지에 이르길 바란다. 비록 네가 익힌 오행신공이 절세의 무공이라곤 하지만 실제 지금 사용할 수 있는 힘은 십 년 정도의 공력밖에 안 된다는 사실을 잘 인식하여 앞으로 강호의 일에 대처하도록 하고……. 그리고 마지막으로 이제 하산할 때가 되었으니 앞으로는 무진(無眞)이라는 도명이 아닌 소진(蘇眞)이라는 본명을 사용하도록 하거라."

"예?"

십 년을 사용하던 이름이다. 스스로도 이제는 무진이라는 이름이 더 익숙할 정도였다.

"처음 입문할 때 내 이야기한 걸로 아는데? 무진이라는 이름은 수련 중에만 사용하도록 하라고……. 앞으로 너는 소씨 가문의 대를 이어야 하니 어서 다시 예전으로 돌아가는 게 좋겠지. 그리고 어련히 알아서 하겠지만 가서는 네 할아비를 잘 보살펴 주거라."

"예, 사부님. 흐흑!"

무진은 마지막 떠나는 순간까지도 이것저것 자신을 꼼꼼히 챙겨주는 사부의 모습에 결국 울음을 터뜨렸다.

"녀석! 다 큰 사내가 울기는……. 자자, 그만 울고 산문에서 네 사형들이 기다리고 있으니 어서 내려가 보거라. 몸 건강히 지내고 기회가 된다면 꼭 한 번 들러주었으면 좋겠구나."

"훌쩍! 사부님, 꼭 다시 들를게요. 건강히 지내세요."

"사형들, 시부님……."

무진은 떠나오던 날을 생각하자 문득 다시금 사형들과 사부님의 얼굴이 보고 싶어졌다. 괜한 생각에 기분이 조금 우울해졌지만 무진은 묵묵히 십 년 만에의 집으로 향한 발걸음을 옮겼다. 서둘러 길을 재촉한 탓일까? 무당을 출발한 지 오 일 만에 무진은 할아버지와 자신의 모옥(茅屋)이 있는 산의 아랫자락에 위치한 작은 마을에 도착할 수 있었다. 사형들과 진류 도장이 여정 중에 여러 시비에 휘말릴 것을 염려한 것과는 달리 그간의 일정은 너무도 평온했다. 실제 나이는 스물여섯이지만 계속 선산(仙山)이라는 무당에서 지내며 밤낮으로 수련을 게을리 하지 않았던 무진은 겉보기에는 이제 막 약관의 나이로밖에 보이지 않았다. 그리고 지금 입고 있는 복장이 무당의 도복인지라 일반의 민초들은 이 젊은 도사를 공경하는 마음에 괜한 시비를 일으키기는커녕 오히려 잘 대해주었고, 강호인들이나 시정잡배들도 무진이 입고 있는 무당의 도복을 보고 무진에게는 일부러 한 수 접어주었다. 덕분에 무사히 길은 떠나온 무진은 서둘러 마을을 거슬러 올라가 산 어귀에 위치한 모옥으로 달려갔다.

소진명은 요즘 계속 기력이 떨어져 가는 것을 느끼며 침상에 누워 있었다.

"쿨럭쿨럭! 후우, 이제 나도 갈 때가 된 건가? 지난번 무당엘 다녀온 이후로 기력이 많이 쇠한 듯싶군."

"할아버지~"

벌떡!

어디선가 들려오는 소리에 순간 몸을 일으켰던 소진명은 이내 다시 침상에 몸을 뉘었다.

"이제 헛것까지 들리는가? 허허헛, 우리 진이가 지금 이곳에 있을 리가 없거늘……."

"할아버지~"

"응? 이, 이건!"

소진명은 처음엔 환청인 줄 알았던 목소리가 점점 선명하게 들려오자 깜짝 놀라 침상에서 몸을 일으켰다. 기력이 많이 쇠약해진 지금은 걷는 것조차도 힘이 들었지만 어디서 그런 힘이 났는지 밖으로 뛰어나갔다.

밝은 햇살에 잠깐 눈을 찡그리던 소진명은 곧 산 아래에서 달려오는 한 인영을 발견했다. 그리고 그 인영이 뭐라고 소리를 지르며 이쪽으로 달려오는 모습에 점점 눈이 커졌다.

"진아!"

"할아버지! 저예요, 소진!"

"네, 네가 어떻게 여길⋯⋯."

저 산 아래에서 희미하게 모옥이 보일 때부터 애타게 할아버지를 찾으며 달려오던 소진은 문을 열고 나오는 할아버지의 모습을 보곤 힘껏 달렸다.

"할아버지!"

소진은 눈 깜짝할 사이에 모옥까지 뛰어와 놀란 표정으로 자신을 바라보는 할아버지를 와락 끌어안았다. 참아왔던 눈물이 봇물처럼 흘러나왔다.

"흐흐흑! 할아버지!"

"진아⋯⋯."

그렇게 할아버지를 한참이나 부둥켜안고 울던 소진은 가까스로 마음을 진정시키고 할아버지와 함께 집 안으로 들어갔다.

"그래, 네가 와서 일단 좋긴 하다만 어찌 된 일인지 먼저 설명을 좀 해주겠느냐?"

"제가⋯⋯."

소진은 불길한 꿈이 결정적인 이유였다는 이야기는 하지 않았지만 그동안의 일들을 간략하게 할아버지에게 설명했다. 사실 이미 소진의 원래 목적이었던 요리 실력은 말 그대로 독보적인 위치에 올라선 상태였기 때문에 언제 하산하더라도 그렇게 문제될 것은 없는 상황이었다.

"허허, 진류, 그 친구도 꽤나 상심이 컸겠구나. 십 년간이나 고이고이 길러온 제자인데 품을 떠난다고 하니 그 심정이 오죽할꼬. 진아."

"예, 할아버지."

"그 친구에게도 나에게 만큼이나 잘해주어야 한다. 늙으면 정이 그리워지는 법, 그 친구도 아마 나만큼이나 네게 각별한 정을 느끼고 있을 게야."

"예, 저도 알고 있어요. 사부님이 저를 얼마나 생각해 주시는지……."

"그래그래. 그래야지. 으음… 쿨럭! 쿨럭!"

소진과 이야기를 나누던 소진명은 말을 잇던 중 갑자기 가슴에 극렬한 통증을 느끼고 심하게 기침을 해댔다.

"할아버지!"

"쿨럭! 쿨럭! 커헉!"

가슴을 크게 들썩이며 기침을 하던 소진명은 갑자기 몸을 앞으로 기울이며 정면에 앉아 있던 소진의 가슴으로 시뻘건 각혈을 토해냈다. 소진의 황색 도복이 할아버지의 검붉은 피로 물들여지고…….

순간 너무 당황한 나머지 꼼짝 못하고 그 모습을 지켜만 보던 소진은 이내 정신을 차리곤 재빨리 쓰러져 계속 선혈이 섞인 기침을 토해내는 할아버지를 침상으로 옮겼다. 이미 무당에서 팔 년이나 의술을 배운 몸, 재빨리 가슴의 혈을 눌러 임시적으로 기침을 진정시킨 소진은 익숙한 손놀림으로 할아버지의 손목을 잡고는 맥을 살폈다. 신중한 표정으로 맥을 살피던 소진의 안색이 점점 변해갔다.

"이건⋯⋯."

"으음⋯⋯."

정말 오랜만에 깊이 잠들었다고 생각하며 소진명은 잠에서 깨어났다.

"허엄, 정말 오랜만에 잠다운 잠을 잔 것 같군. 그런데⋯ 음?"

소진명의 눈에 자신의 침상머리에 고개를 누인 채 잠들어 있는 손자의 얼굴이 들어왔다. 깊은 잠에서 깨어나며 소진과 함께 있는 꿈을 꾼 줄로만 알았더니 그게 아니었다. 소진은 여전히 그의 곁에 있었다. 그리곤 어젯밤의 일들이 하나둘 기억나기 시작했다.

"그래, 어제 진아와 이야기를 나누다가 심하게 기침을 하곤⋯ 내가 쓰러진 것을 이 아이가 밤새워 간병한 것인가?"

대강의 상황이 머리에 들어오자 소진명은 왠지 너무도 피곤해 보이는 얼굴로 잠들어 있는 사랑스런 손자의 얼굴을 물끄러미 쳐다보았다. 둥그스름한 계란형의 얼굴에 눈꼬리가 조금 처져서 순하게 보이는 인상은 어릴 적과 변함이 없었다. 잘생긴 것은 아니지만 선해 보이고 왠지 호감이 가는 얼굴은 한참이나 잊고 지내던 한 얼굴을 떠올리게 만들었다.

"녀석, 이제 보니 제 아비를 쏙 빼다 박았구나."

들썩.

할아버지의 움직임에 잠을 깬 듯 침상에 기대어진 소진의 어깨가 조금 움직이나 싶더니 갑자기 고개를 쳐들었다.

"허엇!"

"허허허, 녀석, 뭘 그리 놀라며 깨느냐?"

"할아버지!"

"나 어디 안 가니 조용조용히 말해도 된다. 네 모습을 보니 어제 밤 새도록 내 곁을 지킨 모양이구나. 덕분에 이 할아비가 오랜만에 숙면 을 취한 듯싶다."

"정말 다행이에요."

소진의 얼굴이 순간 환해지나 싶더니 이내 다시 어두워졌다.

'아! 다행이다. 어제의 추궁과혈이 효과가 있었나 보구나. 하지 만……'

어제 할아버지의 맥을 짚어보고 소진은 크게 놀랐다. 할아버지의 기 력이 예상보다 훨씬 쇠약해진 데다가 엎친 데 덮친 격으로 한기가 폐 부에 깊숙이 침투해 있었던 것이다. 이런 상황에서 가장 좋은 치료는 추궁과혈로 한기를 몰아내는 것이었지만 소진의 내공은 고작 십 년 정 도에 지나지 않았다. 이미 의술에 대한 이해는 무당 최고인 무해 사형 의 가르침과 일 년여에 걸친 깊은 수준의 토론으로 누구보다 깊어진 소진이었지만 실제 치료에는 어느 정도 한계가 있었던 것이다. 자신의 부족한 내공이 한스럽게 느껴진 것은 이번이 처음이었다.

하지만 이대로 보고만 있을 수는 없는 일. 소진은 침술과 부족한 내 공이지만 조금씩 조금씩이나마 추궁과혈을 병행하며 진기가 고갈되면 바로 운기조식하여 다시 채워진 내공을 밑 빠진 독에 물 붓듯이 할아 버지의 몸에 쏟아 부었다. 사실 이런 방법은 잘못하면 진원지기(眞元之 氣)를 크게 다칠 수도 있기에 굉장히 위험한 것이지만 소진에게는 할아 버지라는 존재가 훨씬 중요했다. 밤새 이런 방법으로 막대한 체력을 소모하며 치료하던 소진은 해 뜨기 직전에야 겨우 대부분의 한기를 몰 아낸 것을 느끼고는 쓰러지듯 잠들어 버린 것이었다.

소진이 돌아오자 항상 조용하게 가라앉은 분위기였던 모옥이 다시 십 년 전의 모습을 되찾아갔다. 소진명의 입가에도 잔잔한 미소가 좀처럼 사라질 줄을 몰랐다. 그로서는 십 년 만에 다시 찾게 된 이런 생활이 정말 꿈만 같았다.

'이렇게나 좋은 것을⋯⋯. 일 년, 아니, 반년만 더 일찍 돌아오게 했어도 좋았을 텐데 이제 남은 시간이 너무 없구나.'

소진명은 스스로의 몸을 누구보다 잘 파악하고 있었다. 비록 소진처럼 정식으로 의술을 익힌 것은 아니지만 그도 사십 년의 세월 동안 소진과 같은 연구를 해오면서 적어도 자신의 몸에 대해서는 달통한 경지에 이른 것이었다. 그리고 그의 지금 몸 상태는 사실 내일 죽어도 이상할 것이 없을 정도였다. 특별한 병이 아니라 천수를 다 누리고 이제 기력이 떨어지고 있는 것이기에 막을 수도 없다는 것을 그는 잘 알고 있었다. 그리고 그 사실은 소진 역시 알고 있었다. 마지막 안간힘일까? 소진은 할아버지의 기력을 조금이라도 유지하려고 자신이 할 수 있는 모든 기를 보하는 음식들과 의술들을 총동원했지만 할아버지의 몸은 마치 꺼져 가는 촛불과 같은 상태였기에 큰 도움이 되지 못했다. 입으로 걱정스런 말을 꺼내지는 않지만 할아버지를 위해 온갖 노력을 다해보는 소진과 그런 소진의 노력을 담담한 모습으로 받아들이는 할아버지와의 생활이 한 달간 계속되었다.

"할아버지~ 저녁 식사 가져왔어요."

"그래그래, 나 때문에 네가 고생이로구나. 이제는 일어서는 것조차 힘들게 되다니⋯⋯."

"에이, 그런 말씀 마세요. 이 소진표 특제 팔괘탕(八卦湯)을 드시고 나면 내일 아침쯤엔 아마 기운이 펄펄 나실걸요?"

거북이를 재료로 하는 팔괘탕 역시 할아버지의 기운을 북돋우기 위해 소진이 준비한 요리였다.

"허허허, 됐으니 어서 밥이나 먹자꾸나."

소진의 갖은 노력에도 불구하고 할아버지의 기력은 나날이 떨어져 가고 있었다. 이제는 거동이 불편한 지경에 이르러 매 끼니 때마다 소진이 직접 상을 가지고 들어가야 했다. 팔괘탕을 조금씩 떠 먹는 할아버지의 앙상하게 마른 손이 보였다. 처음 집에 왔을 때보다도 훨씬 안 좋아진 혈색과 얼굴의 반을 뒤덮은 검버섯들이 소진의 마음을 아프게 했지만 소진명의 표정은 그 어느 때보다도 평안해 보였다. 식사가 끝나고 상을 가지고 나가려는 소진을 할아버지가 불러 세웠다.

"진아, 상은 놔두고 잠시 이리와 앉아보렴."

무슨 일인가 싶었지만 소진은 별말없이 상을 한 켠에 내려두고 할아버지의 침상가에 의자를 가져다 앉았다.

"그동안 꺼내지 않은 이야기들을 이제 해보자꾸나."

"……."

"너도 이미 알고 있지만 내색하지 않은 것이겠지. 할아비가 이제 이 늙은 몸 하나 간수하기 힘든 것을 보니 어느새 천수(天壽)를 다 누리고 한 줌 부토(腐土)로 돌아갈 때가 된 듯하구나."

"할아버지!"

"가만가만, 들어보거라. 내 몸은 누구보다 내가 잘 안다. 죽었어도 벌써 죽었어야 할 몸이 그나마 요 근래에 버티고 있는 건 아마도 다 너의 정성 때문일 게다. 하지만 이제는 그것도 한계까지 온 듯싶구나. 아무리 네가 이렇게 애를 쓴다 해도 하늘의 뜻을 거역할 수는 없는 법, 더 늦어지기 전에 네게 하고 싶은 말들이 너무도 많구나."

"흑흑! 그런 말씀 마세요."

이미 예상은 하고 있었으나 제발 안 들었으면 하던 이야기가 할아버지의 입에서 하나둘 나오기 시작하자 소진은 결국 울음을 터뜨렸다. 소진의 할아버지는 앙상히 마른 손으로 소진의 눈가를 훔치며 말을 이었다.

"울지 말고 내 얘기를 잘 듣거라. 너도 이제 하산하여 속세에 발을 들였으니 생활을 위해선 돈이 필요할 게다. 네 요리 실력이 그토록 출중하니 어디서 끼니를 굶거나 대접을 못 받을 일은 없겠으나 일단은 직업을 갖도록 하거라. 사람이란 일을 하고 살아야 하는 법이란다. 그리고 이 할아비가 지금에 와서 너무도 후회되는 것이 하나 있으니 그건 바로 네 혼사 문제란다."

"예?"

소진은 흐느끼던 중에도 깜짝 놀라 고개를 쳐들었다.

"녀석, 놀라기는……. 너는 소씨 집안의 장손이니 당연히 대를 이어야 할 것이 아니냐. 네 수련 생활이 길어지다 보니 이렇듯 아직 성혼을 하지 못한 것이 내 못내 아쉽구나. 네가 성혼하는 모습을 봐야 하는 것인데……."

"……."

"이제 내가 죽으면 너 혼자 세상을 살아가야 할 것인데 정말 걱정이 말이 아니로구나."

할아버지는 마치 하고 싶었고 쌓였던 말들을 한 번에 꺼내놓듯 이런저런 얘기들을 끊임없이 소진에게 들려주었다. 소진의 어린 시절부터 시작해서 혼사 문제, 할아버지의 젊을 적 이야기, 심지어는 소진의 사부와의 일들까지 계속해서 이야기를 들려주는 할아버지의 모습은 근자의 그 어느 때보다 즐거워 보였고, 보기 드물게 활기 차 보였다.

"후후훗."

근 두 시진 정도의 길고 긴 대화들이 오가고… 이제는 할 말을 다 했다는 듯 만족스런 표정으로 할아버지는 나지막한 웃음소리를 토해냈다.

"내 이야기를 듣느라 지루했지?"

이야기를 듣던 소진의 표정 역시 처음과는 달리 옅은 웃음을 띠고 있었다.

"아니요. 전혀 지루하지 않았어요."

"다행이구나. 그나저나 오늘은 너무 많은 말을 한 듯싶구나. 못다한 이야기는 내일 다시 나누도록 하자. 할아비는 피곤해서 이만 누워야겠다. 밤이 깊은 듯하니 너도 이만 가서 자렴."

"예, 할아버지. 안녕히 주무세요."

"너도 잘 자거라."

소진은 할아버지와의 대화가 처음의 예상과는 많이 달랐다는 생각을 하며 자신의 방으로 돌아와 습관적으로 오행신공을 운용하고는 잠자리에 들었다. 이제 오행신공은 완전히 소진의 생활의 일부분을 차지하고 있었다.

"할아버지~ 아침 가져왔어요."

"……"

무당에서의 생활 습관이 몸에 밴 탓인지 소진은 변함없이 일찍 일어나 아침을 준비하고 평소처럼 할아버지의 방으로 식사를 들고 가는 길이었다.

"응? 아직 안 일어나셨나?"

덜컥, 끼이익.

문을 열고 들어가자 여전히 침상에 누워 계시는 할아버지의 모습이 눈에 들어왔다.

"할아버지, 아침 식사 하셔야죠."

"……."

"할아버지~ 그만 일어나세요."

"……."

두 번을 불러도 할아버지에게서 아무런 대답이 없자 갑자기 불안한 느낌이 엄습해 왔다. 탁자에 조반상을 내려놓고 소진은 급히 뒤돌아 침상으로 향했다.

"흡!"

조금 떨리는 손으로 아주아주 조심스럽게 천천히 할아버지의 얼굴로 손을 가져가던 소진은 얼굴에 손이 닿자 순간 손을 움츠리며 헛바람을 들이켰다. 그리고는 그 자리에서 허물어지듯 주저앉아 버렸다.

털썩.

망연자실하여 바닥에 주저앉은 소진의 초점없는 흐릿한 눈에는 이내 눈물이 가득 고이더니 한방울 한방울 뺨을 타고 흘러내렸다.

주르륵.

"읍… 으윽… 흑흑! 우흐흑!! 할아버지!!"

소진이 그렇게 아니길 바라며 만져 본 할아버지의 몸은 차갑게 식어 있었다. 너무도 평온한 얼굴로 누워 있는 모습에 그냥 자는 것만 같았던 할아버지는 그렇게 영원히 깨어나지 못하는 깊은 잠에 빠져든 것이었다.

그렇게 하루가 지나고, 하염없이 흐를 것 같던 눈물도 이제는 멈춰 있었다. 소진은 그저 그 자리에 멍하게 앉아 흐릿하게 초점없는 눈빛으로 어딘지 모를 곳만을 하염없이 바라보고 있었다. 다시 하루가 지나고, 또다시 하루가 지나갔다.

방 안은 몹시 싸늘했다. 삼 일이 지났지만 할아버지는 처음처럼 그렇게 침상에 평온한 얼굴로 누워 있었다. 삼 일 동안 침식을 잊고 그 자리에 앉아만 있던 소진은 추위나 배고픔조차도 느끼지 못하는 듯 미동조차 하지 않았다.

소진은 고요하고 거대한 검은 바다를 홀로 떠다니고 있었다. 아무런 소리도, 아무런 생각도 들지 않았고 아무런 느낌도 없었다. 그저 묵빛의 바다에 몸을 맡긴 채 조용히 떠다니며 바다와 같은 색의 하늘을 바라볼 뿐이었다. 억겁의 세월 동안 계속될 것만 같은 묵빛의 하늘. 이 어둠의 공간이 잠시나마 일렁거렸다. 하늘을 길게 가로지르는 미약한 빛의 유성 하나. 마치 영원히 변하지 않을 것 같던 어둠에 잠시나마 작은 빛이 생겨나는 순간이었다. 그리고 그 하늘과 바다를 닮아 있던 소진의 눈에서도 일순간이나마 작은 빛이 서렸다.

'할아버지는……'

도대체 얼마 만에 떠오르는 생각일까. 끊어질 듯 끊어질 듯하던 생각이 간신히 이어졌다.

'할아버지는… 돌아가신 건가?'

그리고 소진이 처음으로 눈을 감았다. 그리고 다시 눈을 떴을 때 처음 눈에 들어온 것은 시리도록 푸른빛으로 빛나는 하늘과 바다였다. 소진은 여전히 몸이 반쯤 잠긴 채로 바다 위에 홀로 떠 있었다. 그리고 다시 소진의 머리 속으로 한가지 생각, 아니, 짤막한 구결이 떠올랐다.

"도는 이름이 없다. 비록 통나무같이 작아 보일지라도 세상에 그보다 더 큰 것은 없다."

천무 조사님께서 직접 남기신 오행신공의 마지막 구결. 그것은 다름 아닌 도덕경의 한 구절이었다. 진류 도장이 십 년을 연구하고 다시 소진이 십 년을 수련하면서도 도저히 그 숨은 뜻을 알아내지 못한 오행신공의 마지막 구결. 이 구결이 마치 메아리치듯 계속 소진의 머리 속을 맴돌았다. 그리고 다시 얼마의 시간이 흘렀을까. 소진의 입가에 작은 미소가 어리고, 주위를 온통 둘러싼 하늘과 바다의 푸른빛을 닮아 있던 두 눈이 감긴 것은 동시에 일어난 일이었다.

다시 눈을 떴을 때 소진의 눈에 처음 보인 것은 침상에 엷은 미소를 띤 채 너무도 평온한 모습으로 누워 있는 할아버지의 모습이었다. 잠시 할아버지의 모습을 멍하게 지켜보던 소진의 얼굴에도 어느덧 할아버지를 닮은 담담한 미소가 어려 있었다. 그리고 그렇게 담담한 미소를 머금은 채 천천히 자리에서 일어났다. 할아버지가 돌아가신 지 오일 만에 일어난 일이었다.

그리고 소진의 움막이 있던 산 중턱에는 작은 봉분이 하나 생겨났다. 오 일 만에 정신을 차린 소진이 그날 바로 경공으로 산을 이 잡듯이 뒤져 찾아낸 할아버지의 묘 자리였다. 무당에 있으면서 어느 정도 풍수지리에 대해서도 들은 바가 있었기에 허투루 찾은 자리가 아니었다. 얼핏 보기에도 바람이 잘 통하고 산 아래를 한눈에 굽어보는 좋은 자리였다.

막 만들어진 봉분 앞에는 소진이 바닥에 앉아 지전(紙錢)을 태우고 있었다. 하지만 이상하게도 지전을 태우는 소진의 얼굴은 그다지 슬퍼 보이지 않았다. 오히려 입가에는 옅은 미소마저 띠고 있었다. 그나마 어울리는 것은 할아버지의 묘비를 바라보는 눈빛에 아련히 떠오르는 그리움 정도일까.

"할아버지, 마지막까지 저에게 결코 작지 않은 선물을 주고 가셨군요. 후훗, 그렇게 웃는 얼굴로 가셨으니 아마 좋은 곳에서 편안히 지내시겠죠?"

진짜 할아버지를 앞에 두고 말하듯 소진이 말을 이었다.

"이제 할아버지 말씀대로 여길 떠나요. 혹시라도 할아버지가 그렇게 바라시던 며느리감이 생기면 이리로 데려올게요."

콸콸콸.

소진은 일어나서 잠시 옷에 묻은 흙먼지를 털어내곤 미리 준비해 온 매화주 한 병을 몽땅 할아버지의 봉분 위에 뿌렸다.

"할아버지가 제일 아끼시던 매화주예요. 미처 못 드시고 떠나신 것 같아서 준비해 왔어요. 그리고 마지막으로 할아버지 덕택에 제가 깨닫게 된 것들을 보여 드리고 갈게요."

말을 마치고 주위를 휘휘 둘러보니 먼발치에 적당한 크기의 나뭇가지가 눈에 들어왔다. 나뭇가지를 주우려 막 걸음을 떼던 소진이 잠시 멈칫했다.

'아냐아냐. 이게 아니지. 한번 시험해 볼까?'

소진은 반 발짝 나갔던 발을 다시 거둬 들이곤 조용히 나뭇가지를 향해 손을 뻗었다. 그리곤 정신을 집중하여 오행신공을 운기했다. 예전엔 굳게 문을 걸어 잠그고 고작 그 힘의 극히 일부만을 보여주던 기단에서 폭발적인 기운이 느껴졌다.

'천천히… 팔의 기운을 나뭇가지까지 연장시켜 다시 회수한다는 생각으로……'

처음이라 잘 되진 않았지만 계속 내공을 운용하자 나뭇가지가 조금씩 떠올랐다. 잔 떨림을 일으키던 나뭇가지도 정신을 집중하자 이내 움직임을 멈췄다. 그리고 어느 순간 나뭇가지는 거짓말처럼 소진의 손아귀에 들어와 있었다.

'이게… 허공섭물(虛空攝物)이라는 건가?'

아마도 진류 도장이 이 광경을 봤다면 놀라서 까무라쳤으리라. 허공섭물이라니…….

무림의 일반적인 상식으로 허공섭물이라는 기공은 내공이 일 갑자를 넘어서고 동시에 진기를 능숙한 경지로 운용할 수 있는 자만이 펼칠 수 있는 상승기공이었다. 멀리 떨어진 물체를 본신진기를 운용하여 움직이는 것이기에 높은 내공과 동시에 오묘한 수준의 진기의 운용이 필요했다. 때문에 강호에서는 간혹 상대방의 내공 수준을 알아보기 위한 척도로 이용되기도 하였다. 그런데 소진의 경우 다른 이들의 상식을 벗어난 수련과 진류 도장이라는 좋은 스승을 만난 덕에 기의 운용에 관해서는 가히 독보적이라 할 만한 경지에 이르러 있었지만 내공은 겨우 삼류 수준에 불과했는데 어떻게 허공섭물을 성공시킨 것일까?

"후훗, 오행신공을 완성하여 금제(禁制)에서 풀려난 내공이 무려 일 갑자라니……. 나도 그렇게 놀랐는데 사부님께서 아시면 쓰러지시겠 군."

사실 닷새 전 소진은 할아버지의 죽음을 확인하면서 정신적으로 어 마어마한 충격을 받고 주화입마(走火入魔)라고도 할 수 있는 상태에 빠 져들었다. 너무도 큰 충격에 사고 능력이 멈춰 버린 것이다. 할아버지 의 죽음에 이어 소진 역시 생사의 기로에 놓여 있는 상황이었다. 하지 만 손자의 죽음을 바라볼 수 없었던 할아버지의 영혼이 한가닥 힘을 불어 넣어준 것일까? 끝없는 어둠 속에서 삼 일 만에 실낱같은 의식의 끈이 이어졌다. 금세라도 끊어질 듯한 그 위태로운 의식의 끈을 타고 이어진 것은 오행신공의 마지막 장에 적혀 있던 도덕경의 한 구절이었 다. 그리고 마침내 기적은 이루어졌다.

소진은 할아버지의 죽음과 동시에 자신에게 불어닥친 생사의 기로 에서 기적적으로 오행신공의 마지막 구결을 깨닫고 정신을 차리게 된 것이었다. 전화위복(轉禍爲福)이라는 사자성어의 참뜻을 확인시켜 주 는 순간이었다. 정신을 차린 소진은 조금은 얼떨떨한 마음에 운기조식 을 한번 해보고는 크게 놀랐다. 그 이유는 기단에 쌓여 있던 막대한 양 의 오행진기가 혼원일기(混元一氣)로 실타래처럼 풀려나면서 생겨난 내공이 무려 일 갑자에 달했기 때문이다. 보통 수련이 깊어지면 내공 은 자연스레 따라오는 것이기에 일 갑자라는 내공의 수치가 그리 높은 것이 아니었다. 정작 중요한 것은 바로 무진의 수련 기간. 열여섯에 무 당에 입문하여 이제 스물여섯이 되었으니 딱 십 년 동안 무공을 수련

한 셈이다. 십 년 수련에 일 갑자, 즉 육십 년의 공력. 이것은 무림사에 커다란 획을 긋는 엄청난 사건이었으니…….

정설로 굳어져 벌써 삼백 년을 이어져 온 1:3의 황금 비율, 즉 최상 승의 기공을 연마할 경우 일 년에 얻을 수 있는 최대의 내공은 삼 년이 라는 이 정설을 완전히 뒤엎고 무려 1:6이라는 수치상의 어마어마한 결과를 만들어낸 것이었다. 아마 다른 무림인이나 문파에서 이 사실을 알았다면 눈에 불을 켜고 달려들었으리라.

"이제 내공도 넉넉해졌으니 태극혜검이나 유운신법에서 예전에 막 혔던 부분들도 무리없이 시전되겠군. 어디 한번 시험해 볼까?"

소진은 할아버지의 봉분이 훼손될까 봐 일부러 서너 장 정도 물러선 후에 서서히 진기를 끌어올렸다. 이제는 어느 정도 익숙해진 거대한 내공이 온몸을 휘돌았다.

"핫!"

낭랑한 기합성이 터지고 소진의 신형이 흐릿해졌다. 아마도 유운 신법을 펼치는 것이리라. 극의(極意)라는 것은 결국에 가서는 하나로 연결되는 것, 오행신공에 대한 깊은 깨달음은 소진이 익힌 다른 무공 들에도 큰 영향을 준 것 같았다. 내공 탓도 있겠지만 동작 하나하나 가 물 흐르듯 펼쳐졌다. 요 며칠 사이에 마치 십수 년의 수련을 한 번 에 해버린 듯한 느낌이었다. 그리고 어느 순간인가 소진의 손에 들린 나뭇가지가 흔들렸다. 동시에 빠르게 움직이는 신형 속에서 여러 개 의 크고 작은 원들이 생겨났다. 한순간의 끊어짐도 없이 계속해서 이 어지는 원들의 행렬. 자신도 모르게 무아지경에 빠져들어 끊임없이 검을 휘두르던 소진은 대략 반 시진이 지나서야 천천히 움직임을 멈쳤다.

"하아, 하아."

반 시진 동안의 격렬한 움직임 때문인지 소진의 숨결은 많이 가빠져 있었다. 여전히 한 손엔 나뭇가지를 쥐고 선 채로 서서히 숨을 고르던 소진이 일순 나뭇가지를 뚫어지게 응시했다. 그리곤 다시 진기를 끌어올렸다. 가빠져 있던 숨결은 어느새 다시 정상으로 돌아와 있었다. 성공을 장담하지는 못한다. 아니, 아마도 실패할 확률이 더 클 것이다.

그러나 왠지 시도해 보고 싶었다. 소진은 단전에서 치솟아오르는 진기를 나뭇가지를 든 오른손으로 집중했다. 그리곤 그 진기를 다시 나뭇가지에 불어넣기 시작했다. 진기가 주입되자 나뭇가지가 파르르 떨려왔다. 아랑곳하지 않고 계속 진기를 주입하자 어느 순간 나뭇가지의 잔 떨림이 멈추었다. 이마에는 땀이 송골송골 맺혔지만 멈출 수는 없는 일이었다. 너무 막무가내로 시도한 것일까? 이제 진기를 주입하는 것도 거의 한계에 다다르고 있었다. 소진은 발악이라도 하듯 이를 악물고 최후의 진기를 쥐어짰다. 하지만 갑자기 무리한 힘을 더해서일까? 이내 나뭇가지는 수십 토막으로 산산이 바스라져 바닥으로 우수수 떨어져 내렸다. 계속되는 진기의 운용으로 기진맥진한 상태인 소진의 얼굴에 옅은 실망감이 스치고 지나갔다.

"나뭇가지로는 무리인가? 진검을 사용하면 어쩌면 가능할지도……. 검강이라……."

잠시 그렇게 바닥에 떨어진 나무토막들을 바라보며 중얼거리던 소진은 마지막으로 할아버지의 봉분을 일별하곤 주저없이 몸을 날렸다.

새로운 시작에 대한 묘한 기대일까, 아니면 처음으로 나아가는 세상에 대한 두려움 때문일까. 소진의 가슴은 이상할 정도로 세차게 뛰고 있었다.

第九章

만남

　벌써 두 시진째 경공을 사용하고 있었지만 호흡은 전혀 흐트러지지 않았다. 오히려 몸 안에서는 새로운 기운들이 샘솟듯 솟아오르고 있었다. 뚜렷이 갈 곳이 정해진 것이 아니었기에 그저 동쪽으로 방향을 잡고는 인적이 없는 산길을 따라 계속 경공을 써서 달리는 중이었다.

　"벌써 해가 저물어가는 건가? 아직 저녁도 먹지 못했는데……. 자칫하면 난생처음 노숙이란 걸 해보겠군."

　할아버지의 묘소를 떠나 두 시진째 계속 달려온 소진이었다. 하산한 이후로는 도복을 입지 않았기 때문에 지금 입고 있는 것은 회색의 마의이다. 겨울에 입기에는 얇은 옷이었지만 이미 내공을 얻어 추위와 더위를 가리지 않는 상태였기 때문에 본인은 전혀 추위를 느끼지 못하고 있었다. 소진은 할아버지와의 추억이 깃든 모옥을 떠나오며 원래는 마을로 내려가 갈 길을 물어볼 생각이었으나 자신이 배운 유일한 경공인 제운종을 시전하여 달리다 보니 어느덧 스스로 빠져들어 두 시진 동안이나 쉬지 않고 달려 버린 것이다. 하지만 달리는 사이 내공에 맞게 능숙히 경공의 완급(緩急)을 조절할 수도 있게 되었고 특별히 시간에 쫓기는 입장도 아니었기에 그다지 신경이 쓰이지는 않았다.

이제 정신을 차린 이상 해가 완전히 지기 전에 어서 하룻밤 묵을 곳을 찾아봐야만 했다. 소진은 산속에서 사냥꾼이나 약초꾼의 집을 찾기보다는 최대한 빨리 산을 내려가는 방법을 선택했다. 소진은 산 아래쪽으로 경공을 펼쳐 대략 이각 정도를 달리자 의외로 쉽게 산을 벗어날 수 있었다. 저 멀리 어렴풋이 마을의 모습이 보였다.

"휴우, 다행히 노숙은 면하게 됐네."

계속 경공을 펼치던 소진은 마을 어귀에 이르자 서서히 속도를 줄이고 그냥 걸어갔다. 마을 외곽의 밭을 돌보다가 해질 녘에야 집으로 향하는 사람들도 몇몇 눈에 들어왔다. 마을 안으로 들어서면서 소진은 조금 놀랐다.

"보기보다 사람들이 훨씬 많은걸? 번화하기도 하고……."

산 아래에서 밭을 일구며 사는 소박한 시골 마을을 생각하던 소진의 눈에는 군데군데 들어선 객잔과 식당들, 그리고 몇몇 잡화점들과 저녁 시간대가 되어 사람들로 가득한 거리가 한눈에 들어왔다. 지나다니는 사람들 대다수가 여행객의 차림이고 여기저기 마굿간들이 자주 눈에 띄는 것으로 보아 아마도 산을 넘는 주요 길목에 자리 잡은 마을인 듯 싶었다.

"마굿간마다 말이 가득한 걸 보니 상단이나 표국의 사람들도 잠시 쉬어 가는 곳인 모양이지? 어쨌든 다행이군. 여행객들이 많으니 이런저런 얘기들도 들을 수 있을 테고……."

소진은 여러 객잔들을 돌아보다가 개중에서 깨끗해 보이는 곳으로 발걸음을 옮겼다. '평안객잔'이라는 이름의 이 객잔은 저녁 시간이라 사람들로 북적거렸다.

"어서 옵쇼."

문을 들어서자 점소이가 소진을 자리로 안내했다. 식당 안은 거의 초만원 상태였다.

"뭘로 드릴까요, 손님? 저희 평안객잔은 이곳 진안(珍岸)에서도 솜씨 좋기로 유명한 곳입니다."

"간단한 소채와 만두로 부탁해요."

"술은 안 드시나요? 저희 객잔은 화주나 죽엽청, 모태주부터 시작해서 홍미주(紅米酒), 오가피주(五加皮酒), 용호봉주(龍虎鳳酒)까지 없는 게 없습니다요."

"술은 괜찮고, 하루 묵어 가려는데 혹시 빈방이 있나요?"

"예, 예. 있고말고요. 제가 미리 말을 해놓을까요?"

"그래 주면 좋겠군요. 그런데 한 가지만 더 물어보려는데……."

소진은 손님이 만원인데 계속 점소이를 붙잡고 있는 게 조금 미안했는지 품속에서 동전 몇 문을 꺼내 점소이의 손에 쥐어주었다. 무당을 떠나오면서 며칠의 여행 기간 동안 저절로 익혀진 것이었다. '점소이를 잡고 있으려면 돈을 써라!'라는 진리는 상당히 간단한 것이었기 때문이다.

"헤헤헷, 별말씀을. 무엇이든 물어보십쇼, 공자."

동전 몇 문 탓인지 점소이의 입에선 어느새 공자라는 호칭이 달려 나왔다. 비록 이 동전 몇 문이 아니더라도 점소이는 이미 자신에게 꼬박 존대를 해주는 소진이 무척 마음에 들었기에 아마도 묻는 말에 순순히 대답을 해줬으리라.

"아까 진안이라고 했던가? 이곳에 대해 설명을 좀 해줄 수 있을까요? 초행길이라서……."

"공자께서는 사람 보는 눈이 있으시군요. 그런 것이라면 저를 잘 고르셨습니다. 제가 진안 바닥은 손바닥 안 보듯 훤하거든요. 이곳 진안으로 말씀드리자면 본래는 그저 그런 화전민(火田民) 마을에서 시작했다가 십수 년 전부터 무창(武昌)과 남창(南昌) 등 강서, 강남 일대로 향하는 상단과 표국 사람들이 이곳을 거쳐 가기 시작하면서 갑자기 번성하게 된 곳이죠."

"그렇군요. 아, 그리고 하나만 더 물어봐도 될까요?"

"한 가지가 아니라 열 가지라도 대답해 드릴 수 있습니다, 공자. 헤헷."

점소이의 대답은 거침이 없었다. 소진은 내심 동전 몇 문이지만 쥐어주길 잘했다는 생각이 들었다.

"중원에서 가장 사람이 많이 모이는 곳이 어디죠?"

"사람이 많이 모이는 곳이라……. 저… 공자께서 물으시는 건 특정한 장소인가요? 아님 도시를 말하는 건가요?"

"내가 말을 좀 헷갈리게 했나 보네요. 사람이 가장 많이 모이는 도시를 물어보는 거예요."

"하핫, 그런 거라면야 쉽죠. 보통 사람이 많이 모이는 곳이라면 황도(皇都)인 북경(北京)이나 남경(南京), 성도(成都)와 같은 대도를 생각하기 쉽지만 기실 진짜 사람이 많이 모이는 곳은 바로 소주(蘇州)와 항주(杭州)랍니다."

"소주와 항주?"

"예, 공자님. 옛말에 '하늘에는 천당, 지상에는 소항(蘇杭)'이라는 말이 있습죠. 그만큼 소주와 항주가 볼 것도 많고 살기 좋다는 뜻입니다. 그러니 어찌 사람들이 모여들지 않을 수가 있겠습니까."

"그렇군! 당신은 아는 것이 그리 많으니 전혀 일개 객잔의 점소이 같지가 않군요."

점소이는 소진의 칭찬에 살짝 얼굴이 붉어졌다. 점소이 생활을 하다 보니 자연 주워듣는 것도 많아지고 이것저것 세상 돌아가는 이야기들을 알게 된 것인데 이렇게 번듯한 공자가 자신을 칭찬해 주니 내심 무척이나 기분이 좋았던 것이다.

"헤헤, 뭐 그런 걸 가지고……. 앗차! 공자님, 잠시만 기다리세요. 제가 금방 음식을 가져오겠습니다."

점소이는 소진이 무척이나 마음에 들었는지 주방으로 쏜살같이 뛰어갔다. 덕분에 소진은 음식을 기다리는 사람들 중에서도 유독 빨리 식사를 하고 자신의 방으로 올라갈 수 있었다.

방 안은 화려한 가구나 장식 같은 것은 찾아볼 수 없었지만 꽤나 정갈하게 꾸며져 있었고, 더욱이 먼지 하나 찾아볼 수 없을 만큼 깨끗한 것이 여행객들이 편안히 하룻밤 묵어가기에는 충분한 것 같았다.

"음식 맛도 괜찮았고 이렇게 깨끗히 방을 만들어놓으니 장사가 잘 될 만도 하군."

너무 문질러서인지 반질반질 윤이 나는 탁자를 손바닥으로 만지작거리며 소진이 말했다.

"그나저나 소주와 항주라. 일단 사람이 많이 모이는 곳으로 가야 일자리를 찾기도 수월할 테고, 그만큼 여자들도 많을 테니 신붓감을 고르기도 쉬울 텐데……."

정말 어처구니없는 생각을 하는 소진이다. 사실 소진 정도의 무공으로 굳이 돈이 필요하다면 어느 갑부집이나 거상의 호위무사 같은 것을 잠시만 하더라도 꽤나 큰돈을 벌 수 있었다. 하지만 지금 소진이 생각하는 일자리라는 것은 거의 구 할이 요식업에 관련된, 그중에서도 거의 구 할이 주방에서의 일자리였다. 아까 전의 점소이를 높게 평가한 것이나 객잔의 요모저모를 따져 보는 행동 역시 자신도 얼마 후면 아마도 이와 비슷한 곳에서 일하게 될 것이라는 예상에서였다. 할아버지의 영향을 크게 받아서일까? 소진은 마치 주방에서 일하는 것을 자신의 천직으로 여기는 것 같았다. 더구나 소진은 너무 갑작스레 훌쩍 뛰어버린 무공 탓인지 현재 자신의 수준이나 앞으로의 발전 가능성을 거의 파악하지 못하고 있었다. 그저 '일 갑자의 내공이 생겼다' 라는 것만 인식하고 있을 뿐. 이 사실에 어떤 큰 의미를 부여하지는 않고 있는 상태였다.

일 갑자의 내공이란 빼어난 근골과 오성을 지닌 기재가 좋은 스승과 소위 '절세의 신공' 이라 불리우는 비전절학(秘傳絶學)을 만나 어릴 적부터 꾸준히 연마를 해야 나이 서른을 전후해서 겨우 얻게 되는 수위의 공력이었다. 그런 것을 소진은 비록 누구보다 좋은 스승과 절세의 신공을 만나기는 했지만 평범을 조금 웃도는 근골과 오성을 가지고 겨우 십 년이라는 짧은 기간에 이루어낸 것이다. 이것만 해도 정말 대단한 사실이지만 앞으로의 발전 가능성을 따진다면 그 차이는 더욱 커진다.

보통의 경우 꾸준한 수련을 통해 얻을 수 있는 내공의 한계는 삼 갑자. 단전이라는 그릇으로 담을 수 있는 내공의 크기는 삼 갑자까지가 한계였다. 여기에 더 이상의 내공을 담아두기 위한 유일한 방법은 바로 단전의 크기를 늘리는 것이다. 이를 위해선 일종의 깨달음이 필요한데 이 깨달음이라는 것이 마치 뜬구름과 같아서 잡힐 듯하면서도 결코 쉽사리 손에 들어오질 않는지라 기실 삼 갑자의 공력을 얻기까지 수련을 하는 것도 힘들지만 여기에서 다시 깨달음을 얻는 것은 더욱 어렵기에 혹자들은 이 경지를 마벽(魔壁)이라 부르며 경원시하였다. 하지만 말 그대로 마벽이란 마의 벽이라 불리울 만한 것이라 백 년 안에 이 마벽의 경지를 넘어서는 무림인은 다섯 명을 넘기 힘들었다. 때문에 삼 갑자의 내공을 갖기만 하여도 절정의 고수로 무림을 활보할 수 있었다. 이 정도의 내공을 수련하는 것 역시 버겁기는 마찬가지겠지만……

소진의 경우 오행신공이라는 무공의 특성상 다른 이들과는 달리 평소에 끊임없이 무(武)에 대해 사색을 해오던 중 할아버지의 죽음을 계기로 오행신공을 대성함과 동시에 엉겁결에 이 마벽을 넘어버린 것이었다. 실로 무림사에 다시 있을까 의심되는 기사(奇事)이자 천고의 기연이었다. 때문에 이제 소진의 발전 가능성이라는 것은 말로 표현하기가 어려울 정도였다.

앞으로의 일들을 생각하며 잠시 의자에 앉아 차를 마시던 소진은 마음이 답답한지 창가로 가서 창문을 열었다. 늦겨울의 차갑고 신선한 공기가 폐부 가득히 스며 들어왔다. 밤이 늦어서일까? 막 도착할 때에는 사람들로 붐비던 거리도 이제는 한산한 모습이었다.

"다 잘되겠지? 그래, 잘될 거야!"

아직 확실치 않은 미래에 대한 자신감을 다잡으며 소진은 언제나처럼 오행신공을 운기하고 침상에 몸을 뉘었다. 꽤나 피곤했던 것일까?

소진은 침상에 눕곤 얼마 지나지 않아 곧 깊은 잠에 빠져들었다.

　평안객잔의 아침은 전날과 마찬가지로 손님들로 북적거렸다. 다들 짐들을 하나씩 들고 있는 것으로 보아 모두들 조반을 먹고 난 후에 길을 떠날 사람들로 보였다. 오늘도 어김없이 묘시(卯時) 경에 일어나 운기조식으로 하루를 시작한 소진도 밥 생각에 일층의 식당으로 내려오는 길이었다. 걸음걸이는 조용조용한 가운데 보보(步步)마다 힘이 있었고 얼핏 평범한 듯 보이는 눈매에서도 은은히 신광(神光)이 발해졌다. 이상하게 소진의 경우에는 무공이 높아졌지만 그 흔적이 확연히 외관상으로 드러나지가 않았다. 때문에 유심히 살펴보지 않는다면 소진의 경지를 알아채기란 쉽지 않은 일이었다.

　전에는 잘 느끼지 못했으나 내공이 증진된 후에는 운기조식을 하면 온몸에 기운이 충만해지는 것이 너무도 확연히 느껴졌다. 그러나 이것보다 더욱 큰 재미는 내공이 증진된다는 기분이었다. 과거의 십 년 동안 소진은 매일매일 심혈을 기울여 오행신공을 연마했으나 마치 계속 제자리걸음을 하는 것처럼 그 성과를 느끼기가 어려웠다. 헛된 노력이라는 생각도 여러 번 들었으나 그때마다 사부님을 믿고 마음을 다잡았었다. 하지만 지금은 오행신공을 운기하면 할수록 조금씩 증진되는 자신의 내공이 느껴졌다. 과거에는 느끼지 못했던 성취감. 이미 사부님이 바라던 오행신공의 대성도 이루었고, 할아버지가 바라던 요리의 경지에도 거의 근접한 상태였기에 굳이 더 이상 무공을 익힐 필요는 없었지만 소진을 매일매일 쉬지 않고 수련의 길로 이끄는 주요한 이유 중 하나는 바로 이 성취감이었다. 요리와 무공 수련을 제외하곤 소진이 할 줄 아는 것이 전무하다는 것 역시 하나의 이유가 되겠지만……

식당에 내려온 소진은 자리에 앉아 간단한 소면만을 시키고 찬찬히 주위를 둘러봤다. 활기 찬 아침에 걸맞게 식당은 굉장히 시끌벅적했다. 가벼운 경장에 느긋이 식사를 하는 사람부터 커다란 짐짝을 옆에 세워두곤 허겁지겁 음식을 넘기는 이, 아침부터 가벼운 반주를 곁들이는 이들도 눈에 띄었다. 그중에서도 유독 소진의 눈길을 끄는 이들은 문 앞의 탁자에 모여 앉은 세 사람의 일행이었다. 세 명 모두 복장은 제각각이었지만 한결같이 소매에 금빛 실로 조그마한 용 무늬의 수가 놓아져 있는 것으로 보아 한 일행인 듯싶었다. 하지만 그 외에 별다른 특이한 점이 눈에 띄지 않는 이들이 소진의 시선을 끌게 된 진짜 이유는 우연찮게 소진이 이들의 대화를 듣게 되었기 때문이다. 그 대화 중에는 유독 '항주'라는 단어가 자주 등장했다.

"소주(少主), 이곳에서 무창까지는 육로로 갔다가 무창부터는 뱃길을 타는 것이 좋을 듯합니다."

"무창까지는 얼마나 걸리지?"

"지금처럼 걷는다면 오 일 정도가 걸리고 말을 탄다면 이틀이면 당도할 수 있습니다. 그리고 다시 무창에서 배를 타면 사흘이면 항주에 도착할 것입니다."

"음… 성도에서의 계약도 잘 이루어졌으니 장으로 돌아가는 길을 급히 서두를 필요는 없겠지. 천천히 산천도 둘러볼 겸 무창까지는 걸어서 가기로 하지."

"예, 소주."

유독 밝아진 청력 덕에 그들에게 한 자리 건너서 등을 보이고 있는 자리에서도 소진은 그 일행이 나누는 말들을 모두 들을 수 있었다. 대충 내용을 파악한 소진은 힐끔 고개를 돌려 그들의 얼굴을 살폈다. 소주라 불린 인물은 대략 서른 정도로 보였는데 꽤나 호방한 외모였다. 굵은 눈썹에 조금 각진 얼굴, 밖으로 다니는 일이 많은지 얼굴은 갈색 빛으로 많이 탄 편이었다.

한편 점소이가 음식을 날라오자 그들의 대화도 이내 끝이 났다. 그리고 그들이 식사에 열중하는 사이 소진도 나름대로 생각에 잠겼다.

'저들이 항주로 간단 말이지? 그렇다면…….'

항주 금룡장(金龍莊), 금룡상단(金龍商團)의 이전주(二錢主)인 노반(魯盤)은 아침을 배불리 먹고 기분 좋은 포만감을 느끼며 막 찻잔으로 손을 가져가다가 멈칫 다시 손을 내렸다. 누군가 그들의 자리로 다가오고 있었기 때문이다. 한 손을 슬며시 칼자루 위로 옮기곤 고개를 살짝 위로 젖히자 그들의 탁자 앞까지 와서 가볍게 포권을 하던 회의의 청년과 눈이 마주쳤다. 눈을 보면 그 사람의 절반은 알 수 있다고 했던가? 평범한 외모와 달리 회의청년의 눈동자는 마치 어린아이의 눈동자만큼이나 맑았다. 노반은 칼자루 위에 올려놓았던 오른손을 다시 탁자 위로 올려 찻잔을 집었다. 하지만 아직 완전히 경계를 늦춘 것은 아니었다.

'이상할 만큼 갈무리되어 있기는 하지만 발소리가 가볍고 눈에도 은은히 신광이 어리는 것을 보니 꽤나 수련을 쌓은 듯한데… 저 나이에 저 정도의 경지라면 명문 정파의 제자인가?'

"식사 중이신 듯한데 이렇게 무례를 범합니다."

"초면인 듯한데… 뉘신지?"

노반과 함께 소주를 수행 중인 사전주(四錢主) 진충(陳忠)이 약간 경계의 빛을 띠며 물었다.

"아, 저는 소진이라고 합니다. 옆에서 식사를 하던 중 본의 아니게 여러분의 대화를 듣게 되었습니다. 항주로 가신다구요?"

소진의 말을 듣고 진충의 안색이 가볍게 굳어졌다.

"흥, 무례하군. 소인배처럼 남의 말을 엿듣다니!"

강호에서 남의 말을 엿듣는 것은 자칫하면 목숨을 잃을 수도 있는 위험한 행동이었다. 지금의 경우는 특별히 중요한 이야기를 한 것도 아니고 바로 옆 자리에서 식사를 하던 이가 들은 것이기에 크게 문제 될 것은 없었지만 여하튼 기분이 상하는 것은 마찬가지였다.

한편 소진은 이들의 목적지가 항주라는 말을 듣고 동행을 부탁해 보려는 심산이었으나 말을 꺼내기도 전에 상대방이 얼굴 가득 노여운 빛을 띠자 조금 난감해졌다.

'이런… 그 말은 하는 게 아니었나? 난처하군.'

"맹세코 고의는 아니었습니다. 단지 옆 자리에 있다 보니 저절로 듣게 되더군요."

"알겠소. 어차피 우리도 별 얘기 아니었으니 그리 문제될 건 없지. 한데 무슨 일로 우릴 찾은 거요?"

이제껏 잠자코 있던 '소주'라 불리던 인물이 나섰다. 그가 나서자 막 말을 꺼내려던 진충이 조용히 물러났다.

"실은 항주로 가신다는 말을 듣고 동행을 부탁하러 이렇게 염치 불구하고 찾아왔습니다. 저도 항주까지 가려 하는데 이번이 초행길이라……."

"……."

소진의 말은 이들에게 상당히 의외였다. 설마 초면에 동행을 부탁할 줄이야. 노반과 진충의 시선이 자신들의 소주에게로 향했다. 아마도 일행의 우두머리에게 결정을 맡긴다는 뜻이리라.

"음……."

소진 역시 그를 바라보았다. 이들 삼 인의 시선을 받는 게 조금 부담스러운지 그는 이내 고개를 설레설레 흔들며 대답했다.

"우리는 이제 곧 출발할 것인데 같이 갈 수 있겠소?"

이런 질문을 던진다는 것은 이미 절반의 수락을 의미했다.

"저도 이미 조반은 마쳤고 짐이라곤 달랑 봇짐 하나밖에 없으니 언제라도 떠날 수 있습니다."

"으흠! 여행길에 동행이야 많을수록 좋겠지요. 함께 가기로 합시다. 먼저 소개하지요. 금룡장의 곡치현(曲峙炫)이라 하오. 이쪽은 같은 금룡장의 이전주인 노반과 사전주 진충으로 나와 함께 항주의 금룡장으로 돌아가는 길이라오."

소진은 함께 가자는 말에 속으로 크게 한시름 덜며 얼굴에 함박웃음을 지어 보였다. 사실 무당에서 집을 찾아가는 길에도 혼자서 엄청 헤맸는지라 소주나 항주 둘 중 한 곳을 가기로 결정은 했어도 내심 막막했던 것이다. 그러던 것이 이들 금룡장 일행을 만나면서 목적지는 바로 항주로 굳어져 버렸다. '이왕이면 안내자가 있는 쪽을 택하자'는 게 소진의 생각이었다.

"좋은 길 안… 헛! 아니, 길동무를 만나게 돼서 반갑군요. 저는 소진이라고 합니다. 항주까지 잘 부탁드립니다."

소진은 자칫 길 안내라고 말할 뻔하다가 황급히 말을 바꿨다.

'휴우, 큰일 날 뻔했군. 이번에도 실수했으면 저쪽에 키 작은 아저씨가 또 화를 냈을 텐데…….'

소진이 생각하는 키 작은 아저씨란 좀 전에 소진에게 화를 내던 진충을 이르는 말이었다. 한편, 소진의 반응을 지켜보던 곡치현의 얼굴에 잠시였지만 이채가 스쳐 지나갔다. 금룡장이라는 이름을 꺼냈지만 소진의 표정에는 아무런 변화가 없었기 때문이다.

'항주가 초행이라고? 내가 보기엔 강호 초출(江湖初出)인 것 같군. 그렇더라도 설마하니 금룡장이라는 이름을 모를 줄이야…….'

그러는 사이 소진은 자신의 일행과 간단한 인사말을 주고받고 있었다.

"진충이라 하오. 잘 부탁하외다."

"노반이라 하오, 소 공자. 만나게 되어 반갑소. 그런데……."

노반은 처음 만나면서부터 줄곧 궁금했던 점을 소진에게 물었다.

"소 공자는 사문(師門)이 어디신지? 얼핏 보아하니 나이에 비해 출중한 실력을 지니신 것 같은데……."

"예엣? 출중한 실력이라니요……. 하핫, 그 정도까진 아닌걸요. 사실 그동안 무당에서 수련을 하다가 산을 내려온 지 이제 몇 달 지나지 않았습니다."

"아! 그렇다면 무당의 속가제자?"

"예, 잘 아시네요."

노반은 인정한다는 듯이 고개를 끄덕였다.

'역시 명문의 제자였군. 저런 인물들을 배출하는 것을 보니 무당의 명성은 앞으로도 걱정없겠어.'

한편 곡치현과 진충은 무당 속가제자라는 말에 소진을 새삼스러운 눈으로 바라보았다. 노반은 절대 허튼소리 할 사람이 아니었다. 그의 출중하다는 말에 곡치현은 소진을 다시 한 번 자세히 살폈다. 하지만 그로서는 별다른 점을 찾아낼 수가 없었다. 그가 배운 것이라곤 어려서부터 상단의 전주들에게 배운 몇 가지 호신술과 기초적인 토납공이 전부였기 때문에 소진의 감춰진 실력을 알아보기 힘들었던 것이다. 진충 역시 자세히 알 수는 없었지만 유심히 살펴본 후 절대 자신의 아래는 아니라는 것은 느낄 수 있었다. 이들의 실력은 노반에 비해서는 한참 떨어지는 것이었다.

소진 역시 이제 항주까지 같이 가게 될 이들을 찬찬히 살폈다. 다른 이들보다도 월등한 노반의 실력이 느껴졌다.

'오~ 저 아저씨는 좀 대단한걸? 사형들보다는 못해도 나보다는 조금 더 강할 것 같다.'

일행이 되기는 했어도 잠시 서로를 가늠해 보던 이들은 이내 식사를 마치고 방에서 작은 봇짐을 하나 꺼내오는 소진과 함께 객잔을 나섰다.

해는 어느덧 뉘엇뉘엇 산허리를 넘어가고 있었다.

"이봐, 소진, 방금 한 말이 진심이야?"

"그렇다니까. 내가 왜 거짓말을 하겠어?"

"허허, 소 공자, 내 그동안 적잖이 살아오면서 소 공자 같은 분은 처음 보는구려."

"둘째 형님, 어째 생각이 저와 똑같수다. 정말 기가 막힐 노릇이오."

삼 인의 표현은 각양각색이지만 결론적으론 같은 의미를 담고 있다고 느끼자 소진이 발끈해서 외쳤다.

"아니, 뭐가 어떻다고 다들 그러는 거예요!"

"아이고, 소진아, 소진아. 이들의 반응은 사실 지극히 당연한 거라고. 아마 세 살 먹은 어린애를 데려다놓고 물어봐도 분명 네가 이상하다고 할걸?"

"이쒸! 내가 요리사를 하고 싶다는데 왜들 이렇게 말들이 많은 거야! 나는 정말로 그 일이 하고 싶다고!"

"소진아, 그러지 말구 그냥 우리 금룡장으로 와라. 노반이 인정할 정도이니 실력을 걱정할 필요는 없을 테고… 아마 너 정도라면 종종 있는 큰 거래의 호위만을 하면서도 큰돈을 벌 수 있을 거야. 어중이떠중이와는 다른 너 같은 녀석을 구하기란 원체 어렵거든."

"허어~"

모두들 자신의 생각은 아예 들은 척도 안 하는 통에 소진은 그나마 나던 화도 모두 식어버렸다. 화를 내도 누가 받아주는 이가 있어야 할 것이 아닌가.

아침에 진안의 평안객잔을 출발한 소진과 곡치현 일행은 처음엔 잠시 서먹서먹했지만 한두 시진이 흐르고 몇 마디 말들이 오가자 점차 서로 화기애애한 분위기로 바뀌어갔다. 개중에서도 가장 주목할 만한 것은 급속히 친해져 버린 소진과 항주 금룡장의 소 공자인 곡치현의 관계였다. 산에서 생활한 탓에 나이보다 몇 살 어려 보이는 소진이 당연히 형님뻘일 거라 생각한 곡치현은 사실 소진과 동갑인 스물여섯이었다. 소진과는 전혀 반대로 어려서부터 아버지의 상단(商團)을 따라 중원 곳곳을 돌아다녔던 곡치현은 너무 일찍부터 세상의 풍파(風波)에 시달린 탓인지 그만 외모가 겉늙어 버린 것이다. 소소한 이야기가 오가던 중 서로 동갑임을 알게 된 두 사람은 그때부터 노반과 진충은 안중에도 없고 서로 간의 이야기만을 주고받기 시작하더니 급기야는 불과 몇 시간 만에 허물없이 말을 놓는 사이가 되어버렸다. 곡치현은 동안인 소진의 얼굴과 세속에 찌들지 않은 순수한 마음에 감탄 반 부러움 반의 감정을, 소진은 곡치현의 해박한 견문과 남자다운 호방함 가운데 숨어 있는 상인으로서의 냉철한 기질에서 역시 감탄 반 동경 반의 감정을 느꼈다고나 할까? 어쨌든 거의 완전히 다른 삶을 살아온 두 사람은 서로에게서 자신은 가지지 못한 것들을 보며 급속히 가까워졌다. 사태가 이쯤 되니 그저 뒤따르며 두 사람의 모습을 지켜만 보던 진충과 노반도 소진을 '소 공자'라 부르며 친밀하게 다가왔다. 그러던 중 모두가 소진을 신기한 눈으로 쳐다보게 된 것은 소진이 자신이 항주로 가려 하는 이유를 모두에게 말하고 난 후부터였다.

"다들 그만둬요. 누가 뭐래도 나는 항주로 가서 요리사가 될 거예요!"

'그리고 내 배필감도 찾고…….'

뒤의 말까지 했다간 또 무슨 말을 들을지 모를 일이었다.

"정말 고집불통이군. 겨우 요리사가 될 거면 뭐 하러 힘들게 무당에 들어가서 무공을 배웠지?"

요리사가 되겠다는 소진의 말이 아직 세상 물정을 모르는 순진함 때문이라고 생각한 곡치현이 물었다. 나름대로 정곡을 찌르는 질문이라 생각하며 던진 질문이었다.

"그야 당연히 내 요리 실력을 좀 더 높이기 위해서였지."

"엥?"

"뭐야?"

소진의 대답에 모두의 시선이 일제히 모였다. 기가 막힌 표정들이었다. 모두가 인정하는 대무당파에 제자로 들어간 이유가 요리 실력을 높이기 위해서라니……. 일반적인 시각으로는 도저히 이해하기 힘든 말이었다. 갑자기 곡치현의 얼굴이 정색으로 변했다.

"소진아."

"으… 으응?"

갑자기 뒤바뀐 분위기에 소진이 어색히 대답했다.

"혹시… 너 지금 나를 놀리는 거냐?"

"놀리다니! 내가 대체 뭘 놀렸다는 거야?"

깜짝 놀란 소진이 황급히 대답했다. 곡치현은 그런 소진의 얼굴을 물끄러미 쳐다보았다.

"네 얼굴을 보면 거짓은 아닌 것 같은데… 그렇다면 방금 그 말이 사실이란 말야? 그런 말도 안 되는 소리를 나보고 믿으라는 말이냐구!"

"저, 정말이야! 맹세해도 좋아. 내 말은 모두 사실이라구!"

"……."

처음엔 소진이 자신들을 놀리는 것으로 알았다. 하지만 소진의 표정이나 어투에서 그런 느낌은 전혀 찾아볼 수가 없었다. 거짓이 아니라는 확신은 들었지만 그 내용이 원체 납득되지 않는 것이었다.

"후우~ 알았어. 믿을게. 맹세 같은 건 안 해도 돼. 이제 그 일에 관해선 그만 이야기하도록 하자. 도대체 상식을 벗어난 일이라 생각할수록 머리만 아파지는 것 같아."

"그, 그래."

그리곤 곡치현은 잠시 멈추었던 걸음을 다시 옮기기 시작했다. 소진 역시 얼른 발을 옮겨 곡치현과 어깨를 나란히 하고는 걷기 시작했다. 꾸물꾸물 눈치를 보던 노반과 진충이 그 뒤를 따랐다. 한동안 계속되던 이 어색한 침묵을 깨뜨린 이는 다름 아닌 노반이었다.

"저어… 소주."

"응? 무슨 일이지?"

"이제 날이 거의 다 저물었습니다. 아까 지나온 마을로 돌아갔다가 내일 다시 출발할 것이 아니라면 노숙할 곳을 찾아봐야 할 듯싶습니다."

"이런, 날이 저무는 것도 모르고 있었군. 왔던 길을 되돌아가는 것은 조금 그렇고, 비가 올 것 같지도 않으니 그냥 노숙을 하기로 하지. 두 사람이 먼저 가서 적당한 장소를 찾아보도록 해."

"예, 소주."

곡치현의 명을 받은 노반과 진충이 앞으로 먼저 나아갔다. 그리고 나머지 두 사람은 옆의 야트막한 바위 위에 앉아 앞서 간 두 사람을 기다렸다. 소진과 곡치현 모두 한동안 말이 없다가 곡치현이 먼저 조용히 입을 열었다.

"저… 소진아, 아까는 미안했어."

"아, 아냐."

"그런 생각을 하는 사람이 있으리라곤 생각해 본 적도 없어서 순간 네가 나를 놀리는 줄로만 알았거든."

두 사람 모두 서로에게 호감을 가지고 있었기 때문에 곡치현이 먼저 사과를 하고 이런저런 이야기들을 나누자 노반과 진충이 돌아올 때쯤에는 다시 이전의 모습으로 돌아가 있었다. 만약 앞서 간 두 사람이 곡치현의 이런 모습을 보았다면 아마도 놀라 까무러쳤으리라. 그들의 소주는, 그들이 알고 있는 곡치현은 결코 이런 말을 간단히 내뱉을 사람이 아니었다. 소진과의 관계 역시 그들은 그저 자신과는 전혀 다른 삶을 살아온 상대방에 대한 호기심 정도로만 생각하고 있었다. 그들이 알고 있는 곡치현은 철저하게… 상인이었다.

노숙할 장소를 찾고 돌아오던 노반은 두 사람이 웃으며 담소를 나누는 모습에 그래도 내심 안도의 한숨을 내쉬었다. 사실 그 역시 조금 전의 분위기가 못내 부담스러웠던 것이다.

"노반, 일찍 돌아왔는걸? 노숙할 곳은 찾았어?"

"예, 소주. 운 좋게 사냥꾼들이 쉬어가는 통나무집을 발견했습니다. 진충은 그곳에 남아 주변을 정리하고 있습니다. 어서 가시지요."

"서둘러야겠군. 소진아, 어서 가자."

거의 저물어가는 하늘을 바라보며 곡치현이 말했다. 노반이 경공을 써서 먼저 달려가자 소진과 곡치현이 그 뒤를 따랐다. 경공을 사용하자 세 사람은 일 다경도 안 되어 미리 발견해 둔 통나무집에 다다를 수 있었다. 아직 겨울이 채 가시지 않은지라 해가 저물자 몹시 추워졌지만 먼저 도착해서 통나무집 안에 화롯불을 지펴놓은 진충 덕에 소진 일행은 따스한 방 안에서 하룻밤을 보낼 수 있게 되었다. 게다가 대체 언제 잡아왔는지 한 켠에는 털이 잘 벗겨진 토끼도 두 마리나 저녁거리로 준비되어 있었다.

'탁! 탁!' 소리를 내며 타오르는 화롯불 가에서 잠시 불을 쬐던 소진은 불가에 앉아 천천히 집 안을 둘러봤다. 오직 산의 나무만을 재료로 한 정방형의 단순하고 투박한 집이었지만 상당히 견고하게 만들어져 있었다. 방 안의 것들 역시 모두 나무였다. 커다란 나무를 길다랗게 자르고 위를 평평하게 깎은 단순무식한 침상과 조잡한 탁자가 눈에 들어왔다. 그리고 시선을 돌리던 소진은 방구석에 놓여진 토끼 두 마리를 발견했다. 순간 반짝이는 소진의 두 눈.

"저 토끼는……."

"아, 저거요? 정리를 하고 시간이 남아 잡아다 놨습니다. 헤헷, 오늘 저녁은 토끼구이로 하죠."

"넷째야, 수고했다. 토끼구이라… 별미겠는걸?"

"저… 그 요리 제가 하면 안 될까요?"

"네? 소 공자님이요?"

갑작스런 소진의 말에 진충이 깜짝 놀라 되물었다. 어떤 대답을 할지 망설이던 진충은 결국 곡치현을 바라보았는데 그는 뜻밖에도 적극 찬성의 뜻을 내비쳤다.

"아! 그거 좋겠군. 미식가가 많기로 소문난 항주에서 요리사가 되려면 그만한 실력이 필요한 법, 어디 네 실력이나 한번 보자구."

"……."

곡치현의 대답에 진충과 노반은 입을 다물었다. 소진 본인의 요청과 일행의 실질적 우두머리인 곡치현의 찬성으로 결국 저녁 메뉴는 소진에게 맡겨졌다. 소진은 자신의 실력을 사람들에게 보여줌으로써 좀 전에 자신이 한 말들이 사실이었다는 것을 확실히 증명하고 싶었고, 곡치현은 소진에게 요리를 시킨 후 실력이 모자람을 일깨워 강호인의 길을 걷게 하길 원했다. 곡치현은 소진이 아주 마음에 들었기 때문에 소진이 어딘가의 주방 한구석에서 음식을 만들기보다는 강호를 주유(周遊)하며 명성을 얻기를 바랐다. 어쨌든 저녁은 소진에게 맡겨졌고 소진은 좋아라 웃으며 떠나올 때 챙겨온 작은 봇짐을 뒤져 주방용 칼을 꺼냈다. 하지만 이 모습은 금룡장 사람들에게 또 다른 황당함을 안겨주었으니……

'쯧쯧, 강호인이 한 자루 도검은 들고 다니지 않으면서 주방칼은 저리 고이 챙겨 다니다니……'

—노반 생각.

'하하핫, 정말 별종이군, 별종이야. 봇짐 안에 주방칼이라니…….
무당에서 수련을 했다면 소진이도 검을 배웠을 것이련만…….'

—곡치현 생각.

소진은 깨끗이 손질된 토끼를 눈앞에 두고 생각에 잠겼다.

'이놈을 어떻게 요리한담! 일단 모두들 통구이로 만드는 것을 바라
는 것 같은데… 그렇다면 구이를 하는 데 있어서 가장 큰 문제는? 역시
노린내! 후훗! 내가 직접 만든 향신료를 가지고 다니기를 천만다행이
군. 그럼 이 소진표 향료로 노린 맛을 없애고 소가비전으로 토끼고기
맛을 최고로 끌어 올려볼까?

허연 살가죽의 토끼고기와 소진 사이의 신경전이 이렇게 끝나고…
그 뒤로 한참이나 토끼고기를 주물럭거리던 소진은 방 안의 화로에 직
접 구우려는 듯 기다란 꼬챙이 두 개에 토끼를 통째로 꿰어서 들고 왔
다. 움막 안의 사람들은 짐짓 무심한 척했지만 모두 흘낏흘낏 소진의
행동을 예의 주시하고 있었다.

"둘째 형, 아까 뒤돌아 있을 때 소 공자가 토끼고기를 손으로 마구
주무르면서 뭔가를 묻히는 것 같던데… 봤수?"

"글쎄다. 소 공자가 우릴 등진 위치라 나도 잘 보지 못했다."

"진충, 소진은 그저 평범한 통구이를 하려는 것 같은데… 혹시 특별
한 점이라도 발견했나?"

"글쎄요, 소주. 저도 자세히는…….""

소진을 제외한 나머지 세 사람들은 거의 들릴 듯 말 듯한 목소리로
이야기를 주고받으며 화로 위에서 노릇노릇하게 익어가는 토끼고기를

바라보았다.

치이익.

잘 익어가는 토끼고기에서 떨어지는 기름이 장작 위로 떨어져 내렸다. 동시에 그걸 지켜보던 삼 인의 목구멍에서는 저도 모르게 침이 넘어갔다.

"꿀꺽."

'아, 미치겠다. 그냥 굽기만 하는데 무슨 냄새가 이렇게 죽이냐! 보통의 통구이가 아니었나? 사람 미치게 만드는군. 그나저나 이제 다 된 것 같은데…….'

사람들을 뒤로하고 연신 꼬챙이를 돌려가며 토끼를 굽던 소진의 입가로 옅은 미소가 걸렸다.

'후훗, 지금쯤 냄새만으로도 다들 정신이 없겠지? 얼씨구? 누군지 침 넘어가는 소리가 크기도 하구만.'

소진이 토끼고기를 손질하며 몰래 구석구석에 묻혀놓은 소가비전의 특제 향료 덕에 지금 이 산중의 통나무집 안은 정신을 혼미하게 만들 정도로 향이 가득했다. 물론 재료의 맛과 향뿐만 아니라 그 기운까지도 극대화시키는 소가비전의 요리법 역시 그 원인 중 하나였다. 그리고 이 향은 지켜보는 이들의 식욕을 극도로 자극하고 있었다.

"음… 이제 다 익은 것 같은데?"

나직한 소진의 한마디가 나머지 사람들의 귀에는 마치 천둥 소리처럼 크게 들렸다. 그중에서도 가장 성질 급한 진충이 역시나 먼저 나섰다.

"소 공자, 그럼 이제 먹어도 되는 겁니까? 허험, 이거 기다리다 보니 영 배가 고파서……."

말을 하며 조금은 민망한 듯 살짝 얼굴을 붉히는 진충을 보며 슬며시 웃음을 짓던 소진은 화로 위의 토끼 두 마리를 꼬치에서 빼내어 탁자 위로 옮겼다. 그리곤 기름이 자르르 흐르는 토끼 뒷다리를 주욱 뜯어서는 진충에게 내밀었다.

"자아, 먼저 드셔보세요."

"저, 젓……."

느닷없이 얼굴 앞으로 디밀어지는 토끼고기에 잠시 주춤하던 진충은 엉겁결에 그것을 받아 들었다. 한 손에 소진이 쥐여준 잘 익은 토끼 뒷다리를 들고 입 안 가득 고인 침을 삼키며 진충은 잠시 곁눈질로 노반과 곡치현의 눈치를 살폈다. 그들의 시선은 모두 자신의 오른손, 아니, 오른손에 들려진 토끼 뒷다리에 몰려 있었다.

'크흑! 나 혼자 먼저 먹었다고 나중에 대판 혼나는 거 아냐? 둘째 형과 소주가 보기보단 의외로 째째한 면이 있는데……. 이익! 에라, 모르겠다.'

더 이상 오른손에 쥐어진 먹음직스런 뒷다리의 유혹에 저항하는 것은 무리였다. 자신에게 향하는 두 사람의 시선을 뒤로한 채 진충은 덥썩 크게 한입을 베어 물었다.

처음에 느껴진 것은 껍질의 바삭함이었다. 소진이 몰래 뿌려놓은 비전 향료가 가장 깊게 스며 있는 껍질 부분이 바삭바삭 부서지며 온 입 안을 휘돌았다. 그리고 바로 뒤이어 쫄깃한 고기의 육질이 느껴졌다. 그 즐거운 느낌과 함께 배어나오는 고기의 향긋한 육즙. 황홀경에 빠져 반쯤 풀어진 얼굴로 입 안의 것들을 목으로 넘기고 다시 한입을 가져가는 진충의 모습에 노반과 곡치현은 입 안 가득 고인 침을 꿀꺽 삼켰다.

이미 한쪽은 진충의 손에 들려 있고 하나만 남아 있는 뒷다리가 영어색했는지 소진은 남은 하나마저 뜯어서 균형을 맞췄다. 그리고 그 먹음직스런 뒷다리를 자신의 입으로 가져가던 소진은 문득 다시 손을 내리곤 노반과 곡치현 쪽을 바라보았다.

"두 분은 거기서 뭐 하세요? 어서 먹지 않으면 남은 한 마리의 뒷다리도 아마 곧 사라질걸요?"

진충과 한 마리를 나눠 먹으려는 듯 소진은 진충의 옆으로 가선 함께 토끼고기를 먹기 시작했다. 더 이상 눈치볼 필요는 없었다. 곡치현과 노반은 소진의 말이 끝나기가 무섭게 기다렸다는 듯이 남은 한 마리에 달려들었다.

다 큰 어른들의 애간장을 녹이던 저녁 식사가 이렇게 끝나고, 진충은 탁자 위에 쌓인 토끼 뼈들을 보곤 입맛을 다셨다.

"쩝, 이런 맛이라면 나 혼자서도 두 마리는 다 먹을 수 있었는데……."

"허어, 양도 양이지만 죽엽청이라도 한 병 준비 못해온 것이 정말 아쉽구나. 그 토끼고기에 술 한잔 걸치면… 크으!"

술 생각이 나는 노반도 조금 아쉬운 얼굴로 자신이 기름기 하나 없이 발라 먹은 깨끗한 뼛조각들을 바라보았다.

"흐음! 소진아, 정말 맛있었다."

곡치현은 애초에 자신이 의도한 바와는 전혀 다른 결과에 조금 당황스러웠지만 예상을 훨씬 뛰어넘는 소진의 요리에 크게 놀란 상태였다.

"대체 어디서 이런 실력을 배운 거지? 내가 항주와 중원 곳곳을 돌아다니며 내로라하는 음식들을 많이 맛봤지만 방금 전의 이 토끼구이

만한 것을 먹어본 일이 없었던 것 같아."

"후후훗, 그저 가전(家傳)의 비법이랄까?"

소진은 곡치현의 칭찬에 여유로운 웃음을 보였다. 사실 간단한 듯한 이번 요리는 소진 자신이 직접 만든 특제 향료로 향을 내고 소가비전으로 고기의 맛을 최대한 살린 것이었기에 금룡장 일행의 이런 반응들은 지극히 당연한 것이라고도 할 수 있었다. 그리고 소진 역시 이들의 칭찬 섞인 반응에 마냥 기분이 좋기만 하였다. 하지만 이번 일로 남은 여정의 양상이 조금 바뀌게 될 줄은 전혀 느끼지 못하고 있는 소진이었다.

"자자, 여기서 잠시 쉬었다 가죠."

두어 걸음 앞서 선두로 가던 진충이 머리 위에 와 있는 해를 보며 말했다. 모두들 무공을 수련한 몸이라 얼굴에 그리 피곤한 기색은 보이지 않았으나 아침에 객잔을 출발한 이후로 두 시진 동안 꼬박 쉬지 않고 걸은 터라 잠시 쉬어가는 것도 괜찮을 듯싶었다. 한 켠에 자리 잡은 큼지막한 바위 위에 얼마 되지 않는 짐을 내려놓던 노반은 슬그머니 곡치현의 눈치를 살피며 말을 꺼냈다.

"어이구, 다리야. 그런데 소주, 식.사. 때도 다 되어가는데 기왕 쉬는 거 그냥 여기서 점.심.도 해결하고 가는 게 좋지 않을까요?"

"에엑? 벌써 점.심. 때가 되었나? 사람이 끼.니.는 거르면 안 되는 법인데……. 그럼 상황이 이렇게 되었으니 어.쩔. 수. 없.이. 점심은 여기서 먹고 가도록 하지."

노반의 의도를 알아챈 곡치현이 은근히 맞장구를 쳐줬다. 하지만 하루 이틀인가. 쉬어가자는 말이 나올 때부터 낌새를 눈치 채고 있던 소

진은 은근한 눈빛을 던지는 곡치현의 눈길을 애써 피해가며 노반에게
물었다.

"노 전주님, 무창까지는 이제 거의 다 왔다고 하시지 않았나요?"

"예? 아, 맞습니다, 소 공자. 이제 거의 다 왔죠."

"그런데 왜 굳이 여기서 식사를 하려고 하죠? 무창은 대도인 만큼
그곳에 가면 여러 맛 좋은 식당들이 즐비할 텐데……. 우리 굳이 여기
서 이럴 게 아니라 조금만 걸음을 재촉해서 무창의 이름 있는 음식들
을 먹는 게 어떨까요?"

"저… 그, 그건……."

노반이 적당한 핑곗거리를 찾지 못한 채 대세가 소진에게 기울어가
는 모습을 불을 지피던 진충이 불안한 모습으로 지켜보았다.

'둘째 형, 힘내요. 무창에 도착해서 배를 타면 당분간은 소 공자의
음식을 맛볼 기회가 없다구요! 이번이 마지막 기회란 말입니다~'

하늘이 진충의 기도를 들은 것일까?

이걸 구원의 손길이라 하기엔 좀 뭐하지만 어쨌든 한창 진땀을 흘리
는 노반에게는 가뭄의 단비 같은 존재들이 있었으니…….

갑자기 노반의 눈빛이 반짝 빛나며 일행의 뒷편에 위치한 커다란 바
위를 응시했다.

"셋만 세겠다."

"……."

"하나."

"……."

"둘."

"……."

느닷없는 노반의 행동에 모두의 시선이 조금 전에 지나왔던 커다란 바위 쪽으로 쏠렸다. 노반의 모습에 뭔가 알아차린 듯 소진 역시 바위 쪽을 바라보며 한편으로는 내공을 끌어올려 주위를 살폈다. 정신을 집중하자 바위 뒤편으로 대략 십여 명 정도의 인기척이 느껴졌다.

'역시……'

객잔에서 처음 마주쳤을 때 이미 노반의 무공이 자신보다 더 높다는 것을 알아챘다. 비록 이목의 밝음으로 무공의 고저를 논할 수는 없는 일이지만 그 사람의 수준을 상당 부분 반영하는 것임은 분명한 사실이었다.

빼어난 노반의 실력을 확인한 소진의 고개가 절로 끄덕여졌다. 하지만 다른 두 사람은 역시 이들의 경지에는 미치지 못하는 듯 단지 조금 긴장된 빛으로 노반의 시선을 쫓아 바위 쪽만을 바라보고 있었다. 그리고 이제 막 노반이 마지막 숫자를 부르려는 순간.

"세……"

"이잇! 얘들아! 쳐라!"

채챙! 다다다닥!

여기저기 칼 뽑는 소리와 거친 발소리를 내며 십수 명의 사람들이 바위 뒤에서 뛰쳐나왔다. 이리저리 뻗친 머리에 얼굴을 텁수룩하게 뒤덮은 수염. 손에는 저마다 들고 있는 것은 커다란 귀두도(鬼頭刀)나 대환도(大環刀) 종류의 중병기(重兵器)들. 거기에 짐승 가죽으로 만들어진 옷가지. 마치 '나 산적이요!' 하고 선전이라도 하려는 듯한 차림새였다.

이들은 우루루 몰려나와 제 딴에는 미리 계획한 듯한 동작으로 소진 일행을 둥글게 에워쌌다. 머리가 있다면 애초에 자신들을 부르는 노반의 모습에 뭔가 심상치 않다는 것을 알았겠지만 아쉽게도 이들은 그런 것보다는 일단 포위에 성공했다는 사실에 더 관심이 있는 듯싶었다. 별 무리 없이 일행을 에워싸자 이제 독 안에 든 쥐라고 생각한 것일까?

아마도 두목이리라. 개중에 유독 덩치가 크고 털이 좀 많이 빠지긴 했지만 그래도 호피로 된 옷을 입고 있는 인물이 한 걸음 앞으로 나섰다. 다른 이들과는 달리 반짝이는 대머리와 그 대머리에 난 무수히 많은 상처들이 특히나 인상적이었다. 하지만 무엇보다 특이한 점은 바로 그 대머리가 보통 사람의 두세 배는 될 정도로 거대하다는 점이었다.

"어험! 본좌는 계공산(溪公山)에 터를 잡은 호골채(虎骨寨)의……."

"계공산? 계공산이면 여기서 근 오백 리 길에 이를 것인데……."

"뭐? 오백 리? 이봐, 진충. 정확히 알고 있는 거야?"

"그럼요! 제가 젊을 적에 몇 번 가봤다구요. 분명 호북성에서도 거의 북쪽 끝으로 있는 산인데……."

"아니, 그런데 거기 산적들이 왜 이곳 무창 부근에 나타나는 거야!"

"그거야 저도 모르죠. 산채를 옮기려고 그러나?"

이제 한창 분위기를 잡고 열흘 전 산을 떠나올 때 미리 생각해 둔 대사를 멋지게 읊으려던 호골채 채주 왕철두(王鐵豆)는 자기 말을 깨끗이 씹어버리고 주절주절 자신들의 터전인 계공산 이야기만 하고 있는 이 빌어먹을 녀석들을 무섭게 째려봤다.

"이익, 이것들이! 별다른 반항도 안 하고 해서 내가 특~별히 여비 정도는 남겨서 온전히 보내주려 했더니 네놈들이 죽음을 자초하는구나! 얘들아!"

"예, 채주!"

왕철두는 자신의 부름에 우렁차게 대답하는 부하들을 흡족한 얼굴로 바라보았다. 아마 이 커다란 목소리만으로도 저 녀석들은 간이 콩알만해졌으리라. 얼마나 믿음직한 부하들인가!

"죽지 않을 만큼만 패주어라. 다만 반항하는 놈이 있으면 목을 따라!"

턱짓으로 가볍게 소진 일행을 가리켜 보인 왕철두는 고개를 설레설레 저으며 험한 꼴은 차마 못 보겠다는 듯 뒤돌아서서 멀리 하늘을 바라보았다.

'쯧쯧, 조용히 보내주려 했더니 화를 자초하는구나. 죽지 않을 만큼만 패라고 했으니 알아서들 하겠지.'

퍽퍽퍽!

'음… 시작인가?'

빠박! 퍽! 퍼억!

'허허, 아프겠네.'

퍼억! 빠바박! 퍼퍽!

"크아악! 으헉! 끄어억!"

'이구이구, 곡소리나는구나. 이 녀석들, 너무 심하게 하는 거 아냐?'

퍼억! 퍼억! 퍼퍼퍼억!

"끄아아악! 사, 살려! 어, 어무이!"

'으음? 이러다가 사람 잡겠는걸? 이것들이… 내가 죽지 않을 만큼만 패라고 했더니 아예 잡으려드네.'

"이 녀석들아! 내가 분명 '죽지 않을 만큼'이라고 했지?"

최대한 살생은 자제하려는 왕철두는 잘못하면 사람 여럿 잡을 것 같아 황급히 뒤돌아서며 말했다. 제일 먼저 눈에 들어온 것은 바닥에 쓰러져 벅벅 기어다니는 처참한 인영들이었다.

'응? 뭔가……'

그리고 그 처참한 인영들 중 하나가 힘겹게, 정말 힘겹게 꿈틀꿈틀 기어오더니 겨우겨우 자신의 바짓자락을 잡고 기어온 것 만큼이나 정말 힘겹게 간신히 고개를 쳐들었다. 얼마나 맞았는지 온통 퉁퉁 부어서 거의 자신의 머리와 비견될 만큼 커져 버린 얼굴의 중앙에서 조금 아래쪽이 서서히 벌어졌다. 아마도 입이 있었을 것이라 생각되는 부분이 열리며 희미한 목소리가 들려왔다.

"채, 채주님……"

휘이잉.

순간 왕철두의 주위로 찬바람이 몰아쳤다. 손, 발과 등이 촉촉하게 젖어왔다.

'채주라고? 나보고 채주라고?'

왕철두는 바닥에 기어다니는 인영들을 하나하나 세어보기 시작했다.

'하나, 둘, 셋… 열셋, 열넷, 내가 데려온 수하들이 모두 열네 명이니깐……'

그리곤 아주 조심스럽게, 천천히 고개를 들었다. 아마도 자신의 부하들일 것으로 추측되는 인영들 뒤편으로 멀쩡히 서 있는 네 사람이 보였다. 말 그대로 멀쩡한……

"하하하, 비겁한 놈들. 내가 잠시 한눈을 파는 사이 내 수하들을 먼저 손보다니! 그렇더라도 내가 전력을 다한다면 네놈들 중 한두 명의 목숨은 가져갈 수 있을 것이다. 그러니 이만 하고 물러가거라."

"……"

"후훗, 내 경고를 무시하다니, 정녕 한둘의 목숨은 중요치 않다는 말이냐? 지금은 수하들이 이 지경이라 내 굳이 손을 쓰고 싶지 않다. 마지막으로 경고하마. 이만 물러가라."

"……."

소진 일행은 조용히 서서 왕철두가 하는 양을 지켜보았다.

─재 지금 뭐 하는 거냐?

─글쎄요. 혼자서 뭐 하는 건지. 혹시 충격먹고 미친 건가?

─넷째야, 아무래도 저놈이 아직 상황 파악이 제대로 안 됐나 보다. 니가 가서 알아듣기 쉽게 설명 좀 해라.

─쩝, 알았수.

'부하들을 조금 심하게 패놓은 것 같아서 저 자식은 그냥 보내주려 했더니만 매를 버는구나, 매를 벌어.'

진충은 고개를 설레설레 저으며 한 걸음 앞으로 나섰다.

움찔.

큰소리는 탕탕 치면서도 온몸의 촉각을 곤두세워 상대의 반응만을 살피던 왕철두는 그중 한 명이 앞으로 나서자 오금이 저려왔다.

'그냥 싹싹 빌 걸 실수했나? 그래도 이왕 여기까지 온 거…….'

"하하핫! 네, 네가 나를 사, 상대하겠다는 말이냐?"

"쯧쯧, 그냥 보내주려 했더니만 맞아야 정신을 차리겠구나. 너는 어떻게 된 놈이 매를 버냐? 응?"

순간 진충의 신형이 흐릿해졌다. 왕철두의 눈에는 분명 그렇게 보였다. 그리고 바로 뒤이어 들리는 격타음.

빠바바바바박! 퍼퍽! 우드드득!

반항이나 반격 같은 건 할 엄두도 내지 못하곤 우두커니 선 채로 수

십 대를 연타당하는 왕철두의 귀에는 자신의 몸에서 나는 타작음이 너무도 선명하게 들려왔다.

'꾸에엑~ 여, 역시 그냥 싹싹 빌었어야……'

일각 후.

곡치현의 일 장 정도 앞에는 왕철두가 그렇지 않아도 큰 얼굴이 맞아서 퉁퉁 부은 채로 무릎을 꿇고 있었다. 그리고 그 뒤로는 얼마나 맞았는지 왕철두의 원판 정도 크기로 부어버린 수하들이 옹기종기 모여 앉아 있었다.

"그러니깐 네 말은 너희 터전인 계공산이 밥 벌어먹기가 너무 힘들어서 이곳까지 원정을 왔다는 거냐?"

"예, 어르신. 산적질해 먹기 힘들기는 이곳이나 저곳이나 마찬가지지만 그래도 넋 놓고 앉아 있는 것보다는 보다 능동적인 자세로 위기를 극복해 보자는 게 제 생각이어서 이렇게 멀리까지 원정을 오게 되었습니다. 그 결과 계공산에서 한 달 동안 빈털이만 하던 저희는 지난 오 일 동안……"

말을 하는 중에 왕철두는 사뭇 자신의 생각이 대견스러운 듯 점점 목소리에 힘이 들어갔다. 그리고 그 말을 듣고 있던 곡치현의 우수가 가볍게 흔들렸다.

빠악!

"끄어억!"

왕철두의 고개가 거의 직각으로 뒤로 꺾여졌다.

"쯧쯧, 어째 생각하는 게 그 모양이냐? 차라리 산적질을 그만두면 될 거 아냐!"

"흑흑, 하지만 할 줄 아는 게 산적질뿐이라……."

"에휴… 뭐 요즘 세상에 산적질해 먹기도 워낙 힘들다니 조만간 스스로 깨닫고 관둘 날이 오겠지. 네 커다란 대갈통 보고 있기도 이제 지겨우니 어서 사라져라."

"예?"

"한 대 더 맞아야 정신 차릴래? 빨리 사라지라구!"

순순히 보내준다는 곡치현의 말에 다 죽은 목숨인 줄 알고 있던 호골채 일당들은 꽁지가 빠져라 뛰기 시작했다. 방금 전까지 신음성을 흘리며 제대로 앉아 있지도 못하던 녀석은 채주인 왕철두와 일이위를 다투며 부리나케 도망가고 있었다.

"캬! 죽어가던 놈들이 기똥차게 뛰는구만~"

"후후후, 그런데 소주, 산적들이 저렇게 끼니 걱정을 할 정도라니 확실히 천하가 안정된 듯싶습니다."

"그렇지. 황제폐하께서 보위에 오른 이후 민간에 가장 중시하시는 부분이 바로 치안 아닌가. 죄를 범한 자를 법으로 엄하게 다스리고 토벌대가 수시로 돌아다니니 저들이 저럴 만도 하지."

"……."

묵묵히 있던 소진도 곡치현의 말을 듣고 나자 아까 전의 상황들이 대강 이해가 가는 듯 조용히 고개를 끄덕였다.

"엇! 그나저나 아까 그 대두 자식 때문에 벌써 한 시진이나 여기서 허비했는걸요? 지금 출발해서 무창에 도착하면 아마 저녁 시간이 될 텐데……."

진충의 한마디가 일행의 주위를 환기시켰다.

"어엇! 벌써 그렇게 됐나? 이런… 하는 수 없군. 어.쩔. 수. 없.이.

여기서 점심을 먹고 무창으로 가는 수밖에……. 노반, 진충, 아까 대강 준비는 됐지?"

"히힛, 예, 소주. 불만 다시 지피면 됩니다."

곡치현은 살짝 입꼬리를 말아 올리며 소진에게 은근슬쩍 눈길을 보냈다. 소진의 이마엔 깊은 골이 세 줄이나 파여 있었다.

"소진아, 아무래도 밥은 경력상 네가 하는 게 제일……."

소진은 아무 말 없이 진충이 바위를 이용해 급조한 것치고는 제법 그럴듯하게 만들어놓은 화로 앞으로 걸어갔다. 옆으로는 아침에 객잔을 떠나며 미리 준비해 온 듯 여러 가지 요리 재료들이 놓여져 있었다. 소진이 다가오자 진충은 능청스러운 웃음을 흘리며 자리를 양보했다.

"허허헛, 소 공자, 이거 매번 죄송하외다. 그럼 잘 부탁하오."

"…예."

소진에게 자리를 비켜주던 진충은 친절하게 한마디 더 던져 주는 것도 잊지 않았다.

"어제 먹었던 그… 이름이… 아, 어향가화(魚香茄花)! 그게 참 맛있던데……."

순간 소진의 어깨가 부르르 떨렸다. 슬쩍 뒤에서 지켜보던 진충은 이 모습에 재빨리 자리를 떴다.

'이크크, 잘못하면 불똥 튀겠다. 그나저나 이렇게 맛난 요리도 이제 당분간 못 먹는다니… 요번에 배터지게 먹어둬야겠네.'

소진은 끓어오르는 화를 가까스로 진정시켰다.

'크윽! 이건 정말 너무하는군. 어떻게 오 일 동안 꼬박 하루 두 끼씩을 밖에서 먹을 수가 있지? 그리고 곡치현, 저놈이 더 나빠. 은근슬쩍 뒤에서 눈치나 주고. 치사한 놈.'

그렇다. 첫날 선보인 소진의 음식에 매료된 일행들은 그 이후 어떻게든 식사를 밖에서 해결하려는 노력들을 해왔다. 한 끼 식사를 위해서라면 밤중에 일부러 길을 잘못 들어서 노숙을 하는 수고도 마다하지 않았고⋯ 아니, 수고라기보다 오히려 이런 경우엔 저녁과 다음날 아침, 운 좋으면 점심까지 자연스레 소진의 요리를 먹을 수 있으니 크게 반기는 입장이었다. 날이 갈수록 핑계와 요령도 늘어서 소진으로서는 뻔히 알면서도 당하기가 일쑤였다. 어제부터는 아예 길을 떠나면서 이것저것 재료들을 사서는 싸 들고 다니는 지경이었으니⋯⋯.

오늘은 엄청난 신경전 끝에 처음으로 소진의 승리가 확실시되는 순간이었으나 호골채 일당의 등장으로 결국엔 이렇게 화를 삭이며 봇짐에서 부엌칼을 꺼내 드는 소진이었다.

第十章

지기(知己)

무창(武昌).

　호북성의 중심에서 오른쪽으로 조금만 눈을 돌리면 장강 중류의 물줄기와 한수(漢水)가 교차하는 지점에 있는 것이 바로 고도(古都) 무창이다. 육로와 수로가 교차하고 사통팔달한 지형 덕에 일찍이 상(商) 왕조부터 도시의 모습을 갖추고 있었던 이 지역은 초(楚) 나라와 당송(唐宋)을 거치며 완전한 대도로서의 모습을 굳혔다. 서호(西湖)에 비견되는 동호(東湖)와 삼대명루(三大名樓) 중 하나인 황학루(黃鶴樓)에서의 빼어난 절경 등은 무창이 가진 지리적 특성과 맞물려 이곳을 호북성의 상업적, 문화적 중심지로 만들기에 충분한 것이었다.

　"오오옷! 치현아, 저기 봐라. 정말 대단한걸?"
　"후훗, 그만 좀 놀래라. 이제 적응될 만도 하지 않냐?"

"아냐아냐. 설마 이런 곳이 있을 줄이야. 난 상상도 못해봤다구."

"너 그러다가 항주에 도착하면 조심해야겠다."

"응? 그건 왜?"

"하하하, 아냐. 도착해 보면 알게 될 거야. 엇! 저기 진충이 나온다. 방이 있다는 것 같은데?"

정면 멀리에 사람들 틈 사이로 묵을 방이 있는지 알아보러 갔던 진충이 손짓을 해대고 있었다.

호골채 일당들 덕에 원하던 바대로 점심을 먹은 곡치현 등과 소진은 바로 무창을 향해 발을 옮겼다. 자칫해서 늦어지면 저녁까지 해달랄지도 모른다는 생각에 소진이 일행을 계속 재촉했다. 덕택에 대략 유시(酉時:대략 5시) 즈음에 일행은 무창의 성문을 들어설 수 있었다.

한편 소진은 멀리 무창의 외성 벽이 보일 때부터 점점 말이 없어지더니 곡치현을 따라 무창의 중심부로 들어서자 급기야는 턱이 쩍 하고 벌어져서는 다물어질 줄을 몰랐다. 그렇게 얼마간 지나자 이제 익숙해진 듯 벌어진 입이 다물어지는 대신 각종 탄성들을 쏟아내기 시작했다. 중원 곳곳을 돌아다니며 여러 가지 문물들을 구경해 본 금룡장의 일행들과는 달리 소진이 여태껏 가본 곳이라곤 집과 무당 사이에 있는 작은 마을들과 소도시가 전부였다. 그로서는 이렇게 많은 사람들을 보는 것도 처음이었고 거리 좌우로 들어선 화려하고 으리으리한 건물들을 보는 것도 처음이었다. 이것저것들을 귀찮으리만큼 물어보고 일일이 자신의 느낌에 동의를 구하는 소진에게 곡치현은 하나하나 성실히 대답해 주었다. 아니, 오히려 그런 것들을 은근히 즐기는 느낌도 들 정도였다. 아마도 자신에게는 없는 모습들을 소진에게서 보는 것이리라.

그리고 곡치현의 이런 모습은 진충과 노반에게는 상당히 이례적인 것으로 보였다.

"넷째야, 방이 있더냐?"

"아이구, 말도 말아요. 세 번째 객잔에 들러서야 겨우 방을 잡았다니깐요. 여기서 그리 멀지 않으니 어서 가시죠."

일행은 진충을 따라 객잔으로 향했다. 대도시의 것이어서 그런지 객잔의 규모도 상당했다. 방은 두 개를 잡았는데 진충과 노반이 한 방을 쓰고 곡치현과 소진이 나머지 한 방을 쓰게 되었다. 무창엘 도착해서도 길을 찾고 객잔을 정하느라 꽤나 시간을 소요한 터라 시간은 어느덧 저녁이 다 되어 있었다. 소진과 곡치현은 대강 짐을 놓고 잠시 이야기를 나누다가 일층의 주루로 내려갔다. 대부분의 객잔들이 그러하듯 이곳 역시 일층을 주루로, 나머지 이층과 삼층은 객잔으로 이용하고 있었다. 노반과 진충은 어느새 내려왔는지 미리 자리를 잡곤 술 한 병을 시켜서 홀짝거리고 있었다.

"빠르군, 빨라. 두 사람은 언제부터 내려와 있었던 거지?"

"헤헷, 저희야 뭐 방만 확인하곤 바로 내려왔지요. 삼 일 동안 술을 한 잔도 못 먹었더니 주루에 들어서자마자 뱃속의 주충(酒蟲)들이 요동을 쳐서 견딜 수가 있어야죠."

"후훗, 두 분도 정말 어지간히 술을 좋아하는군요. 자, 어디 보자."

진충의 옆 자리에 앉으며 소진은 술병을 가져다가 잠시 향을 맡아보았다.

"음… 이건 행인주(杏仁酒)인가요?"

차분한 성격과 달리 술 하면 자다가도 벌떡 일어날 사람이 바로 이 사람 노반이었다. 노반은 소진의 말에 바로 큰 관심을 보였다.

"호오, 소 공자께서는 주도(酒道)에도 일가견이 있으신가요?"

"돌아가신 할아버지께서 워낙 술을 좋아하셨거든요. 드시는 술들을 이것저것 보다 보니 주워들은 게 조금 되네요."

"……."

이곳까지 오는 길에 이런저런 이야기를 나누는 동안 일행들은 소진에 관한 이야기도 적잖이 듣게 되었는데 그중에 하나가 바로 유일한 피붙이이던 할아버지가 얼마 전에 돌아가셨다는 사실이었다. 그리고 그 할아버지를 소진이 얼마나 사랑했는가 하는 것도…….

'이런, 예기치는 않았지만 내 실수인 것인가?'

노반은 소진의 입에서 할아버지에 관한 이야기가 나오자 잠시 입을 다물었다.

"이거 제가 실수를 한 것 같군요, 소 공자. 죄송하외다."

"아, 아녜요. 다 지난 일인걸요. 이제는 안 계셔서 조금 허전하긴 하지만 할아버지를 떠올릴 때마다 계속 우울해지는 건 아마 하늘에 계신 그분도 분명 원치 않으실 거예요."

자신의 말이 사실임을 증명이라도 하듯 소진은 입가에 담담한 미소를 지어 보였다. 그리고 그 모습에 노반은 나지막한 감탄성을 내질렀다.

'허… 어린 나이에 저토록 수양이 깊다니. 저런 정신의 수양은 나로서도 아직 소 공자를 따르지 못할 듯싶구나. 과연 무당이라는 이름이 명불허전(名不虛傳)이로다. 일개 속가제자가 저런 기품을 갖게 하다니…….'

노반의 이런 생각은 정확히 말하면 반만 맞는 것이었다. 소진은 할아버지의 죽음을 계기로 이미 강호에서 마벽이라 부르는 경지를 넘어섰기 때문에 깨달음이라는 측면, 즉 무공의 정신적 수양에 있어서는 일행 중 그 누구보다도 깊은 경지에 올라 있었다. 하지만 일개 속가제자라는 표현은 수정되어야 함이 마땅했다. 그는 무당 장로 진류 도장의 유일한 제자이자 무당의 실세라 할 만한 무 자 항렬 도장들의 사랑을 독차지하는 막내 사제였기에……

"소 공자의 수양이 참으로 깊구료. 무당의 명성이 괜한 것이 아닌 듯싶소. 허허, 그리고 이 술은 바로 맞추셨소. 점소이에게 물어보니 지난 가을에 담가놓은 행인주(杏仁酒)가 마침 좋다기에 한번 마셔보고 있는 중이라오. 맛을 보니 점소이의 말이 거짓이 아닌 듯싶은데 소 공자도 한잔하시려오?"

"예? 아, 그럼 저도 한잔만 해도 될까요?"

"엇! 소진아, 너 술도 마실 줄 알아?"

소진의 말에 오히려 놀란 사람은 옆에서 듣고 있던 곡치현이었다.

"응, 산에 있을 때 사형들이랑 종종 마셔봤어. 후훗! 무슨 생각을 하는지 알겠다. 도사들이 무슨 술을 마시냐는 거지? 그런 생각을 하는 것도 무리는 아니지만 사실 특별히 술을 금하는 것은 아니야. 하지만 수양에 별 도움이 안 되는 것은 분명하기 때문에 도관 내에서는 마실 기회가 거의 없을 뿐이지. 술을 거의 못하는 사람들이 많은 것도 사실이고."

소진의 설명에 곡치현은 고개를 끄덕였다.

"그렇구나. 음… 그런데 방금 도관 내에서는 술을 마실 기회가 거의 없다고 하지 않았니?"

"응, 맞아. 그건 왜?"

"그럼 사형들과 종종 마셔봤다는 이야기는 뭐지? 너 혹시 무당 내에서도 막 나가는 부류였냐?"

"잉? 막 나가긴 누가 막 나갔다구 그래! 처음엔 술 먹는 건지도 모르고 무우 사형한테 끌려갔던 거라구!"

"후훗, 핑계를… 잠깐!! 너 방금 뭐라구?"

말을 하다 말고 곡치현이 갑자기 소진을 다그쳤다.

"으, 응? 뭐, 뭐가?"

"네 사형이 누구라고?"

"무우 사형을 말하는 거야? 왜? 혹시 우리 대사형이랑 아는 사이야?"

"……"

술잔을 이리저리 돌려가며 홀짝이던 노반도, 부지런히 안주를 집어 먹던 진충도, 질문을 던진 곡치현도 모두 조용해졌다. 세 사람의 시선이 한곳으로 모였다. 그리고 그곳에는 조금 당황스런 표정을 짓고 있는 소진이 있었다. 개중에서도 가장 상황 판단이 빠른 노반이 홀짝거리던 술잔을 단숨에 비우곤 다시 빈잔을 채웠다.

쪼르륵.

옅은 호박빛의 액채가 술잔을 다시 가득 채웠다.

"소 공자, 이런 유의 일들은 사실 간단히 웃고 넘길 수도 있지만 강호에서는 자칫하면 크게 번질 수도 있는 일이라오. 조금 믿기지가 않아서 그러는데 방금 소 공자님의 대사형의 도호가 어찌 된다고 하셨소?"

"왜 그러죠? 혹시 무우 사형이 무슨 잘못이라도 저질렀나요?"

소진의 대답에 노반이 깊은 한숨을 내쉬었다. 역시 자신들이 잘못 들은 게 아니었다. 슬쩍 주위를 둘러보니 다행히 자신들의 대화에 신경을 쓰는 이들은 없는 것 같았다.

"후우, 그런 건 아닙니다. 그렇다면 무당에서 소 공자의 도호와 스승님의 함자를 좀 알려주실 수 있겠소?"

노반의 질문에 대한 답변은 소진의 입에서 곧바로 튀어나왔다.

"제 사부님의 도호는 진(眞) 자, 류(流) 자 되시고요, 저는 무당에 있을 적에는 무진이라고 불렸어요. 그런데 대체 왜 그러시는 거예요!"

"이런, 기분이 상하셨다면 미안하게 됐구려. 단지 조금 궁금한 점이 있어서 그런 것이라오. 자자, 그럼 이런 얘기는 그만 하고 식사들 하십시다. 소주, 저녁 식사는 어떤 걸로……."

여전히 궁금증은 남아 있는 소진이었으나 모두들 그 이후 별다른 이야기는 꺼내지 않고 묵묵히 저녁 식사에만 열중하는지라 그로서도 별다른 도리가 없었다.

딱. 딱. 딱.

객잔 밖으로 삼경을 알리는 순라(巡邏)들의 장척 소리가 들려왔다. 비교적 늦은 시간이었지만 이곳에는 아직까지 불이 꺼지지 않고 있었다.

"소주, 나오는 걸 소 공자가 뭐라 하지는 않던가요?"

"완전히 잠든 걸 확인하고 나왔어. 걱정하지 않아도 돼."

"허허, 이게 대체 무슨 짓인지 모르겠군요."

늦은 시각임에도 불구하고 환하게 불을 밝힌 방 안에는 금룡장의 삼인이 탁자를 마주하고 앉아 있었다. 곡치현은 소진과 함께 방을 사용함에도 불구하고 이 시각에 노반 등을 찾아온 이유는 무엇일까?

"아까 소진이 한 말을 어떻게들 생각하지?"

"현 무당 장문인 진허 도장의 사형이자 장로원의 일원인 진류 도장에 대해서는 익히 들은 바가 있지만 그 제자에 대해서는 아직까지 들은 바가 없습니다."

"나 역시 무당 무 자 항렬의 제자들 중 무진이라는 도호에 대해서는 들어본 기억이 없어. 하지만 소진의 말은 정말 거짓이 아닌 것 같았는데……."

"저 역시 그렇게 느꼈습니다. 만약에 그 말이 사실이라면 소 공자의 위치라는 것은 실로 범상치 않은 것이겠지요. 대사형이라는 무우 도장은 차기 무당 장문인으로 내정된 상황이니 말이죠."

"어디 무우 도장뿐이유? 그 쟁쟁한 사형제들은 또 어쩌구요. 게다가 사부인 진류 도장은 현 무당 장문인의 사형이라구요."

"……."

진충의 말처럼 소진의 한마디에 담긴 의미는 실로 가볍지 않은 것들이었다. 일개 속가제자라고 보기에는 너무 높은 무공이나 간혹 엿보이는 깊은 수양이 어느 정도 이들의 심중을 굳히기는 했지만 역시 속단은 금물이었다.

"일단은 그냥 모른 척하지요. 여기서 우리끼리 의논을 해봤자 진위 여부를 가리기는 힘든 상황이니 일단 항주로 돌아가서 자세히 알아보는 게 나을 듯싶습니다."

"음… 역시 그래야 하나? 뭐 사실이 어찌 되었든 소진과 내 사이는 변함이 없겠지만 그래도 확인은 해둬야겠지. 그러는 편이 소진을 위해서나 우리를 위해서나 좋을 테니……."

"그렇지요. 만에 하나라도 거짓일 경우엔 그걸 의심없이 믿어버린 저희는 강호에서 웃음거리가 될 테니까요."

"……"

결국 야심한 밤에 이루어진 금룡장 일행의 회합은 별다른 결론 없이 이렇게 끝이 나고… 곡치현은 다시 자신의 방으로 돌아가기 위해 의자에서 일어나 문을 열었다. 막 방을 나서려던 그는 갑자기 무언가 생각난 듯 몸을 틀었다.

"그리고 혹시나 해서 하는 말인데 소진에게는 평소와 다름없이 대해 줬으면 좋겠어. 오히려 그 녀석이 어색해할 테니……."

"예, 소주. 저희가 알아서 잘하겠습니다. 그럼 편히 쉬십쇼."

탁.

문이 닫히고 곡치현이 사라지자 방에 남은 노반과 진충은 잠시 서로를 멀뚱히 쳐다봤다.

"소주께서 조금 바뀌신 것 같지?"

"역시나 그런 것 같지요?"

"호방한 외모와 달리 속내는 항상 냉철하고 쉽사리 진심을 보이시는 분이 아니었는데……."

"노(老) 장주께서 어려서부터 금룡장을 이을 후계자로 키우기 위해 그토록 엄하게 가르치셨으니 그럴 만도 하죠. 그리고 보면 소 공자님도 정말 대단한걸요? 무창까지 오는 고작 닷새의 여정 동안 소주의 마음을 저렇게 휘어잡았으니 말이죠. 외모로 봐서는 전~혀 그렇지 않지만 역시 동갑이라서 통하는 바가 있는 건가?"

"후후, 동갑이라. 어쩌면 그것도 이유가 될 수 있겠군. 어쨌든 소주의 저런 변화는 우리로선 쌍수를 들고 환영할 일이니 계속 지켜보도록 하자. 장에 돌아가면 누구보다도 소주모께서 정말 기뻐하시겠군. 그토록 바라시던 일이 아닌가. 과연 소 공자가 앞으로 소주를 얼마나 더 변화시킬 수 있을지……."

항주에선 단연 최고이고 강남에서도 세 손가락 안에 드는 거부(巨富)이자 금룡상단의 우두머리인 금룡장주 곡상천(曲祥釧)은 상수(桑壽:48세)가 될 때까지 자식이 없었다. 별의별 약을 다 써보고 용하다는 곳은 다 찾아가 보았지만 후사는 요원하기만 했다. 이십 년의 노력으로도 자식을 얻지 못하자 이제는 거의 포기하다시피 한 상황에서 항주제일(杭州第一)로 불리는 금룡장의 후사는 이어야 했기에 최후의 수단으로 양자를 들이는 것을 심각하게 고려하던 즈음해서 기적적으로 부인 감씨(甘氏)가 회임을 하게 되었으니… 그 아이가 바로 지금의 곡치현이었다.

금룡장주 곡상천은 귀하디귀하게 얻은 자식인 만큼 끔찍히 곡치현을 아꼈지만 벌써 지천명(知天命:50세)에 이른 나이 탓에 눈에 넣어도 아프지 않을 그를 어려서부터 엄하게 가르쳤다. 그런 아버지의 가르침 탓에 곡치현은 일찍이 상재(商才)에 눈을 떴으나 너무 어린 나이부터 이런 교육을 받은 탓일까? 그는 접해온 주변인들 이외에는 쉽사리 마음을 열지 못했다. 성격도 외모와는 달리 상당히 냉철하고 계산적인 성향을 띠게 되었다. 곡치현을 어릴 적부터 지켜본 금룡장의 다섯 전주(錢主)들은 소주의 이런 모습들이 참으로 안타까울 따름이었다.

그러던 곡치현이 소진을 만나면서 조금씩 달라지고 있었다. 쉽사리 남에게 정을 주고 진심을 내비치는 성격이 절대 아니었으나 이상하게도 소진에게만은 그렇게 되었다. 며칠 사이의 일이라 그 자신은 이런 변화를 잘 느끼지 못하고 있었지만 곁에서 바라보는 노반과 진충은 확실히 알 수 있었다. 아직까지 마음을 나눌 수 있는 '친우'라고 불릴 만한 벗이 한 명도 없던 곡치현에게 소진은 서서히 그런 존재로 다가서고 있었다.

짹짹.

동장군(冬將軍)의 기세가 한결 주춤해졌음을 아는 듯 소리 높여 지저귀는 새소리가 귓가를 간지럽혔다.

"으음."

막 잠에서 깨어나 눈을 뜨던 곡치현은 창문 너머로 들어오는 햇살에 살짝 인상을 찌푸렸다.

"끄으응! 웃차!"

우득. 우드득.

요란스럽게 기지개를 켜며 밤새 굳어 있던 몸을 가볍게 풀어준 곡치현은 단숨에 몸을 일으켰다. 연 이틀 노숙을 하다가 편한 침상에서 잠을 자서 그런지 온몸이 개운했다. 기분 좋은 느낌에 침상에서 일어나 신발을 신으려 몸을 반쯤 비틀자 반대 편 침상에서 소진의 모습이 보였다.

"오호, 일찍 일어……."

말을 하다 말고 그는 입을 다물었다. 얼핏 그저 침상에 앉아 있는 줄 알았는데 다시 보니 가부좌를 틀고 있는 모습이었다. 아마도 일찍 일어나서 운기조식을 하고 있는 것이리라. 혹시나 방해가 될까 싶어 세안을 하러 나가려던 곡치현은 어제의 일도 있고 해서 다시 앉아 소진을 유심히 살폈다. 아까 전에는 자다 깨서 정신이 없었는지 별다른 느낌을 받지 못했는데 지금 다시 유심히 살피니 현묘(玄妙)한 기운이 은은히 풍기는 것도 같았다. 운기 중이어서 그럴지도 모르겠지만 왠지 그의 새로운 모습을 보는 것 같아 즐거운 기분이 들었다. 그렇게 한참을 지났을까? 소진이 살짝 눈을 떴다. 턱에 손을 괴고 소진의 얼굴을 정면으로 바라보던 곡치현은 갑자기 소진과 눈이 마주치자 마치 도둑질하다 들킨 아이처럼 흠칫하는 표정이었다.

"아앗! 저, 젓……."

"왜? 내 얼굴에 뭐가 묻었어?"

"아, 아니. 이, 이른 아침부터 그렇게 운기조식을 하는 걸 보니 꽤나 대단하다는 생각이 들어서……. 이제껏 매일매일 하루도 거르지 않던데?"

"아, 이거? 벌써 십 년도 넘게 매일 아침저녁으로 해온 일인걸. 이젠 그냥 습관처럼 되어버려서……."

"그, 그래."

이상하게도 소진과 이야기를 하고 있으면 십수 년간 장사를 해오며 상대방을 마음대로 주무르던 교묘한 화술이 잘 나오질 않았다. 아니, 가식적인 말들은 의식적으로 피한다고 하는 편이 더 맞을 것이다.

똑똑.

"소주, 진충입니다."

적당히 할 말을 찾지 못하고 한창 버벅거리고 있던 곡치현으로서는 너무도 반가운 목소리였다.

"무슨 일이지, 진충?"

끼이익.

문이 빠끔히 열리고는 진충의 얼굴이 보였다. 그리곤 문틈 사이로 얼굴만 쏙 들어온 상태에서 말을 꺼냈다.

"별건 아니구요, 식사 전에 잠시 나가 항주까지의 배편을 좀 알아보려 합니다. 빨리 다녀올 테니 아침 식사는 먼저들 하시라고요."

"알았어. 그럼 수고해. 음식은 우리가 미리 시켜놓을게."

"헤헷, 역시 제 생각을 해주는 건 소주뿐이네요. 빨리 다녀오겠습니다."

진충이 사라지고 얼마 지나지 않아 소진과 곡치현 역시 아침을 먹기 위해 방을 나섰다.

아침 시간이었지만 식당은 예상외로 한가했다. 곡치현과 소진은 잠시 두리번거리며 적당한 자리를 찾다가 햇볕이 비추는 창가 쪽의 탁자에 앉았다. 노반 역시 어느새 내려와 사인용 탁자의 한자리를 차지했다.

"넷째는 배편을 알아보러 잠시 나갔습니다, 소주."

"알고 있어. 나가기 전에 내게 말하고 가더군."

"그랬군요. 아, 소 공자, 간밤엔 편히 쉬셨나요?"

"예, 잠자리가 편해서 그런지 잠도 잘 오더군요."

"오늘은……."

배편이 언제쯤 있을 거라는 둥 무창에서 별다른 구경도 안 하고 바로 떠나는 게 조금 아쉽다는 둥 이런저런 이야기를 나누는 사이 점소이가 주문을 받기 위해 일행의 탁자로 왔다.

"손님, 주문은 어떻게 하실 건가요?"

"간단히 만두와 소면으로 가져다 주게. 그리고 일행이 한 명 더 있으니 좀 넉넉히 가져오고······."

"예, 금방 가져다 드리겠습니다."

꾸벅!

점소이는 가볍게 고개를 숙여 보이곤 주방으로 달려갔다. 일 다경 정도가 지나자 음식이 나왔고, 다시 얼마 지나지 않아 배편을 알아보러 나갔던 진충이 도착했다. 탁자의 남은 한 자리를 차지한 진충은 오자마자 김이 모락모락 나는 만두부터 하나 집어서는 덥석 입으로 가져갔다.

"우하핫, 역시 서두른 보람이 있군. 쩝쩝."

"쯧쯧, 뭐 하는 짓이냐. 갔던 일이나 얘기를 해주고 먹을 것이지."

"그런가? 하하핫, 제가 배가 좀 고파서······."

"진충이 원래 그렇지 뭐. 그럼 갔던 일이나 얘기해 봐."

긁적긁적.

소주와 노반 두 사람의 협공에 조금 머쓱해진 진충이 입 안의 만두를 우물우물 넘긴 후 나갔던 일을 얘기했다.

"배는 한 시진 후에 있답니다. 그 정도면 시간도 넉넉할 듯싶어서 표도 미리 사놓았습니다."

"흐음, 그럼 이제 닷새 정도면 항주에 도착하겠군."

항주까지의 여정을 대략 계산하는 곡치현의 눈길이 슬쩍 소진에게 머물렀다.

'아까워. 확실히 아까워. 그저 그런 곳으로 보내기엔 너무 아까운 실력이란 말이야. 그렇다면 그동안 구체적인 계획을 세워봐야겠는걸?'

문득 이상한 느낌에 고개를 돌린 소진과 눈이 마주치자 곡치현은 재빨리 고개를 돌리며 딴청을 피웠다.

"어허헛, 그, 그래. 수고했어, 진충. 아까 출출하다고 했지? 어서 많이 먹어. 일부러 많이 시켜놓은 거니까."

"……?"

무슨 일인가 싶어서 잠시 고개를 갸우뚱해 보이던 소진은 이내 관심을 접고 다시 식사에 열중했다.

애초에 생각을 하고 객잔을 잡은 것이었을까. 선착장은 일행이 묵은 객잔에서 상당히 가까이 위치하고 있었다. 식사를 마치고 객잔 옆으로 쭉 뻗은 대로를 따라 일 다경 정도를 걷자 무창이라는 이름에 걸맞는 커다란 선착장과 그 너머로 넘실대는 장강의 도도한 물결이 보였다. 그리고 터져 나오는, 마치 괴성처럼 들리는 소진의 탄성.

"우오오옷! 이게 바로 그 장강이란 말야?"

"그래, 이게 바로 그 장강이다. 설마 너 장강 자체를 처음 보는 거냐?"

"응! 하하핫, 말로만 들었는데 이렇게나 근사할 줄이야."

어려서부터 할아버지와 호북성 서부의 평야 지대에서 살다가 무당에 입문한 연후에는 줄곧 산에서만 생활한 소진에게 장강의 세찬 물결은 감탄을 넘어서서 일종의 감동으로 다가왔다. 도도히 흐르는 푸른 물결과 정면으로 불어오는 세찬 강바람이 소진의 가슴을 시원하게 쓸어내렸다.

'이런 것이었나? 할아버지가 말하던 큰 세상이란 바로 이런 것이었나?'

소진은 선착장이 내려다보이는 언덕에 잠시 서서 시원한 강바람에 흩날리는 머리를 쓸어 내렸다. 왠지 너무너무 기분이 좋았다. 이제 이

십칠 년간 자신이 살아왔던 좁은 우물을 벗어난 지 고작 일주일이 지났다. 무당에서의 생활과 할아버지와 지냈던 시간들도 물론 소중하고 가치 있는 순간들이었다. 하지만 이것은 마치 전혀 다른 세상에 들어선 것 같은 기분이었다. 마치 무공을 처음 배울 때처럼!

매일매일 배우는 무공 한 초식, 한 구결이 늘 새로웠던 것처럼 매일매일의 하루가 전날과는 또 달랐다. 골짜기와 봉우리 마다마다 현기가 가득하던 무당에서는 느껴보지 못했던 호탕하고 담대한 기운이 장강에서 느껴졌다. 동시에 옆에 있는 곡치현에게는 사형들에게선 느껴보지 못했던 어떤 생소한 감정—아마도 우정이라는 이름의—이 느껴졌다.

"응? 소 공자, 무슨 문제라도……."

"……."

조금 전까지만 해도 환호성을 지르며 감탄을 해대던 소진이 갑자기 멈춰 서더니 조용해지자 무슨 일인가 싶어 노반이 말을 걸었다. 하지만 곡치현의 제지에 그의 말은 끝을 맺지 못했다. 곡치현은 노반과 진충에게 잠시 조용히 있으라는 손짓을 하곤 소진의 옆에 나란히 섰다. 고개를 돌려 소진의 얼굴을 바라보았다. 바람의 냄새를 맡는 듯 깊은 숨을 들이쉬는 소진의 표정이 빛나 보였다. 가슴의 속내를 거리낌없이 드러내는 너무도 진실된, 하지만 자신은 아직 한 번도 지어보지 못한 것 같은 그런 멋진 표정이었다.

곡치현은 다시 정면을 바라보았다. 그리곤 천천히 눈을 감았다. 장강에서 불어오는 세찬 바람에 온몸을 맡기고 크게 숨을 들이쉬었다. 폐부 속 깊은 곳까지 들어차는 시원한 바람. 이제껏 이십칠 년을 살아오면서 장강을 넘나든 것이 수십 번이건만 예전엔 왜 몰랐을까? 장강의 바람이 이렇게 가슴을 시원하게 쓸어내 준다는 것을……. 그의 입가에 슬며시 잔잔한 미소가 걸렸다. 한점의 꾸밈없는 자연스러운 모습으로.

―멋지네요.

―그래, 멋있구나.

―저렇게 웃는 모습을 소주가 어릴 적에는 그래도 종종 볼 수 있었는데… 다섯 살 생일 날에 제가 몰래 목검을 만들어 드렸을 때도 저렇게 웃어 보이셨다구요.

―후훗, 나도 열 살 이후로는 소주의 저런 모습을 보지 못했다. 어찌 보면 소 공자에게 우리가 큰 은혜를 입은 셈이구나.

진충과 노반은 일부러 전음으로 대화를 나눴다. 자신들에게나 곡치현에게나 실로 오랜만에 맛보게 된 중요한 순간이었기에 방해가 되지 않으려는 의도이리라.

한동안 상념에 빠져 있던 두 사람은 거의 동시에 제정신을 차렸다. 그리곤 나란히 서 있는 자신들의 모습에 조금 민망했는지 별다른 말 없이 다시 걸음을 옮겼다.

자신이 타고 갈 배를 본 소진의 첫 느낌은 말 그대로 '엄청나게 크다'였다. 멀리서는 잘 몰랐으나 가까이 가면 가까이 갈수록 배의 크기는 소진의 상상을 뛰어넘었다. 일반의 화물선치고는 상당히 큰 규모의 배인 것은 사실이었지만 이제껏 본 배라는 것이 조그마한 나룻배가 전부였던 소진에게 그 크기란 정말 어마어마한 것이었다.

"다른 놈들보다 조금 크긴 한걸?"

곡치현의 시선이 진충에게로 향했다. 아는 바가 있으면 설명을 해보라는 뜻이리라.

"저도 그렇게 보여서 아까 물어봤지요. 원래 예전에 주로 곡식을 나르던 대형 운송선이었답니다. 그런데 운송량이 점점 줄면서 반은 짐을 싣고 나머지에는 손님들을 싣는 형식으로 개조하여 사용하고 있다더군요."

"오호, 생각이 좋은걸? 그나저나 시간이 거의 다 된 것 같군. 일단은 배에 타서 얘기하자구."

막 출항 준비를 서두르는 모습에 곡치현이 일행을 재촉해서 배에 올랐다. 그리고 일각 정도가 더 지나자 배가 서서히 움직이기 시작했다. 배를 처음 타보는 소진은 물결의 출렁임에 따라 조금씩 위 아래로 흔들거리는 바닥의 생소한 느낌이 신기한 듯 이리저리 발을 굴러보았다. 그 모습에 노반이 문득 생각난 듯 입을 열었다.

"소 공자는 배를 처음 타시니 자칫하면 배멀미로 고생할 수도 있겠군요."

"배멀미요?"

"예, 배를 처음 타는 사람들은 배의 울렁거림 때문에 배멀미로 고생을 하지요."

"그럼 저도 이제 곧 이상해지는 건가요?"

"하하, 아닙니다. 모두가 그런 건 아니거든요. 아마 한 시진 정도 지나면 알게 될 겁니다."

하지만 우려했던 소진의 배멀미는 일어나지 않았고, 배는 순탄히 장강의 물줄기를 따라 내려갔다. 오 일간의 선박 여행 동안 소진은 배 위에서는 곡치현과 이야기를 나누거나 강 좌우로 펼쳐지는 절경들을 구경하며 대부분의 시간을 보냈고, 곡치현은 소진과 이야기를 나누는 시간 외에는 무슨 생각이 그리 많은지 선실 내에 틀어박혀 좀처럼 모습을 보이지 않았다. 진충과 노반은 그런 두 사람의 모습을 지그시 지켜볼 따름이었다. 한마디로 진충이 다 늙어서 밥투정을 하는 것을 제외하고는 굉장히 순탄한 뱃길이었다.

"우쒸! 둘째 형, 오늘은 제발 한 번만 소 공자한테 부탁해 봅시다. 이따가 배가 잠시 서면 내가 빨랑 가서 재료도 구해올게요."

"글쎄다. 소주와 소 공자에게는 네가 말할 테냐?"

"그건……."

"그냥 아무 거나 먹지 다 늙어서 웬 음식 타령이냐."

"솔직히 둘째 형도 먹고 싶은 건 사실이잖아요! 어디 한번 아니라고 말해 봐요!'

"그래서 나는 조용히 있지 않느냐. 목마른 자가 우물을 파는 법이지. 허허헛."

"끄응."

오전에 항주만(杭州灣)에 들어선 배는 미시(未時:오후 2시) 경이 되자 항주로 곧장 이어지는 전당강(錢塘江)의 줄기를 탔다. 소진과 곡치현 일행이 가려는 항주는 이 전당강의 하류에 위치하고 있었다.

"오호~ 이제 밖의 경치를 보면서 감탄하는 것도 그만인가?"

멍한 눈으로 강가를 바라보던 소진의 고개가 뒤로 돌려졌다. 역시나 곡치현이었다.

"어제 이후로는 조금 식상해졌나 보지?"

"솔직히 그런 면이 없지는 않아. 바다라는 건 정말이지……."

늦은 오후 소진은 여전히 배의 후미에 앉아 앞으로 지나가는 주위의 풍경들을 바라보고 있었다. 벌써 한 시진째. 날도 저물어가고 이제 슬슬 배 안으로 들어가 보자는 생각이 들 만도 했다. 그런데 문득 뭔가 이상했다. 분명히 아까와는 무언가 달랐다. 한참을 생각한 끝에야 소진은 답을 찾을 수가 있었다. 주위의 경관이 점점 빨리 움직이고 있었다. 배의 요동도 알게 모르게 점점 심해지는 듯했다. 그리고 결정적으로 강의 폭이 점점 넓어지고 있었다. 소진은 벌떡 일어나 선수로 뛰어갔다. 하지만 선수에 도착하기도 전에 소진의 발걸음은 멈춰졌다. 굳이 그 앞까지 뛰어가지 않아도 충분히 볼 수 있었으니깐. 그의 눈앞에 펼쳐진 것은 끝없이 펼쳐진 푸른 물결, 바로 바다였다.

거의 뜬눈으로 밤을 지새우며 소진은 계속 선수를 지켰다. 바다의 짠 내음. 끝없이 펼쳐지는 망망대해. 모든 것이 말 그대로 경이로웠다. 그리고 대략 묘시(卯時:오전 5시) 초가 되자 마치 무엇이든 빨아들일 것 같던 어둠의 저편에서 한줄기 빛이 솟아올랐다. 영원할 것만 같던 어둠은 삽시간에 사그라들고 바다와 하늘이 만나는 곳에서 이글거리는 붉은 태양이 서서히 솟아올랐다. 태어나서 처음 보는 바다의 일출. 장엄한 여명(黎明)의 순간이 모두 지나고, 묵빛의 바다가 다시 푸른빛을 되찾고 나서야 소진은 선수에서 물러났다.

"이제 이 강줄기를 쭈욱 거슬러 올라가면 항주가 나와. 아마 앞으로 한 시진 정도면 항주에 도착하게 될 거야."

"그렇구나. 이제 한 시진이면……."

소진의 얼굴이 가볍게 상기되었다.

"조금 긴장되나 보지?"

"음… 긴장이라기보다는 조금 설렌다는 말이 맞겠다."

"후훗! 설레인다구? 마치 숨겨놓은 여자라도 만나러 가는 것처럼 들리는걸?"

뜨끔!

내색은 안 했지만 순간 화들짝 놀랐다. 어떻게 본다면 여자를 만나러 간다는 말도 분명 맞는 말이었다. 비록 아무에게도 말하진 않았지만 할아버지의 말씀대로 신붓감을 찾아보려는 의도도 있으니깐.

장난치려고 하는 말임을 분명히 알고 있으면서도 내심 뜨악한 기분이 드는 건 어쩔 수가 없었다. 애써 태연한 척하며 곡치현의 질문에 대답했다.

"여, 여자는 무, 무슨! 새로운 걸 접할 때 마음이 설레는 건 당연한 거라구."

"어! 말까지 더듬고. 이거 정말 수상한데?"

주로 곡치현이 소진을 놀리는 입장이었지만 어쨌든 선상에서 두 사람이 티격태격 말싸움을 하는 사이 일행을 태운 범선은 어느덧 절강성의 성도(省都) 항주에 점점 가까워지고 있었다.

항주(杭州).

춘추시대에는 월(越)나라, 후에 남송(南宋)의 수도를 거쳐 지금은 절강성의 성도(省都)로써 천 년을 이어온 고도(古都)가 바로 항주였다. 또한 그리 오랜 세월을 이어오면서도 전혀 쇠락(衰落)하지 않고 오히려 근자에는 물경 백만에 이르는 인구가 살고 있는 천하의 대도이기도 했다.

상유천당 하유소항(上有天堂下有蘇杭:하늘에는 천당이 있고 지상에는 소주, 항주가 있다)이라는 말이 전해질 만큼 빼어난 경관은 매년 수많은 시인묵객(詩人墨客)들이 발걸음을 하게 만들었는데, 그중에서도 특히 항주 외곽에 위치한 서호(西湖)는 천하 십대절경(十大絶景)의 하나로 사시사철 풍류객들과 사랑을 속삭이는 연인들의 발걸음이 끊이질 않았다.

"특히나 봄기운이 피어나는 춘삼월과 서설(瑞雪)이 내리는 초겨울의 경관이 그중에서도 으뜸이라 할 수 있지. 지금이 삼월 중순이니 너는 정말 운이 좋은 거라고."

"후훗, 네가 하는 말을 가만히 듣고 있으니 마치 항주가 인세(人世)의 선경(仙景)이라도 되는 것 같은걸? 네 허풍이 좀 섞인 것 아냐?"

"허풍이라니… 비록 선경까지는 아니더라고 항주의 절경은 아마 천하에서 세 손가락 안에 든다고 내가 장담한다."

"정말?"

"그래! 이건 여담이지만 '전중원(全中原) 거주지선호도조사(居住地選好度調査)'에서 벌써 십 년째 부동의 일위를 지키고 있는 곳이 바로 이곳 항주라고!"

배가 거의 항주에 다다르자 선실에서 짐을 정리하며 곡치현이 소진에게 항주에 관한 여러 가지 이야기들을 해주었다. 개중에서도 수려한 항주의 경관들이 주를 이루었는데 소진은 왠지 곡치현의 말을 완전히 믿지는 못하는 눈치였다.

"후우~ 백문이 불여일견이라고, 이렇게 내가 말로 떠드는 것보다 네가 직접 한 번 보는 게 낫겠지."

똑똑똑!

"소주, 배가 항주에 도착했습니다."

문밖에서 노반의 목소리가 들려왔다.

"알았어. 지금 나갈게. 소진아, 어서 나가자."

곡치현과 소진은 문밖에서 기다리던 노반과 함께 선실을 나서 갑판으로 올라갔다. 갑판에는 진충이 미리 나와 있었다. 그는 뱃머리에서 선착장 아래쪽의 이곳저곳을 기웃거리고 있었다.

"진충, 거기서 뭐 하는 거야? 안 내릴 거야?"

"아하핫, 실은 지난번에 무창에서 출발하기 전에 금룡전장(金龍錢莊) 무창지부에 들러서 항주로 미리 기별을 보냈습니다. 아마 마차가 나와 있을 텐데……."

"오호, 진충이 미리 마차까지 준비를 해두다니! 내일은 해가 서쪽에서 뜨겠는걸?"

"넷째야, 나도 의외구나. 네가 그런 세세한 것까지 신경을 쓰다니."

미리 마차를 대기시켜 놓은 것은 자신이 생각해도 정말 잘한 짓 같아 은근히 어깨를 으쓱하며 몇 마디 칭찬을 기대하던 진충의 기대는 여지없이 무너져 버렸다.

"이잇! 왜들 나만 가지고 그러는 거야! 나도 마음만 먹으면 누구 못지 않다구요!"

"그래. 알았다, 알았어. 누가 뭐라고 했나? 단지 그런 마음을 너무 오랜만에 겪어서 소주와 내가 조금 놀란 것뿐이란다."

"이익! 끄응."

진충은 좋은 짓 해놓고도 왠지 본전도 못 건진 느낌에 울분이 터졌으나 어쩌겠는가. 상대가 상대인 것을……

"저기 보이는걸? 아마 우리를 데리러 온 마차가 맞는 듯하군."

아래 선착장으로 조금은 화려해 보이는 이두 마차가 서서히 들어서고 있었다. 마차의 왼편으로는 어른 팔뚝만한 크기의 삼각기가 꽂혀 있었다. 삼각기는 붉은 바탕에 금색 용을 수놓은 것이었는데 곡치현 일행의 소매에 새겨진 무늬와 똑같은 모습이었다.

"자, 어서들 내려가자."

곡치현을 선두로 일행은 차례로 배에서 선착장으로 내려섰다. 배에서 그들이 내려서자 마차를 세워놓고 주변을 살피던 마부가 즉시 알아보고 뛰어왔다. 머리가 반백인 마부는 꽤나 나이가 있어 보였다.

"소장주님, 오랜만에 뵙습니다."

"응, 전칠(全七)이던가?"

"예, 소인 전칠입니다. 어서 마차에 오르시지요. 장주님과 노부인께서 기다리고 계십니다."

"알았어. 소진아, 땅바닥은 그만 쳐다보고 어서 타라."

"으응, 알았어."

한동안 배 위에서만 생활하다가 오랜만에 다시 땅을 밟았더니 왠지 이상한 느낌에 이리저리 발걸음을 옮겨보던 소진을 곡치현이 잡아끌었다.

"이럇!"

따각따각.

곡치현에게 이끌려 마지막으로 소진을 태운 마차는 서서히 사람들 틈을 헤치며 선착장을 벗어났다.

수(隋)나라 시대의 대역사를 꼽으라면 아마 누구라도 바로 이것 대운하(大運河)를 꼽을 것이다. 비록 결과적으로는 수나라 멸망의 한 요인이 되긴 했지만 이 대운하의 완공이 천하에 미친 영향은 정말 엄청난 것이었다. 남북을 연결하는 원활한 교통로가 생김으로써 강남과 강북 간의 교역이 활발해지고, 이동 시간은 절반으로 줄어들었다. 특히나 강남의 질 좋은 쌀이 북경까지 운반됨으로써 강북 일대의 식생활에 일대 혁명을 몰고 오기도 하였다. 그리고 이러한 활발한 남북 교역의 중심에는 바로 항주가 자리 잡고 있었다.

천하 교통의 중심지인 항주의 이점을 최대한 활용하여 대대로 무역업으로 부를 쌓아오던 금룡장은 곡치현의 아버지이자 현 금룡장주인 곡상천(曲祥釧)의 대에 이르러 그 이름을 크게 떨치게 되었다. 빼어난 상재로 손을 대는 사업마다 대성공을 거둔 그는 근 십 년 만에 항주 제일이던 금룡장을 강남 제일이라는 위치까지 올려놓았다. 그중에서도 특히나 큰 성공을 거둔 것이 바로 금룡상단과 금룡전장의 사업이었다. 노반과 진충이 소속된 금룡상단은 천하 삼대 상단의 하나로 성장해 있었고, 중원 곳곳에 점포를 가진 금룡전장의 전표는 최고의 신용을 자랑했다.

현재 소진과 곡치현 일행이 도착한 곳, 항주 중심가에서 조금 벗어난 곳에 위치한 금룡장은 항주제일장(杭州第一莊)이라는 명성에 걸맞게 모든 면에서 범인(凡人)의 상상을 초월하고 있었다. 끝도 없을 것같이 이어진 담. 곳곳에 잘 조성된 정원들과 화려하게 솟아오른 고루거각들. 소진은 아직 한 번도 황궁엘 가본 적은 없었지만 이곳은 황궁과 비교해도 아마 손색이 없으리라는 생각이 들 정도였다.

고개를 뒤로 젖혀야 할 만큼 커다란 대문을 지나서도 한참을 걸었다. 중간중간에 곡치현의 세세한 설명을 들으며 화려하게 피어난 기화요초들과 멋들어진 정원을 구경하는 재미에 전혀 지루하다는 느낌은 들지 않았다. 그렇게 얼마간을 걸었을까? 마주치는 사람들이 점점 줄어드는 것으로 보아 장 내의 심처(深處)로 향하는 것 같았다.

우뚝.

앞서 가던 곡치현이 발걸음을 멈추고 정면으로 시선을 던지자 여태 껏의 휘황찬란하던 전각들과는 조금 다른 분위기의 아담한 건물이 눈에 띄었다. 이제까지의 화려하고 세련된 모습과는 다른, 왠지 고풍스럽고 고아(古雅)한 분위기가 풍긴다고나 할까? 마치 금룡장 안에 또 다른 작은 장원이 존재하는 것 같았다.

달칵!

인기척을 들었음일까? 쪽문이 열리고 통통한 얼굴의 시비(侍婢) 한 명이 나와 밖을 살핀다. 두 사람은 정면에 서 있었기에 바로 시비의 눈에 띄었다. 곡치현과 소진을, 아니, 정확히 말하면 곡치현을 발견한 시비가 깜짝 놀라며 덜컥 문을 열고는 뛰어나왔다.

"소향(小香)이가 소장주님을 뵙습니다. 오신다는 소식에 장주님과 마님께서 안채에서 기다리고 계십니다."

"알았다."

소향은 곡치현의 대답을 듣자마자 다시 전각 안으로 뛰어들어 갔다. 아마도 안에 소식을 알리기 위한 것이리라. 그 뒤를 천천히 곡치현과 소진이 따랐다.

"아버님, 어머님, 다녀왔습니다."

"그래, 오늘 온다는 이야기는 들었다. 얼굴을 보니 별일은 없었던 듯 싶구나. 그래, 성도에서의 일은 잘 되었느냐?"

"진 대인과 이야기가 잘 풀려서 생각보다 수월하게 계약을 성사시켰습니다. 의외로 이번에 천화상단(天華商團)은 오지 않았더군요."

"오호, 그들이 이런 기회를 놓칠 리가 없는데… 무슨 꿍꿍이가 있는 건가?"

"전장에서 올라오는 정보로는 아마도 대규모로 자금을 움직이고 있는 듯한데 아직 그 용도는 정확히 파악하지 못했습니다."

"대규모의 자금이라… 또 비밀스럽게 무슨 짓을 하려고 하는지 원……."

이때 옆에서 가만히 이야기를 듣고 있던 노부인이 조용히 입을 열었다. 곡치현을 바라보는 노부인의 얼굴에는 자애로운 미소가 가득히 지어져 있었다.

"현아."

"예, 어머님."

"네 아버지와 재미없는 일 얘기만 하지 말고 같이 온 소협도 좀 소개시켜 주려무나. 네가 다른 사람을 집에 데리고 온 게 너무 오래간만이라 이 어미는 사뭇 궁금해지는구나."

부인의 말에 옆에 앉아 있던 노장주도 가볍게 고개를 끄덕였다. 사실 그도 자신의 아들과 함께 온 이 젊은 친구에 대해 상당히 궁금했었기 때문이다.

"허헛, 안 그래도 소개시켜 드리려고 하고 있었어요. 이번에 항주로 오는 길에 사귀게 된 친구입니다."

"……."

"으, 응? 아, 소진이라고 합니다. 항주까지 초행길에 다행히 이 친구를 만나 여러모로 도움을 많이 받았습니다."

눈치없이 이야기만 듣고 있던 소진은 잠시 대답이 없다가 곡치현이 옆구리를 찔러주자 그제야 황급히 곡치현의 부모님들에게 인사를 드렸다. 하지만 이쪽 역시 잠시 대답이 없기는 마찬가지였다.

"……"

금룡장주 곡상천과 감 부인의 눈이 자연스레 서로에게 향했다. 방금 들은 내용을 서로에게 확인하려는 의도이리라. 분명 자신들의 아들은 친구라고 말했다. 이들 노부부에게 이건 대단한 사건이었다. 이제껏 이십여 년간을 함께 살면서 아직 이들은 한 번도 아들에게 친구에 관한, 아니, 친구가 있다는 이야기조차 듣지 못했다. 항상 곡치현의 주위에 있는 금룡상단의 각 전주들을 은밀히 불러 물어봐도 대답은 언제나 같았다.

곡상천은 언제나 그 점이 미안했다. 자신이 너무 일찍부터 상재를 깨우치게 한 까닭일까? 그의 아들은 집안 사람들 이외에는 모두를 냉철한 장사꾼의 눈으로 바라보는 것 같았다. 이런 모습은 아마도 금룡장의 미래는 밝게 하겠지만 곡치현 개인의 장래는 어둡게 만들 것이 분명하다. 남아로 세상에 태어나 자신의 흉금(胸襟)을 털어놓을 지우 한 명 사귀지 못했다는 것은 어찌 보면 세상을 헛살았다고도 말할 수 있기 때문이었다. 그래서일까? 소진을 바라보는 곡상천의 눈빛이 이채를 띠었다.

"허허, 그런데 두 사람은 나이 차가 조금 나는 것 같은데 어찌 서로 친구가 되었소?"

"예? 하핫, 나이 차라니요. 저와는 서로 동갑인걸요."

"이제 겨우 약관 정도로 보이건만……"

"저도 제가 그렇게 보이는 줄은 잘 몰랐는데 산을 내려오니 그런 이야기를 자주 듣게 되는군요."

"산이라?"

곡상천은 잠시 곡치현에게 눈길을 던졌다. 의문의 뜻이 담긴 눈빛이었다.

"이 녀석은 무당의 속가제자예요. 십 년 동안 그곳에서 수련을 하다가 이제 하산한 지 얼마 되지 않았어요."

"아, 이제 보니 무당의 제자셨구려. 그런데 아까 항주는 초행길이라 들었는데… 실례가 되지 않는다면 이 노친네가 하산한 지 얼마 되지 않아 이 멀리 항주까지 발걸음을 한 이유를 물어도 되겠소?"

"뭐 거창한 이유는 없구요, 그냥 일자리를 구하려고요. 굳이 이곳 항주까지 온 이유는 견문도 넓히고 많은 사람들을 만나보라는 할아버지의 말씀도 있고 해서 그리 되었구요."

뒤이어 소진은 무당에서 하산한 연후 할아버지와의 일과 길을 나서 곡치현을 만난 일, 항주까지의 여정을 주욱 이야기했다. 할아버지가 돌아가셨다는 이야기에 조금 움찔했지만 이어지는 소진의 말에 곡상천은 이내 조금씩 고개를 끄덕였다. 금룡장의 안주인인 감 부인 역시 소진의 이야기에 푹 빠져들었다.

이야기를 듣다 보니 알 것도 같았다. 이 소진이라는 아이는 전혀 꾸밈이 없었다. 진실된 자세와 순수한 마음은 절로 다른 이들의 마음을 끌어들이는 법이다. 아마 자신의 아들은 소진의 그런 모습에 자신도 모르게 서서히 마음을 열게 됐으리라. 소진이 이야기를 마치자 곡 장주와 감 부인의 얼굴에는 흐뭇한 미소가 걸려 있었다. 이십여 년 만에 아들이 처음 데려온 친우가 상당히 마음에 들었기 때문이다.

"그런데 일자리라면 어떤 것을 해보려 하는지? 특별히 원하는 일이 있다면 내가 작은 도움을 줄 수도 있을 듯싶은데……."

아마 누구도 항주 금룡장주의 도움을 '작다' 라고 표현하지는 못할 것이다. 그만큼 그의 특허나 항주에서의 입지는 굳건한 것이었기에……. 곡상천은 이미 어느 정도 답을 예상하고 있었다. 무당의 속가 제자라면 이야기는 뻔한 것 아닌가. 아마도 부유하고 지체 높은 집안의 경호 무사가 가장 적당하리라. 실력은 젖혀두고라도 무당 속가제자라는 간판 정도라면 아마 상당한 대우를 받을 것이 틀림없었다. 하지만 이어지는 대답은 언제나 그랬듯이 듣는 이들을 잠시 굳어지게 만들었다.

"요리사가 되려고 하는데요."

"……."

마치 '몇살이니?' 라는 질문에 '개똥인데요' 라는 대답을 들은 기분이었다. 한마디로 황당했다는 말이다. 요리사라니! 분명히 무당의 속가제자라 들었건만 이게 대체 무슨 소리란 말인가.

"자네 무당 문하라 하지 않았는가?"

"예, 맞습니다."

"그런데 대체 왜 그런 일을 하려는 게지?"

이제까지 만나는 사람마다 예외없이 똑같은 반응을 보였고, 곡상천 역시 그와 별반 다르지 않았다. 순간 소진이 발끈했다.

"요리사가 어때서 그러시는지 모르겠군요. 무당 문하는 요리를 하면 안 되는 거였나요?"

소진의 말에 곡상천은 마땅히 받아칠 말이 떠오르질 않았다.

'무당 문하라고 요리사가 되지 말라는 법은 없다.'

분명 맞는 말이었다. 하지만 곡상천이 가진 사회적 통념이 순간적으로 이런 생각을 거부했다.

"그렇다면 무당에서의 십 년 수학(修學)이 너무 아깝지 않은가?"

대화는 소진이 처음 곡치현 일행을 만나서 이야기를 나누던 때와 비슷한 양상을 띠어가고 있었다.

'왜 모두들 내가 요리사가 되겠다고 하면 이런 반응들을 보이는 거지?'

"제가 무당에서 십 년간 무공을 익힌 건 사실입니다. 하지만 애초에 그곳에 들어간 목적은 높은 경지의 무공을 익히는 것이 아니라 제 요리를 발전시키려는 것이었습니다. 물론 무공 역시 중요하긴 하지만 이왕이면 처음에 생각했던, 애초에 목표했던 일을 먼저 해보고 싶습니다. 무공 수련 역시 꾸준히 해나갈 생각이고요. 이제 무공 수련도 슬슬 재미가 붙어가는 중이거든요. 돌아가신 할아버지도 말씀하셨어요. 초심을 지키는 것이 중요하다고……."

얼굴이 조금 달아올라 있었다. 조금은 발끈해서 시작한 것이었는데 내심 하고 싶던 이야기들을 모두 토해낸 것 같아서 가슴이 후련하기도 했고 한편으로는 처음 만난 친우의 아버님에게 너무 무례하게 군 것이 아닌가 하는 걱정이 되기도 했다.

"……."

다시 잠시간의 정적이 흘렀다.

짝짝짝!

그리고 그 정적을 깨뜨린 것은 느닷없는 박수 소리였다.

"허허허, 자네가 옳네, 자네가 옳아. 상인에게 선입견이란 해악과도 같은 것이라 이제껏 늘상 경계해 왔건만 나도 모르게 내 틀에 자네를 맞추려 하고 있었군. 내가 편협했다는 것을 인정하네."

곡상천의 반응은 소진에게 조금 의외였다. 자신의 잘못을 바로 인정하고 그것을 고쳐 가는 자세는 말처럼 쉬운 것이 아니었다. 특히나 나이가 많은 사람들의 경우에는 더욱 그랬다. 아마도 금룡장이 번창하게 된 이면에는 곡상천의 저런 모습들이 있었으리라.

"현아."

잠시 기분 좋게 웃음을 터뜨리던 곡상천이 얼굴에 미소가 가시지 않은 채로 곡치현을 나지막이 불렀다.

"예, 아버님."

"좋은 벗을 사귀었구나."

부친의 말에 곡치현의 입가에도 슬그머니 미소가 서렸다. 이번에 성사시킨 거래에 대한 칭찬보다도 오히려 더 기분이 좋아지는 말이었다. 곡상천은 소진과 조금 더 이야기를 나누고 싶었으나 오랜 여행으로 여독이 쌓였을 테니 이만 쉬게 하자는 감 부인의 말에 하는 수 없이 다음을 기약하는 수밖에 없었다. 천하의 금룡장주도 부인의 말 한마디에 쩔쩔매는 것이 시정의 남정네들과 별반 다를 것이 없어 보였다.

탁.

문이 소리 내어 닫히며 곡치현과 소진이 사라지자 감 부인은 고개를 돌려 잠시 남편의 노안(老顔)을 바라보았다.

"소진이라는 아이, 지금의 현아에게 꼭 필요한 아이 같더군요. 현아가 잊고 있는 모습들을 찾게 해줄 수 있는⋯⋯."

"허허, 그 아이에게는 그저 고마울 따름이라오."

"그 아이가 무당 문하라 하던데⋯ 그렇게 고마우면 시주라도 좀 하시구려."

"역시 그러는 게 좋을까?"

과연 소진은 알고 있을까? 자신 때문에 내려진 방금 전의 결정으로 얼마 후 무당에는 새로운 도관이 하나 더 들어서게 됨을……

　장주의 처소인 추운각(秋雲閣)을 나선 곡치현은 뒤를 쫄래쫄래 따라오는 소진을 데리고 다시 한참을 걸어 일견하기에도 상당한 규모로 보이는 전각에 도착했다. 시간이 꽤나 흘러 해질 녘이 되어 있는지라 석양빛에 반사된 건물이 굉장히 멋져 보였다.

　"여긴 또 어디지?"

　"어디긴 어디야. 네가 오늘 밤 묵을 곳이지."

　어리둥절해하는 표정의 소진을 뒤로하고 곡치현은 금화각(金華閣)이라는 이름의 멋들어진 현판 아래로 발걸음을 옮겼다. 그리고 곧 이어 소진 역시 그 뒤를 따랐다.

　금화각의 내부에 들어선 소진은 마치 다른 세상에 온 듯한 기분이 들었다. 사방에서 휘황찬란하게 번쩍이는 불빛에 눈이 다 따가울 지경이었다. 장담하건대 이제껏 가본 곳들 중에 화려하기로는 으뜸임에 틀림없었다.

　"우와아~앗! 뭐가 이렇게 번쩍거려! 우웃!"

　"후훗."

　뒤따르는 소진의 반응이 재밌는지 곡치현은 싱긋 웃음을 터뜨렸다. 연신 탄성을 내지르는 소진을 데리고 그는 위층으로 발걸음을 옮겼다. 가끔 마주치는 사람들의 인사를 가벼이 받아넘기며 계속 계단을 오르는 곡치현의 뒤를 따라 소진이 도착한 곳은 삼층에 마련된 커다란 객실이었다. 올라가면서 얼핏 보기로 아마 이곳은 숙박 시설로 만들어진 곳인 듯했는데, 그중에서도 이 객실은 삼층의 한쪽을 모두 차지하고 있었다.

"허헐! 여긴 도대체 뭐에 쓰려고 이렇게나 꾸며놓은 거지?"

일단은 화려했다. 화려해도 너무 화려했다. 보통 화려하기만 해서는 오히려 천박해 보이기 쉬운데 이곳은 누가 설계했는지 온통 화려한 것으로 가득하면서도 기묘하게 조화를 이루어 고급스런 느낌을 심어주고 있었다. 한마디로 이제껏 소진이 한 번도 보지 못했을 정도로 멋들어지게 좋은 방이었다.

"뭐에 쓰긴, 잠자고 쉬려고 만들어놓은 거지. 네가 오늘 밤 묵을 방이야."

"에엑? 내가?"

"후훗, 그래. 뭘 그렇게 놀라는 거야?"

"이런 데서 내가 자도 되는 거야? 대충 훑어봐도 아무나 머무는 곳이 아닌 것 같은데……."

"걱정하지 마. 가끔 금룡장을 찾는 식객들이 머무는 곳이니깐 괜한 부담 갖지 말고 편히 쉬라구."

"흠, 정말이야? 뭐 그렇다면야……."

말은 일부러 그렇게 했지만 사실 이곳은 아무나 머무는 곳이 절대로 아니었다. 금화각 자체가 금룡장을 찾는 객들 가운데에서도 상당한 위치의 사람들만을 위해 마련된 고급 접대 시설이었고, 그중에서도 지금 소진이 서 있는 이곳은 아직까지 받아들였던 손님이 열 손가락 안에 들 정도로 특별히 취급되는 초특급 객실이었던 것이다.

"흠흠, 소장주. 금화각주(金華閣主) 오기륭(吳奇隆)입니다."

"들어와요."

가벼운 인기척과 함께 금화각주라 밝힌 인물이 문 안으로 들어왔다. 통통한 몸집과 살짝 처진 눈매가 상당히 편안한 느낌을 주는 인상이었다.

"오셨다는 연락에 달려왔습니다."

"고맙군요. 다름 아니라 이 친구가 여기 머물 테니 신경을 좀 써주세요."

"이분 소협께서… 예, 알겠습니다, 소장주."

금화각주의 얼굴에 얼핏 놀람의 빛이 스쳐 지나갔다.

'허허, 소장주께서 화실로 향하셨다기에 한걸음에 달려왔더니 이런 평범한 소협을 이곳에 머무르게 하시려는 건가? 지난번에 청성 장문인이 방문했을 때에도 열리지 않았던 문이건만…….'

금화각의 삼층은 금실(金室)과 화실(華室)로 불리는 단 두 개의 객실만이 있었다. 모두 좀처럼 열릴 기회가 없는 최고급 객실이었다. 그리고 아마도 오늘 밤 소진은 이곳 금화각의 화실 역사상 최연소 숙박객으로 기록될 것임에 틀림없었다.

"소진아, 쉬고 있어라. 나는 조금 있다가 다시 올게. 그리고 저녁 식사는 같이 하자. 할 얘기도 있고……. 오(吳) 각주(閣主), 불편한 점이 없도록 부탁해요."

"그래, 알았어."

"예, 소장주."

곡치현이 나가자 편안한 인상의 금화각주가 친절한 미소를 띠며 필요한 것들을 물어왔다. 하지만 잠시 혼자 쉬겠다는 말로 가벼운 축객령을 내린 소진은 방에 혼자 남게 되자 여기저기를 둘러보기 시작했다.

금화각의 화실은 우선 문을 열면 처음으로 들어오는 청(廳)과 이곳에서 연결된 세 개의 방으로 나뉘어진다. 삼 면으로 이어진 세 곳의 방은 각기 다른 역할을 가지고 있는데, 정면으로 이어진 문을 통하면 나오는 널찍한 방은 일종의 서재 겸 회의 기능을 가진 곳이었다. 넓다란 방 한가운데는 기다란 형태의 탁자가 놓여져 있고 그 좌우로 여럿이 앉을 수 있는 의자들이 나란히 놓여져 있었다. 좌측의 방은 침실 겸 일종의 내실이었고, 우측의 방은 놀랍게도 그 전체가 하나의 목욕 시설로 이루어져 있었다.

소진은 일일이 들어가 보면서 구경을 했지만 그다지 특별한 점들은 찾아내지 못했다. 우측 방에 꾸며진 새하얀 대리석의 욕조와 주변 시설들이 신기하긴 했지만 전체적으로는 그저 아늑하게 잘 꾸며놨다는 정도의 느낌만 받았을 뿐이었다. 하지만 소진이 아닌 조금이라도 식견이 있는 이가 이곳을 둘러보았다면 아마 입에 거품을 물고 말았으리라.

별것없다고 생각하며 만지작거린 정면 회의실의 탁자와 의자들은 사실 서역에서 가져온 초고가의 물건들이었다. 외국과의 교역은 모두 공(公) 무역의 형태로 국가에서 독점을 하며 사(私) 무역을 엄격히 금하는 터라 이런 종류의 물건들은 어마어마한 가격을 자랑했다. 또한 소진에게는 아예 눈길조차 끌지 못한 좌우로 늘어선 서가의 책들은 시중에서는 눈을 씻고 찾아도 구하기 힘든 희귀 서적들이나 진본 서적들이었고, 중간중간에 늘어선 장식품들은 거의가 송대(宋代) 이전의 이름 있는 작품들이었다.

혼자서 이곳저곳을 기웃거리다 보니 조금씩 배가 고파왔지만 저녁은 곡치현이 오면 함께 먹기로 했기 때문에 소진은 기다리는 수밖에 없었다. 괜스레 방들을 한번 더 둘러보았지만 역시나 특별히 관심을 끌 만한 것을 찾지 못한 소진은 침상 위에 털썩 주저앉았다.

'잠시 운기조식이나 하고 있을까?

요 며칠 동안 뱃길을 오면서 매일같이 해오던 운기조식을 조금 소홀히 한 경향이 없지 않았다. 이런 생각이 들자 소진은 바로 가부좌를 틀고는 운기조식에 들어갔다.

거대하게 고인 호수에서 물줄기가 흘러가듯 단전의 진기가 서서히 온몸으로 퍼져 나갔다. 처음 막대한 진기가 생겨났을 때 느꼈던 조금의 불안정한 느낌은 이제 모두 사라진 상태였다. 마치 거세게 출렁이던 물결이 이제 조용히 가라앉은 것 같았다. 아마도 갑자기 생겨난 일갑자의 공력을 이제 소진이 완벽하게 소화해 냈다는 의미이리라.

한 번의 대오(大悟)를 얻은 이후 소진의 내공은 스스로도 놀랄 만한 속도로 증진되고 있었다. 일신우일신(日新又日新)이랄까? 이런 변화에 대해서는 소진 자신도 어렴풋이 느끼고 있는 바이지만, 수련에 수련을 통해 커다란 흐름을 서서히 알아가는 것과 커다란 흐름을 먼저 알고 자신의 모습을 그 흐름에 맞춰 나가는 것은 분명 커다란 차이가 있었다. 지금의 소진은 극히 이례적으로 후자에 해당하는 경우였다.

사박사박.

마침 운기조식을 마치고 잠시 호흡을 가다듬고 있는데 밖에서 작은 인기척이 들려왔다.

"누구?"

"화실을 맡고 있는 가화(佳花)라 합니다. 소장주께서 공자님을 청하십니다."

문밖에 와 있던 시비의 말에 소진은 주저없이 몸을 일으켰다. 문을 열고 모습이 보이자 가화는 예상보다 훨씬 젊은 소진의 모습에 얼핏 놀라운 눈치였지만 곧 그런 기색을 지우고 그를 소장주가 기다리는 곳으로 안내했다.

금화의 뒤를 따라 소진이 도착한 곳은 금화각 뒤편으로 연결된 작은 후원이었다. 옆으로 위치한 작은 연못과 주위로 만발한 봄꽃들이 은은히 비추는 월광과 어우러져 아늑하면서도 신비한 분위기를 만들어내고 있었다.

"오호~ 생각보다 빨리 왔는걸?"

미리 준비를 해놓은 것인지 소진을 맞이하는 곡치현의 뒤편으로는 이미 음식이 한 상 가득 차려져 있었다.

"별로……. 그나저나 뭔가 거창하게 준비한 것 같은데?"

"후후후, 네가 직접 만든 것만 하겠냐만은 그래도 이곳 금화각의 숙수(熟手)도 그쪽으로는 꽤나 명성있는 사람이라 맛은 괜찮을 거야, 아마."

"이거 기대되는걸?"

한껏 기대하며 막상 자리에 앉자 오히려 준비된 음식들은 소진의 예상을 훨씬 뛰어넘을 정도로 많았다. 말 그대로 상다리가 부러질 정도라고나 할까?

"으힉? 뭐, 뭐가 이렇게 많아!"

"일부러 가기 전에 미리 준비를 해놓으라고 귀띔을 해놨지. 양은 걱정하지 마. 어차피 다 생각이 있어서 준비한 거니깐."

"나름대로 생각이 있다면야 뭐……. 그나저나 이건 정말 상당히 신경을 쓴 눈치인데? 향유용봉퇴(香油龍鳳腿)에 밀즙호려(蜜汁葫蘆)에…오호, 저건 발사금조(拔絲金棗)잖아. 이 요리사는 관에서도 일했었나 보지?"

곡치현이 조금 놀란 눈치로 물었다.

"그런 것도 알 수 있어?"

"응, 발사금조 같은 요리는 관부(官府) 요리이면서도 만드는 방법이 상당히 까다로워서 잘 만들지 않는 요리거든. 그런데 저렇게 자신있게 내놓은 걸 보면 그곳에서도 아마 상당히 실력이 있었던 사람 같은데?"

소진의 설명에 곡치현은 혀를 내둘렀다. 마치 다른 사람을 보는 것 같았다. 요리 실력이 뛰어나다는 것은 알았지만 이렇게 해박한 지식까지 가지고 있는 줄은 몰랐다. 일상에서 보여주는 거의 백치에 가까운 배경 지식과는 전혀 딴판이었다. 더욱이 이런 모습은 곡치현의 계획에 확신을 심어주는 것이었다.

'내 예상이 정확했어. 그 정도의 실력에 견문이나 지식도 전혀 부족하질 않잖아! 어쩌면 지금 괜한 수고를 하는 건지도 모르겠는걸?'

"네 말이 맞아. 이 사람도 언젠가 얘기했던 네 할아버지처럼 황실에서 숙주로 일했던 사람이거든. 그러던 것을 정말 우리가 어렵게 이리로 데려온 거라구."

"우적우적, 웅, 그으애? 쩝쩝."

하지만 어느새 젓가락을 놀렸는지 대답하는 소진의 입 안에는 이미 음식이 한가득 담겨져 있었다.

피식.

그 모습에 나지막이 실소를 터뜨린 곡치현이 고개를 설레설레 흔들었다.

"그래, 일단은 먹고 얘기하자."

"웅, 쩝쩝, 그어아(그러자). 우걱우걱."

상당히 배가 고팠던 듯 잔뜩 부풀어진 소진의 양 볼은 한참 동안이나 전혀 줄어들 기미를 보이지 않았다.

"으적으적, 얌냠, 우물우물, 꿀~꺽."

"으아, 이제 더 이상은 못 먹겠다."

포기를 선언하는 소진의 앞에 놓인 탁자에는 아직도 음식이 절반 정도는 남아 있었다. 확실히 둘이 먹기에는 종류도 많고 양도 워낙에 많았던 듯싶었다.

"여러 종류가 많긴 해서 나야 좋았지만 적당히 좀 준비하지 그랬어. 너무 많이 남기니까 조금 미안하잖아."

"아까 말했잖아. 다 생각이 있어서 그랬다구. 뭐 쓸데없는 걱정이었던 것 같지만 말야."

"으응?"

소진은 이 뚱딴지 같은 말에 살짝 고개를 젖히며 의문을 표시했다.

"이제껏 항주까지 오는 길에 네가 해준 음식들은 맛은 좋았지만 다 일상적인 평범한 음식들 뿐이어서 말이야. 네가 과연 방금 먹은 것 같은 고급 요리들에 대해서도 알고 있는지, 그리고 요리는 할 수 있는지 궁금했거든."

"헤헤, 그런 건 그냥 물어보면 될 것이지 뭣 하러 이렇게… 헉! 설마 너……."

"……!!"

"너… 설마 앞으로는 이런 재료 사들고 와서 나한테 요리해 달라고 그러려는 거야?"

"……"

삐질삐질.

너~무도 진지하게 도~저히 말도 안 되는 결론을 내리는 친우의 모습에 곡치현은 등 뒤가 따끔거리는 느낌과 함께 땀이 삐질삐질 솟아나는 걸 느꼈다.

"이궁! 소진아, 대체 어떻게 하면 그렇게 말도 안 되는 생각을 하게 되는 거냐. 혹시 방법을 알면 좀 가르쳐 주라."

"응? 아니었어? 휴우, 그럼 다행이구. 그게 아님 대체 왜 그런 게 궁금하다는 거야?"

곡치현은 방금 전 소진의 말에 허탈해져서 축 늘어뜨린 어깨를 곧게 펴고 자세를 바로잡았다. 그리곤 소진의 눈을 똑바로 바라보았다.

"너랑 동업하려고."

"……"

소진은 잠시 이해가 안 되는지 고개를 갸우뚱했다.

"다시!! 뭐라구?"

"너랑 동업하려고 그런다구."

"잠깐잠깐! 니가 나랑 동업을 하겠다구?"

"응, 정확히 알아들었구나?"

곡치현의 입가에는 만족스런 미소가 서렸고, 반대로 소진의 이마에는 얕은 내천자가 그려졌다.

"니가? 나랑? 도대체 무슨 일을 하려고?"

"너랑 할 일이 한 가지밖에 더 있겠냐? 식당 차리는 거지."

"……."

저놈이 대체 지금 무슨 말을 하는 건지, 충분히 직설적인 표현으로 설명을 들었음에도 쉽사리 이해가 가지 않았다. 아니, 이해가 가지 않는다기보다는 납득이 되질 않았다.

'어째서? 어째서 갑자기 이런 뚱딴지 같은 생각을 하게 된 걸까? 혹시 그냥 재미있을 것 같아서 한번 해보려는 건가? 아니면 심심해서? 아냐, 그런 건 아닐 거야. 혹시 날 도와주려고 일부러 그러는 건가? 치현이의 집은 강남에서도 내로라하는 부자라니깐 음식점 하나 정도 차리는 건 일도 아니겠지. 그래! 아마 그런 걸 거야.'

한참이나 생각한 끝에야 내리게 된 결론이었다. 아마도 그의 친우가 그를 기만하려는 의도로 이런 말을 하는 것은 절대 아닐 것이다. 한편 곡치현은 소진의 찡그려졌다가 펴지고 다시 고민하고 하는 일련의 표정들을 재미있게 구경하고 있었다.

'큭큭큭, 역시 소진은 그냥 보고만 있어도 재밌어. 어떻게 저렇게 생각을 표정으로 적나라하게 드러내 보일 수가 있지?'

"치현아."

"응."

소진의 표정 변화를 바라보며 이미 무언가 말을 꺼내려 한다는 것을 짐작하고 있었기 때문에 곡치현은 천연덕스럽게 대답했다.

"아마도 나를 도와주려는 생각으로 갑자기 내린 결정 같은데 그렇게 신경 써 주지 않아도 돼. 할아버지가 그러셨어. 나 정도 실력이면 어디 가서 소홀히 대접받지는 않을 거라구. 그러니 일할 곳은 그냥 내가 알아서 찾아볼게."

조용히 소진의 이야기를 끝까지 들은 곡치현이 다시 고개를 설레설레 흔들며 크게 한숨을 내쉬었다. 그리곤 뒤쪽의 탁자에서 얄팍한 책자를 하나 가져와선 소진의 앞쪽으로 살짝 던져 주었다.

툭.

"이게 뭐야?"

"에휴~ 너의 그 황당할 정도의 상상력에 경의를 표한다. 일단 너 정도 실력이면 어디 가서 절대 소홀한 대접은 받지 않으리라는 건 나도 장담하마. 오히려 서로 모셔가려고 안달일걸? 그리고 방금 내가 준 걸 보면 내 말이 갑자기 나온 건지 아닌지 알 수 있을 거야."

"……."

곡치현의 반응에 소진은 자신의 생각이 다시 한 번 틀렸음을 즉시 확인할 수 있었다. 그리고 자연스럽게 시선이 그가 던져 준 책자로 향했다.

천상루 사업 계획서(天上樓事業計劃書).

평범한 황지(黃紙)로 덧씌워진 표지에는 천상루 사업 계획서라는 거창한 이름의 제목이 붙어 있었다.

"천상루… 사업 계획서?"

"응."

"이게 대체 뭐지?"

"보다시피. 정 궁금하면 한번 읽어보라구."

곡치현은 직접 설명해 줄 생각은 전혀 없는지 입가에 옅은 미소를 띤 채 김이 모락모락 나는 찻잔으로 손을 가져갔다. 그 모습에 소진은 입술을 한번 삐죽해 보이곤 어쩔 수 없이 책장을 한 장 한 장 넘기며 직접 읽기 시작했다.

천상루 사업 계획서.

개요:금룡장 사업 다각화에 따른 요식업 진출 계획.

구상:삼 년 차까지 항주 중심가에 시범 업소 한 곳을 운영하고, 이후 전국적 규모로 점포 확대.

예산:은자 만 냥.

세부 계획:항주의 유동 인구를 고려하여……

…(중략)…….

기안 일자:영락 십이(十二) 년 모월 모일.

"음?"

계획서는 알아보기 쉬운 형식으로 일목요연하게 적혀 있었기 때문에 이쪽 방면으로는 문외한인 소진도 대강 알아볼 수는 있었다. 하지만 정작 소진의 관심을 끈 것은 바로 맨 마지막에 나온 기안 일자였다.

'영락 십이 년? 지금이 영락 십사 년이니 이 년 전에 세워진 계획이란 말인데…….'

이제야 이 책을 읽어보게 한 곡치현의 의도를 알 것 같았다. 그는 자신의 말이 결코 즉흥적으로 나온 것이 아님을 증명하고 싶었던 것이다. 하지만 여전히 의문은 남아 있었다.

"영락 십이 년이라면 벌써 이 년 전인데……."

"그래, 이건 벌써 오래전에 우리 금룡장에서 계획했던 일이야. 이제 내가 너 때문에 갑자기 이런 제의를 했다는 오해는 더 이상 하지 않겠지?"

"알았어. 일단 그건 그렇다 쳐. 그럼 벌써 이 년 전부터 진행된 일에 갑자기 나를 끌어들이려는 의도가 뭐지? 굳이 내가 없어도 이 천상루라는 주루는 아무 문제 없을 텐데…… 결국 네가 날 도우려는 마음으로 그런 제의를 했다고밖에는 생각되지 않는걸?"

곡치현의 예상과 달리 소진의 지적은 의외로 날카로웠다.

"흐음, 웬일이지? 갑자기 예리해졌는데? 후훗! 하지만 이번에도 잘못 짚었어. 어차피 설명해 주려고 한 거니깐 사실대로 말해 줄게. 사실 이 년 전에 그 계획은 실행되지 않았어."

"응?"

"우리 금룡장은 사업 범위를 늘리려고 몇 년 전부터 주력 사업이던 무역과 전장업 이외에도 다른 여러 곳에 투자를 하고 있어. 이 천상루 사업 역시 그런 맥락에서 계획되었던 것이고. 하지만 계획 단계에서 그 사업은 중단되고 말았어. 결정적인 문제가 있었거든."

"결정적인 문제?"

"응, 결론부터 말하면 주루 자체를 차리는 것은 전혀 문제가 되지 않았지만 예상외로 수익률이 너무 낮았거든. 처음 천상루라는 간판을 내걸고 야심 차게 문을 열 때까지만 해도 아무 문제가 없어 보였어. 손님도 꽤나 북적거렸고 말야. 그렇게 한 달이 지나고 손익 계산을 해봤더니 이문이 얼마였는지 알아?"

"……?"

"겨우 은자 다섯 냥이었어. 바로 원인 분석에 들어갔더니 그 원인은 의외로 간단하더군. 항주는 원래 쟁쟁한 주루들이 많아. 그 당시 주위의 다른 주루들과 경쟁하기 위해선 두 가지가 필요했지. 싼 가격과 맛있는 음식. 이를 위해서 우리는 많은 돈을 투자해서 제법 이름 있는 요리사와 경력 좋은 사환들을 데려오고 음식마다 좋은 재료만을 사용했지. 하지만 여기 문제가 있었던 거야. 싸면서도 맛 좋은 음식이 보통의 서민들의 발걸음을 잡을 수는 있었지만 정작 돈이 되는 부유층들의 시선을 끌지는 못했어. 다른 주루들 역시 그들을 위한 고급 요리에는 우리만큼의 투자를 아끼지 않았고 결정적으로 그런 음식을 먹는 사람들은 가격은 별로 문제 삼지 않았거든. 결국 한 달 동안 우리는 비싼 재료와 인력을 투자해서 가장 싼 소면과 만두만을 팔아치웠던 거지. 진짜 돈이 되는 고급 요리들은 거의 팔아보지도 못하고……. 그래서 이 계획은 바로 중단됐어. 좀 더 연구해 볼 수도 있었지만 그 당시에는 워낙에 손대고 있는 사업들이 많았거든. 하나하나에 일일이 신경을 쓸 수 없을 만큼."

"아……."

소진은 나지막이 탄성을 내질렀다. 장사라는 것이 단지 만들어서 많이 팔기만 하면 되는 것이라 생각했던 그의 단순한 생각을 여지없이 무너뜨리는 일화였다.

"그리고 너를 만났지. 너 정도라면 무언가 될 것도 같더군. 상인 특유의 감이랄까? 항주로 오는 뱃길에서 선실에 틀어박혀 계속 고민하던 게 바로 이거였어. 도착하기 하루 전에야 겨우 정리가 되더군."

곡치현은 차근차근 자신의 계획을 소진에게 털어났다. 지난번의 실패를 돌이켜 보고 그가 새로이 내놓은 전략은 바로 고급화, 차별화였다.

"이 년 전에 실패한 주된 이유는 우리가 데려온 요리사의 음식이 다른 곳과 비교해서 월등히 뛰어난 맛을 보여주지 못했기 때문이야. 하지만 너 정도라면 충분히 승산이 있어. 아니, 틀림없어. 이제 확실히 믿겠니? 이건 절대 너를 도와주려는 것도, 갑자기 떠오른 생각도 아냐. 굳이 말하자면… 투자라고나 할까?"

"투자라고?"

"그래, 투자. 보통 상인으로 잔뼈가 굵은 사람들은 돈이 될 만한 일은 기가 막히게 잘 알아채. 성공할 만한 일은 뭔가 느낌이 온다고나 할까? 그런데 이번 경우에는 십 할 성공 느낌이 온다. 이건 내 상인으로서의 감을 걸고 하는 얘기야. 그러니 이상한 생각 말고 나랑 동업하자. 금전적 투자와 운영은 모두 내가 하고, 너에게는 오직 주방만 맡길게. 초기 투자 비용이 있으니까 이윤은 내가 육 할을 갖고 네가 사 할을 먹는 걸로……. 어때?"

"음……."

"전혀 고민할 문제가 아냐. 그럴 리는 없겠지만 만약, 정말 만에 하나라도 성공하지 못하면 너는 원래 바라던 대로 항주 아무 곳에나 주루를 찾아가서 일자리를 구하면 되는 거라구. 안 그래? 이건 정말 전혀 고민할 필요가 없는 문제라구!"

"이잇! 모르겠다. 좋아! 하자! 네가 그렇게까지 자신한다면야 뭔가 되겠지 뭐."

곡치현의 계속되는 설득에 소진은 결국 결단을 내렸다.

"하하핫! 잘 생각했다. 그럼 바로 내일 당장부터 일을 추진하도록 할게. 아, 그리고 내친김에 지금 주루 이름도 정하도록 하자."

"음? 이름은 그냥 천상루로 하는 것 아니었어?"

"아니지! 그건 벌써 한번 망한 이름인데 그런 걸 다시 쓰라면 망하라는 말이나 다름없어. 뭔가 좋은 이름 없을까? 음… 천하루(天下樓)? 아냐. 이건 너무 뻔하고, 은하루(銀河樓)! 아냐아냐, 이건 너무 약해. 선식루(仙食樓)? 신선이 먹는 음식이라. 이건 너무 촌스럽고……. 소진아, 너도 한번 생각해 봐. 주루의 이름이라는 것도 의외로 중요하다고!"

"저기… 약선루(藥仙樓)는 어때?"

잠깐 주저하던 소진의 입에서 나온 이름, 약선루. 왠지 곡치현의 귀에 확 와 닿는 느낌이었다.

"약선루? 약선루, 약선루라……. 오호, 이거 괜찮은데? 느낌도 좋고. 혹시 무슨 특별한 의미라도 있는 이름이야?"

"아니, 의미는 무슨……. 그저 몸을 보(補)한다는 의미의 약선식(藥仙食)에서 따왔을 뿐이야."

"약선식이라. 그럼… 너 혹시 그런 쪽으로도 좀 해박한 편이냐?"

피식.

소진의 입에서 가벼운 실소가 터져 나왔다.

"훗, 좀 해박한 편이라니! 내가 만드는 음식의 기본이 바로 그거야. 몸을 보하는 요리. 보통 약식이니 약선식이니 하는 것들은 사실 내가 볼 땐 겨우 어린아이 걸음마 수준이라구."

"……!!"

곡치현은 순간 머리 속에서 커다란 종이 울리는 것 같았다.

'걸음마? 약선식이 어린아이 걸음마 수준이라고?'

음식를 통한 불로장생의 실현은 먼 옛날 진나라의 시(始)황제부터 시작된 오랜 사상이었다. 때문에 그 당시에는 한의사를 중심으로 요리법이 발전되었다고 하여 아직까지도 요리사들은 식의동원(食醫同原)이라 하여 음식과 의술은 그 뿌리가 같다는 말을 굳게 믿고 있었다. 물론 지금은 그 본뜻을 살리려는 자는 찾아보기 힘들고 근근히 정통적인 명맥을 이어오며 약식이나 약선식, 또는 한방식이라 불리는 음식들을 만드는 이들만을 간혹 찾아볼 수 있을 뿐이었다. 게다가 이들 중의 상당수는 융숭한 대접을 받으며 황궁에서 일하는 경우가 많았기에 실제 일반에서 이들의 모습을 찾아보기란 여간 어려운 일이 아니었다.

'이 녀석… 그냥 단순히 할아버지에게 요리를 배운 것이 아니었나? 내가 지금까지 소진을 잘못 알고 있었던가? 할아버지는 전 황궁 숙수(熟手)셨고, 부모님은 어려서 돌아가셨고, 할아버지와 살다가 무당에 입문하여 십 년간 수련을 쌓고 얼마 전에 하산, 그리고 다시 얼마 후 할아버지가 돌아가시고 길을 떠났다고 들었는데… 잠깐! 무당엘 들어간 이유가 요리를 익히기 위해서라고 했던가? 분명 황실 숙수였던 할아버지가 버젓이 옆에 있음에도 무당엘 들어가서 굳이 배우려 하던 게 뭐지? 단순히 요리 실력을 키우기 위해서라고 하기엔 전혀 앞뒤가 맞지 않아.'

"소진아, 아무래도 너와 일을 진행하려면 너라는 녀석에 대해서 좀 더 자세히 알아볼 필요가 있겠다."

"응? 뭘 자세히 알아보겠다는 거야?"

"하나부터 열까지 다! 특하나 요리에 관한 부분은 더 더욱 자세히, 하나도 빠짐없이! 처음 요리를 배운 게 언제, 어디서, 누구에게였으며 몇 살에 어느 정도 수준까지 오른 건지, 전 황실 숙수셨다던 할아버지의 요리사로서의 수준은 정확히 어느 정도였는지, 무당에 입문한 이후로 갈고닦았다던 요리 실력은 대체 정확히 어느 정돈지 몽땅 다 얘기 해 줘!"

"…그런 게 정말 알고 싶어?"

"응! 아~주 간절히!"

"밤도 늦었는데 내일 하면 안 될까?"

"안 돼! 날밤을 새더라도 지금 당장 들어야겠어."

"진충이 늦잠 자면 피부가 안 좋아진다던데……."

"소진아!!"

"힉! 아, 알았어. 농담 조금 한 걸 가지고……."

결국 소진은 곡치현의 살벌한 째림 속에서 근 한 시진 동안이나 자신의 과거사를 시시콜콜한 것까지 다 주절주절 읊어대야만 했다.

가나긴 이야기가 끝나고… 곡치현은 처음의 그 살벌하던 모습은 어디 갔는지 멍한 눈을 하고는 우두커니 앉아 있었다.

"치현아."

나지막이 이름을 불러봤지만 전혀 반응이 없었다.

"치현아!"

조금 더 목소리를 키우고 말꼬리를 높여봐도 역시 반응이 없었다.

"휴우~ 미안하다."

따악!

순간 곡치현의 고개가 앞으로 홱 꺾였다가 곧바로 숙여졌던 것에 버금가는 속도로 튕겨져 올라왔다.

"뭐야! 어떤 놈이!"

"음, 이제야 제정신을 차렸구나. 부르면 대답을 해야 할 것 아냐! 벌써 열 번도 넘게 불렀는데 그렇게 우두커니 벽만 바라보고 있으면 어쩌지는 거야!"

사실상 겨우 두 번 불렀지만 뒷통수 한 대 맞고 정신을 차린 곡치현의 기세가 예사롭지 않았기에 소진은 곧바로 극도의 과장법을 사용했다. 두 번을 열 번으로……. 순간적인 임기응변이 먹혀들었는지 소진의 말을 들은 곡치현의 기세가 한결 누그러졌다.

"뭐 잘못된 거라도 있어? 갑자기 왜 그렇게 정신이 나갔던 거야?"

"아, 아냐. 잠시 생각을 좀 하느라고. 여, 여기는 내가 시비들을 불러서 정리할 테니 너는 이만 쉬어."

"뭐 그렇다면야…….."

그의 권유대로 소진은 이내 방으로 사라지고, 곡치현은 다시 자리에 앉아 한참 동안 생각에 잠겼다.

'십 년 동안 무당에서 수련한 것이 그런 수준의 요리라면 정말 전대미문이라고 할 만하겠구나. 가히 궁극의 요리라 불리워도 손색이 없겠는걸? 만약 이게 확실한 사실이라면 항주가 아니라 전 중원을 상대로 일을 벌이는 것도 가능할지도…….'

소진의 진정한 실력에 대해 알게 된 곡치현은 반쯤 들뜬 마음으로, 뜬눈으로 밤을 지새우며 기존의 계획에 대대적인 수정을 가했다. 그리곤 바로 다음날부터 의욕적으로 일을 추진했다. 우선 항주 외곽에 적당한 규모의 장원을 매입하여 내부를 다시 구성하기 시작했다. 그가 의도하는 것은 일반적인 주루가 아닌 초고급 주루였기에 넓은 대청에 탁자를 주욱 늘어놓고 손님을 받는 형태의 구조는 전혀 필요가 없었다. 오히려 그가 강조한 것은 장원의 건물 하나하나를 개조하여 고급스러운 느낌을 주는 내실의 형태로 바꾸는 것이었다. 이외에도 정원을 꾸

미고, 내부 장식을 하고, 소진이 바라는 대로 주방을 구성하고… 준비해야 할 것들이 태산 같았지만 금룡장의 재력이 들어간 일이었기에 모든 일은 일사천리로 진행되었다.

〈제1권 끝〉